BASTEI
LÜBBE

Laura Thornton

Sasha und die Liebenden

Erotischer Roman

Aus dem Englischen
von Annalisa Boari

BASTEI
LÜBBE

BASTEI LÜBBE TASCHENBUCH
Band 14 388

1. Auflage: Juli 2000

Bastei Lübbe ist ein Imprint
der Verlagsgruppe Lübbe

Originaltitel: Haunted

Titelbild: Superbild
Umschlaggestaltung: QuadroGrafik, Bensberg
Satz: Fotosatz Steckstor, Rösrath
Druck und Verarbeitung:
Brodard & Taupin, La Flèche, Frankreich
Printed in France
ISBN 3-404-14388-4

Sie finden uns im Internet unter
http://www.luebbe.de

Der Preis dieses Bandes versteht sich einschließlich der gesetzlichen Mehrwertsteuer

Erstes Kapitel

Sasha rutschte unruhig auf ihrem Stuhl herum. Die Zehen zuckten in einem ungeduldigen Rhythmus gegen das Schuhfutter, während sie sich verzweifelt fragte, wie lange die Sitzung noch dauern würde. Die Rahmenbedingungen waren zu jedermanns Zufriedenheit abgesteckt. Direktoren, Anwälte, Etatchefs und Vertriebsleute schienen alle bereit zu sein, den Handel abzuschließen. Die britische Marketingkampagne für *Gripp,* das neue Cologne für Männer, konnte beginnen.

Von den letzten zweiundsiebzig Stunden hatte Sasha fast achtundzwanzig Stunden eingeschlossen in diesem Konferenzraum verbracht, und sie spürte einen Anflug von Platzangst. Sie war mit ihrer Chefin Valerie und zwei weiteren Repräsentanten des Kosmetikproduzenten ALM, Robert und Ross, nach London geflogen, um der englischen Werbeagentur Rollit den Auftrag für die Einführungskampagne von *Gripp* zu übertragen. Die Sache war gelaufen, und Sasha hatte genug von Verkaufszahlen, Zielgruppen, Musterproben und Mediadaten.

Wieder verlagerte sie ihre Haltung auf dem Stuhl. Sie schaute zum Geschäftsführer von Rollit, der sie absichtlich ignorierte und auf die bunten Schaubilder starrte, die ein Projektor an die riesige Leinwand warf. Pauls kräftige Hand ließ den schwarzen Mont Blanc über seinen dicken, ledergebundenen Notizblock flitzen. Sasha wusste, dass seine Handschrift unleserlich war, denn am Morgen hatte sie versucht, auf dem Block etwas zu entziffern, aber sie hatte kaum ein Wort erkennen können.

Das war am frühen Morgen gewesen, kurz bevor er sich aus ihrem Hotelzimmer schlich, denn sie befürchteten beide, dass einer ihrer oder seiner Kollegen ihn ertappen könnte. Sasha hatte über das kleine Gekritzel lächeln müssen. Die fernen i-Punkte und t-Striche verrieten die Hast des Schreibers. Es ging ihr auch eher um eine amateurhafte Charakteranalyse seiner Schrift und nicht darum, möglichen Agentur-Geheimnissen auf die Spur zu kommen. Aber die Textprobe verriet ihr nur, dass der Mann es sehr eilig gehabt haben musste, alles niederzuschreiben, was ihm während der Besprechung wichtig erschienen war.

Sie blickte wieder zu Paul. Der makellose kurze Haarschnitt passte zu dem fein geschnittenen Gesicht, und sie lächelte, als sie verträumt an das frühmorgendliche Erlebnis dachte. Obwohl sie noch nie zuvor miteinander geschlafen hatten, war es für Sasha ein ekstatisches Vergnügen gewesen, weil Paul genau wusste, wie sie es am liebsten hatte, was sie im jeweiligen Augenblick am meisten brauchte.

»Ich glaube, mit diesem Ergebnis können wir leben, nicht wahr, Sasha?«

Sie zuckte zusammen, als sie ihren Namen hörte, und schaute ihre Chefin schuldbewusst an. Valeries Frage erwischte sie kalt, und das musste man ihr ansehen, denn Paul betrachtete sie mit kaum versteckter Schadenfreude.

»Eh ... ja.« Sasha setzte sich aufrecht hin und legte die Hände auf den Stapel der Unterlagen auf ihrem Platz. »Ja, das würde ich auch sagen.«

Valerie starrte sie einen Moment an. Der Blick aus den blassblauen Augen hinter der Leichtmetallbrille war kaum zu deuten, dachte Sasha. Dann wandte Valerie den Kopf und lächelte die Gruppe der erschöpften Sitzungsteilnehmer um den ovalen Mahagonitisch an.

»Dann sollten wir die Sitzung beenden«, verkündete sie. »Ich muss die letzten Details noch mit der Geschäftsführung in New York klären, aber ich glaube, wir haben bei allen wichtigen Punkten Einigkeit erzielt.«

Während die erleichterten Frauen und Männer sich von den bequem gepolsterten Stühlen erhoben und sich gegenseitig gratulierten und nach Champagner riefen, gelang es Paul, sich unauffällig hinter Sasha zu stellen. »Wir müssen uns später davonstehlen und feiern den Vertrag ein wenig intimer in deinem Zimmer.«

Sasha spürte, wie sich ihre inneren Muskeln aus Vorfreude zusammenzogen, als sie Pauls Atem im Nacken fühlte. Sie wollte sich gerade umdrehen, aber dann näherte sich einer der Direktoren von Rollit. Paul blieb stehen, während Sasha rasch zwei Schritte nach vorn ging und Roger Wickham die Hand schüttelte.

»Ich bin sehr beeindruckt von Ihrem Erfolg und Ihrer Professionalität, Miss Hayward, und ich freue mich für Sie über Ihre Ernennung zur Leiterin der Marketingabteilung.«

Ha! Sasha musste sich ein Grinsen verkneifen. Diesen Morgen hatte sie einen überzeugenden Beweis für Professionalität auf einem ganz anderen Gebiet abgeliefert, aber davon würde nie jemand erfahren, auch jetzt nicht, nachdem der Vertrag unter Dach und Fach war.

Sasha lächelte höflich. »Spätestens jetzt dürfen wir uns mit Vornamen ansprechen, nicht wahr, Roger? Ja, ich bin vor einem Jahr nach New York gegangen und befördert worden, aber ich will natürlich auch meinen Anteil am Gelingen der britischen Kampagne beitragen.«

Sasha lächelte wieder und entschuldigte sich. Sie war auf der Suche nach einem Glas Champagner. Die Gespräche wurden lauter und launiger. Der Alkohol begann zu wirken, denn die Teepause mit den Plätzchen lag schon vier Stunden zurück. Valerie hatte für acht Uhr einen Tisch im Restaurant bestellt, wobei sie davon ausging, dass Rollit die Kosten übernehmen würde.

»Setz dich beim Essen neben mich«, raunte Paul in Sashas Ohr, als sie vor der Tür zum Restaurant standen. Sasha zitterte schon bei dem Gedanken, später mit ihm allein zu sein. Sie sah die Tür zur Toilette und sagte spontan: »Ich werde mich vor dem Essen noch ein wenig frisch machen.« Valerie hatte diese Bemerkung gehört und folgte ihr.

Vor dem langen, wandhohen Spiegel breitete Sasha ihren Make-up-Beutel aus. Sie legte Puder auf und zog die Lippen nach, ehe sie zum Parfümzerstäuber griff.

»Dieser Paul sieht wirklich phantastisch aus, findest du nicht auch?«, Valerie stellte die Frage wie nebenbei, während sie an ihrem Ausschnitt zupfte. Unter dem gelben Kostüm trug sie eine blassgelbe Bluse.

Sasha wich Valeries Blick aus und griff zum Augenstift. Sie hoffte, unbeeindruckt zu klingen, als sie sagte: »Ja, es ist immer wieder eine Überraschung, wenn man einen Menschen persönlich kennen lernt, den man bisher nur vom Telefon kennt –und dann auch schon so lange.«

»Nun, da jetzt die Verhandlungen abgeschlossen sind, darf ich endlich gestehen, dass ich mich in den letzten drei Tagen in ihn verknallt habe«, sagte Valerie und bürstete ihre langen, schwarzen Haare. »Nicht, dass ich mich davon hätte beeinflussen lassen«, fügte sie hastig hinzu, als sie bemerkte, dass Sasha die Chefin stirnrunzelnd anschaute. »Du und ich, wir sind seine Kunden, deshalb wäre es höchst unethisch, mit jemandem von Rollits Team etwas anzufangen.«

Hm, dachte Sasha und sah Valerie aus den Augenwinkeln an. Im Restaurant hielt sie ohne Umschweife auf den Stuhl neben Paul zu, und sie kam sich ein wenig schuldbewusst vor, als sie sah, dass Valerie gezwungen war, den letzten freien Stuhl neben dem Chefkreativen von Rollit zu nehmen; er grinste sie ölig an und starrte ihr ungeniert in den Ausschnitt.

»Ich bin erleichtert, dass du es endlich geschafft hast«, bemerkte Paul leise und schenkte Champagner in Sashas Glas ein. »Ich bin so geil«, raunte er ihr zu, und die andere Hand kletterte verführerisch ihren Oberschenkel hoch.

»Die Karte?«, fragte Jean, die Sekretärin von Rollit höflich, völlig ahnungslos, dass Sasha nicht sofort antworten konnte, weil Pauls warme, kräftige Hand über die empfindsame Haut der Innenseiten strich.

»Ja, bitte«, stieß Sasha hervor und spreizte ihre Beine ein wenig.

»Ist das Ihr erster Besuch in England?«, fragte Jean. Sie hatte immer noch nichts von dem Trubel der Gefühle bemerkt, den Paul unter dem Tisch auslöste.

»Eh ... ja«, antwortete Sasha und zog das Tischtuch weiter über ihren Schoß. »Es gefällt mir sehr gut hier, aber ich habe noch nicht viel vom Land gesehen.«

»Fliegen Sie morgen zurück in die Staaten?«, fuhr die Frau fort und stellte die Blumenvase zur Seite, um Sashas Gesicht besser sehen zu können. Irritiert hoffte Sasha, dass Jean endlich die Klappe halten würde, damit sie sich voll auf das herrliche Gefühl konzentrieren konnte, das Pauls Finger auslösten, die jetzt zu ihrem Geschlecht vorstießen.

»Ja, leider«, brachte sie ächzend heraus. Pauls langer Zeigefinger streichelte über die feuchten Labien, während er mit scheinbarer Leichtigkeit das Gespräch mit seinen Kollegen auf der anderen Tischseite fortsetzte.

Die Kellner nahmen die Bestellungen auf, andere brachten Brot und Butter, und Pauls Finger drangen immer tiefer vor. Er unterhielt sich mit einem amerikanischen Kollegen über die neue Ausstellung in der Tate Gallery und umkreiste behutsam Sashas Klitoris.

Unwillkürlich ruckte sie die Hüften vor, um Pauls Finger noch tiefer in sich zu spüren. Er hätte sie mit ein paar strammen Stößen fertig machen können, und in ihrem Stadium der Erregung war es ihr egal, dass alle am Tisch wahrscheinlich ihren Orgasmus miterleben würden.

»Sasha, ist alles okay?«, fragte ihre Chefin laut. Ihr waren wahrscheinlich das gerötete Gesicht und die lüstern glitzernden Augen aufgefallen. »Du siehst so fiebrig aus.«

»Ja, ich glaube, ich brauche etwas Wasser, um mich abzukühlen«, sagte Sasha, dankbar für den Vorwand, sich von Pauls süßer Quälerei zu lösen. Auf der Toilette konnte sie das vollenden, was Paul begonnen hatte.

Paul zog die nassen Finger unauffällig aus Sashas Vulva, legte die Hände wie im Gebet gegeneinander und stieß die Fingerspitzen gegen die Nase. Sasha sah, dass er ihren Duft tief einatmete und sie dabei anlächelte. Sie rannte fast vom Tisch weg und hoffte, dass niemand ihr nachschaute, aber sie glaubte, Valeries bohrende Blicke im Rücken spüren zu können.

Als sie sich in der luxuriösen, wohlduftenden Kabine eingeschlossen hatte, zog sie hastig den marineblauen Rock hoch, schob den feuchten blauen Seidenslip hinunter und verschaffte sich rasch einen befriedigenden Höhepunkt. Ein, zwei, drei zügige Stöße hinein, während der Daumen gegen den Kitzler presste – und schon war die Erleichterung da. Es war ein schwacher Behelf, aber für den Augenblick genügte er, schließlich wusste sie, dass dies nur der Appetitmacher war. Das Hauptgericht gab es später im Bett mit Paul.

Aber in dieses Bett zu gelangen erwies sich als Problem, erkannte Sasha im Laufe des Abends. In den vergangenen beiden Nächten hatten sie es relativ leicht geschafft – beim allgemeinen Aufbruch hatte sich Paul auf die Toilette verdrückt, und als alle auf den Zimmern waren, hatte er sich zu Sasha geschlichen. Heute würde es schwieriger werden, denn nach dem Essen planten die Leute von Rollit, die amerikanischen Gäste noch in die Bar einzuladen.

Offenbar hatte Paul eine Strategie ausgearbeitet; als er sich vom Tisch erhob, ließ er einen zerknüllten Zettel in ihren Schoß fallen.

Sasha blieb sitzen und sah zu, wie die anderen zur Bar zogen. Sie kicherte, als sie Pauls Zettel unter dem Tisch aufdröselte. Diese kindische Heimlichkeit! Sie musste sich ein Lachen verbeißen.

Auf dem Zettel stand nur: *Dein Zimmer. Mitternacht.* Wie romantisch, dachte Sasha verträumt. Dann stand sie auf und schob ihren Stuhl zurück. Ein heimliches Rendezvous um Mitternacht – eine Explosion der Leidenschaft, ehe sie morgen zurück nach Hause flog.

Sie leerte hastig den obligatorischen Drink an der Bar, bevor sie sich entschuldigend verabschiedete; Kofferpacken war ihre Ausrede. Niemand schien daran zu zweifeln, und so ging sie zum Aufzug, der sie rasch nach oben bringen sollte, damit sie mit ihren Liebesvorbereitungen beginnen konnte.

Nun ja, rasch brachte der Aufzug sie nicht nach oben, dachte Sasha amüsiert, als sie sich gegen eine Wand der Kabine lehnte. Es ruckte, knirschte und knarrte. Der Aufzug schien so alt wie das Hotel zu sein.

In der Halle des Asher Hotels gab es eine Bronzeplakette, auf der die Erbauung im späten siebzehnten Jahrhundert stolz verkündet wurde. Damals war das Haus Familiensitz der Ashers gewesen, eine Familie des niederen Adels, die über einen beeindruckenden Stammbaum verfügte. Grafen und Barone starrten einen von fast allen Wänden des Hotels an. Sasha war schon missmutig aufgefallen, dass nur wenige Frauen porträtiert worden waren.

Die drei Wände der Aufzugkabine waren mit Regalen ausgestattet, in denen dicht gedrängt alte ledergebundene Bücher standen. Auf dem schaukelnden Weg in die dritte Etage schaute Sasha auf die Rücken der Titel. Wahrscheinlich sollten die Bücher zur Unterhaltung der wagemutigen Hotelgäste dienen, falls der Aufzug einmal stecken blieb, und bei den ächzenden Geräuschen musste man damit immer rechnen.

Sasha fuhr mit dem Finger über die Buchrücken. Einige Lederbindungen waren aufgeplatzt. Viele der Titel schienen Erstausgaben zu sein, einige wenige bekannte und zahlreiche in Vergessenheit geratene Schriftsteller des siebzehnten und achtzehnten Jahrhunderts. Sasha hatte englische Literatur studiert und ihre Diplomarbeit über die radikalen Schriftsteller der neunziger Jahre des siebzehnten Jahrhunderts geschrieben, deshalb interessierte sie sich besonders für ein Exemplar des Titels von Mary Wollstonecraft, *Ein Plädoyer für die Rechte der Frauen.*

Aber als sie das Buch aus dem Regal ziehen wollte, ließ es sich nicht bewegen, und Sasha erkannte, dass die Bücher irgendwie fest verankert waren, wahrscheinlich wegen der Diebstahlgefahr. Enttäuscht lehnte sie sich wieder gegen die Wand. Wie konnte man solche Bücher erfolgreich befestigen, ohne sie zu beschädigen?

Sie wollte gerade ein anderes Buch versuchen, als die Kabine ratternd und mit einem plötzlichen Ruck anhielt. Langsam öffneten sich die Türen.

Verwirrt betrachtete sich Sasha im Spiegel über den Bücherregalen. Ihre Wangen waren gerötet, die Augen leuchteten dunkel, und das glänzende kastanienbraune Haar löste sich aus dem Knoten. Sie sah verträumt und verführerisch aus und führte das auf die Vorfreude über die bevorstehende heiße Nacht mit Paul zurück.

Aber war es das wirklich?

Sie verharrte kurz, bevor sie aus der Kabine trat, und warf einen letzten Blick in das Innere aus Dunkelrot und Mahagoni. Es war – was für ein Zufall – das erste Mal, dass sie den Aufzug genommen hatte; bisher hatte sie stets die Treppe benutzt, ein unzulänglicher Ausgleich für die schweißtreibenden Anstrengungen im Fitness-Studio, die sie vermisste, seit sie in England war.

Als sie jetzt beinahe widerwillig aus der Kabine trat und die Türen sich hinter ihr schlossen, wurde Sasha bewusst, dass irgendwas Unheimliches an dieser Kabine haftete. Sie wusste nicht, warum dieses Gefühl sie beschlich, aber sie fühlte sich gezwungen, dieses Unheimliche näher zu erforschen. Es war, als hätte sie in der Kabine die Anwesenheit einer anderen Person gespürt.

Rief da irgendwas in ihr? Sollte sie zurück in den Aufzug gehen?

Das zwanghafte Gefühl war so stark, dass Sasha sich tatsächlich umdrehte und den Arm ausstreckte, um auf den Knopf zu drücken, der den Aufzug rief, aber dann schüttelte sie über sich selbst den Kopf. Mach dich nicht lächerlich. Paul kommt bald, und du willst dich vorbereiten. Also wandte sie sich ab und lief den Gang hinunter zu ihrem Zimmer. Sie steckte die Karte in das elektronische Schloss der Tür. Der Aufzug mochte antiquiert sein, aber alles andere im Asher Hotel war mit neuestem Komfort ausgestattet. Die Hand- und Badetücher waren dick und flauschig, die Minibar war hervorragend bestückt, das Bett war luxuriös, die Dusche funktionierte auf Knopfdruck, und dienstbare Geister sorgten für frische Blumen, für Obst und am Abend sogar für Schokolade als Betthupferl.

Den Vorzug der kräftigen Dusche schätzte Sasha ein paar Minuten später, als die Wasserstrahlen auf ihren Körper prasselten und die Spannung lösten, die sich tief in ihre Muskeln eingefressen hatte, hervorgerufen durch das lange, verkrampfte Sitzen im Konferenzraum und am Abendtisch. Obwohl Sasha ihren Job liebte und froh war über den Abschluss mit Rollit, hatte sie für eine Weile genug von Verkaufs- und Vertriebsgesprächen.

Sie schäumte sich üppig ein und massierte die Muskeln in Armen und Beinen, an Bauch und Hintern. Sasha war immer schon körperbewusst gewesen, und ihre Neigung zur Fülle hatte sie oft geplagt. Ein Bier zu viel, ein Stück Kuchen außer der Reihe, ein paar geschwänzte Termine im Fitness-Studio, und schon saßen fünf Pfund auf ihren Hüften.

Sie wusste, sie würde nie so schlank wie ein Model sein und hatte gelernt, mit ihren üppigen Kurven zu leben. Okay, die Brüste könnten ein bisschen voller und die Hüften ein wenig schlanker sein, aber Sasha weigerte sich, dem Schlankheitsideal nachzurennen wie so viele andere Frauen in den Dreißigern, die sich von der Kosmetikwerbung beeinflussen ließen. Wenn nur die Schokolade nicht so verführerisch wäre!

Seufzend griff sie nach einem Riegel, der in ihrem Mund schmolz und zähflüssig die Kehle hinunter glitt, während sie sich eine Garnitur aus schwarzer Seide anzog. Sie blieb vorm Spiegel stehen und bewunderte ihr neues Tattoo, das sie erst kürzlich und unter großen Schmerzen erworben hatte. Der runde Ball auf dem Unterarm wurde nun ergänzt von einem kleinen schwarzen Schwan.

Sasha wandte sich ihrem Koffer zu, um sich für die richtige Garderobe zu entscheiden. Sie hatte – wie immer – zu viele Kleider eingepackt, aber niemand konnte wissen, wie Ende Juni das Wetter in England war. Sie entschied sich für das, was sie für den Notfall eingepackt hatte. Eines der üblichen Negligés würde sie nicht anziehen, das war ihr zu spießig.

Sie zog eine schwarze Hose an, die so durchsichtig war, dass man die Umrisse ihres Slips sehen konnte. Dann suchte sie eine seidene Tunika aus, hinter der ihre Brüste mehr als nur andeutungsweise zu sehen waren. Sie trug ein leichtes Make-up auf, zog die Lippen nach – und war bereit.

Jetzt war sie in der Stimmung für ihn. Sie schenkte sich ein Glas Wein ein – vom französischen Weingut der Familie Asher, wie sie dem Etikett auf der Flasche entnahm – und machte es sich auf dem Bett bequem, ehe sie einen Musikkanal im Fernsehen einschaltete. Sie erwischte die Stunde des Hard Rock und hätte fast das Klopfen an der Tür überhört.

Das musste Paul sein. Sie drückte rasch die Stumm-Taste auf der Fernbedienung, schaute flüchtig zum Nachttisch, ob sie eine Packung Kondome griffbereit hingelegt hatte, und lief dann aufgeregt zur Tür. Sie probte ein verführerisches Lächeln, atmete tief durch, um ihr rasch pochendes Herz zu beruhigen, und öffnete die Tür.

Aber da stand niemand. Neugierig trat Sasha in den Flur und schaute nach rechts und links, lauschte angestrengt, aber da war nichts. Schulterzuckend und enttäuscht drückte sie die Tür wieder zu.

Sie griff nach dem Weinglas und nippte daran. Sie nahm an, dass der Klopfer sich in der Tür geirrt hatte und jetzt in einem anderen Zimmer verschwunden war. Sie wollte sich gerade wieder dem harten Rock im Fernsehen zuwenden, als sie spürte, dass jemand – etwas – an ihr vorbei strich.

Also, jetzt wurde es verrückt, dachte sie wütend. Sie glaubte nicht an Gespenster, sie war auch nicht abergläubisch, und sie hatte keine Zeit für esoterischen Humbug – trotzdem, es gab nicht den geringsten Zweifel, dass jemand – etwas – in ihrem Zimmer war.

Sie würde jeden Moment in Panik ausbrechen, dachte sie, als sie ein forsches Klopfen an der Tür hörte. Das war jetzt bestimmt Paul, dachte sie erleichtert, und dann war der ganze Spuk vergessen.

»Tut mir leid, Darling«, sagte Paul und küsste sie, »aber der Boss hat den Barkeeper überredet, eine Flasche Benedictine aus dem Keller zu holen.«

Puh! Sasha konnte den Alkohol in Pauls Atem riechen, als er sie in die Arme nahm und seine Lippen auf ihre drückte. »Du bist eine Wonne«, murmelte er nach dem Kuss, während er die Tunika von ihren Brüsten schob. »Ich will mehr von dir sehen«, sagte er zur Erklärung.

Sasha hielt seine Hände fest. »Gedulde dich«, flüsterte sie. »Du musst noch für dein dreistes, ungehöriges Verhalten bei Tisch bezahlen.«

Sie zog ihn zum Bett, legte sich auf den Rücken und schaute Paul zu, wie er sein Jackett auszog und die Krawatte lockerte. Er streifte die Schuhe ab und legte seine Kleider ordentlich hin. Sasha musste über seine Ordnungsliebe lächeln. Dieser Mann war wirklich ein rarer Fund, dachte sie. Ein Glücksfall. Er sieht gut aus, er ist schlank und groß, und die blonden Haare ließen ihn wie einen griechischen Gott aussehen. Und dann war er auch noch ordentlich. Seufzend schaute sie auf seine feingliedrigen Finger und erinnerte sich an die Freuden, die sie ihr heimlich unter dem Tisch bereitet hatten. Sie griff nach seiner Hand und legte sie auf ihre Brust.

Paul sah in Sashas gerötetes Gesicht, während er sanft ihre Nippel durch den dünnen Stoff des BHs streichelte. Er lächelte über ihre offenkundige Lust.

»Weißt du«, flüsterte er, »ich wusste, dass ich dich berühren musste, als ich dich das erste Mal gesehen habe. Ich war sofort heiß auf dich.«

»Ja, ja«, sagte sie seufzend, ob als Zustimmung zu seinem Bekenntnis oder als Ermutigung für seine Finger wusste sie selbst nicht.

»Ich war schon am Telefon von dir begeistert«, fuhr Paul fort. Seine andere Hand glitt zwischen Sashas Schenkel und streichelte sinnlich. »Aber dich persönlich kennen zu lernen war viel aufregender, als ich hoffen konnte. Du bist klug, empfindsam, warmherzig und ...« – seine Lippen drückten sich auf ihre Wange – »... wunderbar sexy.«

Während Paul sich mit den Lippen bis zu ihrem Brustansatz bewegte, entblößte sie sich für ihn und hielt ihm kokett ihre festen Brüste hin. Er saugte abwechselnd an den Nippeln, während Sasha mit zitternden Fingern die Knöpfe seines Hemds öffnete.

Ihre nackten Bäuche rieben gegeneinander, und dabei bewegten sich Sasha und Paul immer mehr zur Bettmitte. Sie drückte ihn auf den Rücken und bedeckte seinen Hals mit Küssen, während er ihre Backen packte und sie auf sich presste. Er glitt mit einer Hand zwischen ihre Körper, öffnete ihre Hose und schob sie zusammen mit dem Slip über ihre Hüften. Jetzt lag sie nackt auf ihm.

Sasha atmete tief den Geruch seines Körpers ein. Seine Brusthaare kitzelten ihre Nase, als sie seine Warzen leckte. Sie spürte, wie sich seine Bauchmuskeln spannten, und an ihren Schenkeln spürte sie das Pochen seiner Erektion.

Langsam rutschte sie an ihm entlang, tauchte mit der Zungenspitze in seinen Nabel und umkreiste die Einbuchtung mit der Zunge.

Sie nahm seinen Penis in eine Hand, drückte die Shorts mit der freien Hand hinunter und brachte ihr Gesicht über die zuckende Erektion.

Sie schaute verlangend zu ihm hoch, und Paul griff ihre Schultern, zog sie hoch und half ihr, sich über ihn zu spreizen. Sie sah fasziniert auf seinen Penis, wie er langsam in ihr verschwand. Sie liebte diesen wunderbaren Moment des Eindringens, wenn sich Scheide und Penis vereinten. Es gab nichts Intimeres.

Genau in dem Augenblick, in dem sein Penis tief in ihr drinnen war, hörte sie es.

Sie erstarrte. Sie lauschte. Ihr Blick ging ins Nichts. Ihre Brauen waren steil aufgerichtet.

»Darling, was ist los?«, fragte Paul.

Benommen schaute Sasha ihn an. »Hast du es nicht gehört? Hast du *sie* nicht gehört?« Ihre Stimme bebte, ihr Körper zitterte. »Pst! Da ist sie wieder. Was ist das? Und ist es ein Weinen oder ein Lachen?«

Was Sasha hören konnte – und Paul offensichtlich nicht –, waren die Laute einer Frau. Aber Sasha konnte nicht ausmachen, welcher Gefühlsregung die Laute entsprangen. Manchmal schien es, als lachte die Frau, dann wieder klang es eher nach einem Schluchzen.

Obwohl die Laute von irgendwo hinter Sashas Kopf zu kommen schienen, waren sie zu chaotisch, um sie genau zu identifizieren. Es waren wortlose Laute, wortlos wie das Krähen eines Babys, obwohl sie eindeutig von einer erwachsenen Frau stammten. Laute aus der Tiefe einer Frauenkehle, rasch und gehetzt und schrill, manchmal gurgelnd oder wütend, fast gequält. Aber dann, als Sasha meinte, die Herkunft lokalisiert zu haben, entfernten sich die Laute, als ob die Frau sich zurückzöge, und dann wurde es immer schwächer, wenn auch nicht weniger eindringlich. Kurz darauf konnte Sasha die Frauenstimme nicht mehr hören.

Verdutzt und zitternd, aber seltsamerweise nicht verängstigt, schüttelte Sasha kurz den Kopf, dann blickten ihre Augen wieder klar. Lächelnd sah sie Paul an.

»Hast du es nicht gehört?« Sie konnte es kaum begreifen. »Hast du überhaupt nichts gehört?«

Aber Paul schaute sie nur verständnislos an, und plötzlich wusste Sasha, dass sie ihm nichts über die eigenartigen Laute sagen würde. Nein, sie würde das Geheimnis für sich behalten, wenigstens eine Weile.

»Puh, ich muss zu viel getrunken haben.« Sasha rollte sich von Paul und legte sich auf den Rücken, eine Hand theatralisch auf die Stirn gelegt. »Ich dachte, ich hätte ein Baby schreien hören.« Sie lachte. »Dabei bin ich nicht mal zweiunddreißig. Ich hoffe, ich werde nicht jetzt schon eine sonderbare Alte.«

»Ich habe nichts gehört«, sagte Paul staunend. »Woher wusstest du, dass es eine ›Sie‹ war?«

»Ich glaube, es war der Fernseher im Nachbarzimmer«, murmelte Sasha. Es gab nur einen Weg, Paul auf andere Gedanken zu bringen. Sie griff nach seinem schlaffen Penis. »Also, wo waren wir?«

Der Penis zuckte schwach in ihrer Hand. Die spontane Lust war plötzlich verflogen. Sie war nicht sonderlich erpicht darauf, ihn zu reanimieren.

Trotzdem, es war ihre letzte gemeinsame Nacht, und wer wusste, wann sie sich wieder in einer solchen Situation befinden würden.

Also lehnte sie sich über Pauls Bauch und stieß die Zunge gegen die purpurne Eichel, und im nächsten Augenblick hatte sie den ganzen Penis in den Mund gesogen. Sie spürte, wie er wuchs und hart wurde. Er begann zu pochen, und sie entließ ihn fast widerwillig aus dem Mund, bevor er sie würgte. Paul sah zufrieden zu, wie Sasha sich in die Hocke begab und an seinem Penis auf und ab leckte. Dann packte er sie, drückte sie auf den Rücken und rollte sich auf sie. Er griff nach dem Kondompäckchen auf dem Nachttisch und reichte es Sasha. Er stützte sich auf den Armen auf, während Sasha geschickt die Tüte über sein Glied zog.

»Das waren drei phantastische Nächte mit dir, Sasha«, murmelte Paul, während er in sie hineinstieß. »Sie waren das Risiko wert, das wir eingegangen sind.«

Sasha war nicht sicher, ob die Nächte das Risiko wert gewesen waren, ihren Job zu verlieren. Aber Pauls Penis ließ sie nicht lange zweifeln. Er stieß tiefer und härter zu, während sie auf die geheimnisvollen Laute achtete, die vielleicht wiederkommen würden.

Zweites Kapitel

Am nächsten Morgen, nach einer Reihe von schnellen und höchst genüsslichen Orgasmen, verabschiedete sich Paul von Sasha. Während der Kampagne für *Gripp* würden sie oft miteinander zu tun haben, telefonisch und auch mit E-Mails. Paul versprach, alle

Termine abzusagen, wenn Sasha die nächste Dienstreise nach England antrat, um ungestört das amouröse Abenteuer fortsetzen zu können.

Sasha sah ihm nach, wie er über den Korridor huschte. Sie war gespannt, ob er den Aufzug nahm und wenn, ob auch Paul diese eigenartige Wirkung der Kabine spüren würde – aber er lief die Treppe hinunter. Sasha nahm sich vor, den Aufzug an diesem Tag genauer zu inspizieren.

Nachdem Paul gegangen war, schlüpfte Sasha zurück ins Bett und frönte schamlos dem schönsten Luxus eines guten Hotels – dem Zimmerservice. Sie bestellte ein englisches Frühstück und labte sich zehn Minuten später an zwei Spiegeleiern mit Speck und Würstchen, am knusprigen Weizentoast, den sie mit Marmelade bestrich, und wandte sich schließlich der üppigen Schale mit Obst zu. Sie streckte sich im Bett aus, trank den frisch gepressten Orangensaft und nippte zwischendurch am Kaffee, während sie überlegte, wie sie die Stunden nutzen konnte, ehe sie mit den Kollegen zum Flughafen fahren musste.

Wie aufs Stichwort klingelte das Telefon. Sasha griff mit einer Hand nach dem Hörer, während sie mit der anderen die letzte Erdbeere aus der Schale nahm.

»Hallo. . .«, sagte sie schläfrig.

»Sasha?« Es war Valerie. »Die Jungs und ich wollen ins Zentrum fahren. Wir haben hoffentlich genug Zeit, uns die Ausstellung in der Tate Gallery anzusehen. Hast du Lust, mit uns zu kommen?«

Sie überlegte sich krampfhaft eine Ausrede, dabei fiel ihr Blick auf ihre Handtasche. Rasch antwortete sie: »Das ist furchtbar lieb von dir, Val, aber ich muss vor dem Abflug noch einige Einkäufe erledigen. Ich habe meiner Nichte versprochen, ein paar Spielsachen mitzubringen.«

Valerie konnte eigentlich nicht wissen, dass sie gar keine Nichte hatte, und Sasha atmete erleichtert auf, als Valerie nicht im Geringsten enttäuscht antwortete: »Oh, wie schade. Nun gut, wir treffen uns dann hier um eins, okay?«

Sie jubiliert, dachte Sasha, als sie den Hörer aufgelegt hatte. Diese Frau liebt nichts so sehr, wie im Mittelpunkt mehrerer Männer zu stehen. In den neun Monaten, die Sasha im New Yorker Büro arbeitete, waren ihr einige Dinge klar geworden, die Valerie betrafen – ganz oben stand Valeries lüsternes Interesse an Männern. Sasha glaubte, dass dies auch das Motiv für Valerie gewesen war, sich auf das Marketing einer Herren-Kosmetik-Serie zu spezialisieren.

Das Gebiet der Marktuntersuchung war immer noch eine Männerdomäne, so dass sich zahlreiche Begegnungen mit attraktiven Verabredungen ergaben – und mit unverschämt gut aussehenden und gut gebauten männlichen Models. Valerie bestand nämlich darauf, bei der Auswahl der Models dabei zu sein, die für die Produktpalette eingesetzt wurden.

Nun, Sasha hatte andere Dinge, um die sie sich an diesem Morgen kümmern musste. Nach der Dusche zog sie sich rasch ein paar legere Sachen an, schwarze Leggings und ein übergroßes Sweatshirt. Auf einem Transatlantikflug mochte sie nicht in enge Kleidung eingepresst sein, und sie verzichtete auf Haargel und Make-up. Sie fasste die Haare zu einem Pferdeschwanz zusammen und betrachtete sich im Spiegel.

Sie trat näher an den Spiegel heran und sah das sanfte Glühen ihrer Wangen und das Funkeln ihrer Augen; beides war bestimmt auf den großartigen Sex zurückzuführen, den sie mit Paul erlebt hatte. Oder glühte sie wegen des gespenstischen Lachens, das sie gestern Abend gehört hatte?

Sie war sicher, dass diese Laute in Verbindung standen mit dem unheimlichen Gefühl, das sie im Aufzug überfallen hatte, als ihr plötzlich bewusst geworden war, dass jemand mit ihr in der Kabine war. Und anschließend ebenso unsichtbar ihr Zimmer betreten hatte. Sie wollte diesem Geheimnis auf die Spur kommen. Sie band die Schnürsenkel der Laufschuhe und kam sich wie eine Amateurdetektivin vor. Mit ihren Erkundungen wollte sie bei dem gut aussehenden Barkeeper beginnen, den sie gestern Abend gesehen hatte. Wenn sie Glück hatte, war er auch jetzt wieder im Dienst.

Sie hatte Glück. Er stand hinter der Eichenbar und polierte Gläser. In der Halle saßen nur wenige Gäste. Sasha trat an die Bar, und der junge Mann dahinter sah neugierig auf. »Kann ich einen Kaffee haben, bitte?« Während er den dampfenden Kaffee in eine Tasse laufen ließ, überlegte Sasha, wie sie am geschicktesten beginnen könnte.

»Dies ist ein sehr schönes Hotel, Simon«, sagte sie – den Namen hatte sie auf dem Schild am Revers gelesen. »Arbeiten Sie schon lange hier?«

Er sah sie unter seinen buschigen schwarzen Brauen an und nickte. »Seit fast zwei Jahren«, antwortete er und stellte einen Teller mit Keksen zu dem Kaffee.

»Zwei Jahre.« Sie biss auf einen Keks und nippte am heißen Kaffee. »Ich habe gelesen, das Hotel ist über hundert Jahre alt. Es muss ein ziemlich geschichtsträchtiges Haus sein, nicht wahr?«

Simon nickte. »Ja, ist es wohl.«

»Da muss es doch eine ganze Menge von Gespenstergeschichten bei Ihnen geben«, fuhr Sasha fort.

»Ja.« Er hatte wieder damit begonnen, Gläser zu polieren.

Sasha beschloss, etwas forscher vorzugehen. »Hat

es auch schon Gäste gegeben, die sich über unheimliche Geräusche beklagt haben?«, fragte sie und bemühte sich, so zu klingen, als glaubte sie solche Geschichten nicht.

Aber der Barkeeper ließ sich nicht täuschen. Er stellte das polierte Glas ab und schaute Sasha ins Gesicht. »Sie wollen was über sie hören, was?«

Verdutzt schaute Sasha ihn an. »Ist es eine ›Sie‹?« Sasha ließ seine Augen nicht los. »Was wissen Sie über sie?«

»Sie haben Zimmer 323, nicht wahr?« Er sah, dass sie errötete. Als sie nickte, fuhr er fort: »Es geschieht alle paar Monate. Ein Gast – eine Frau – kommt her, meist allein und ein bisschen nervös, und gibt sich lässig – so wie Sie – oder sonst ein wenig verunsichert und scheu, aber alle wollen dasselbe wissen.« Er brach ab, und Sasha glaubte, dass er das tat, um die Spannung zu erhöhen.

»Sie alle wollen wissen, ob ich etwas über Gespenster gehört habe.« Er schniefte verächtlich, und Sasha fragte sich, warum er so unfreundlich war. Plötzlich fand sie ihn gar nicht mehr gut aussehend.

»Gespenster?«

Als er nur nickte und nichts sagte, beugte sie sich über die Bar und fragte ungeduldig: »Und? Gibt es welche?«

Der Barkeeper sah sie unfreundlich an. »Ich kann Ihnen nur sagen, was ich auch den anderen Gästen sage, die danach fragen. Es gibt ein Gerücht, dass es in unserem Hotel spukt. Eine Frau soll als Geist hier ihr Unwesen treiben. Man kann sie weinen und lachen hören, heißt es.« Er hob die Schultern und lachte trocken auf. »Wir nennen sie Heulsuse. Aber offenbar können nur Frauen sie hören – wir Männer können also gar nicht mitreden.«

»Aber wer ist sie?«

Simon zögerte, ehe er fast respektvoll sagte: »Es soll Amelia Asher sein.«

Amelia Asher.

Es war das erste Mal, dass Sasha den Namen hörte, aber sie spürte den Schauer, der ihr über den Rücken lief. Irgendwie kam ihr der Name vertraut vor, als wüsste sie im Unterbewusstsein etwas über diesen Geist. Gleichzeitig empfand sie auch so etwas wie Eifersucht, weil Amelia offenbar auch anderen Frauen schon erschienen war.

»Hat denn schon mal jemand den Geist gesehen?«, fragte sie eifrig.

Simon schüttelte den Kopf. »Nein. Ich weiß nur, dass man ihn angeblich hören kann, aber nur nachts, und auch nur in Zimmer 323.«

»Wer war Amelia Asher?«

Simon schien bestrebt zu sein, das Gespräch rasch zu beenden. Man sah ihm sein Unbehagen deutlich an. »Sie soll die Tochter der Leute gewesen sein, die hier im ausgehenden achtzehnten Jahrhundert gelebt haben. Sie muss eine unglückliche Liebe gehabt haben und ist früh gestorben. Mehr kann ich Ihnen nicht sagen.« Er ging ans andere Ende der Bar.

Sasha war verwirrter als vorher. Ohne weiteres Wort erhob sie sich vom Barhocker, ohne auf die Frau zu achten, die in der Halle Glasscheiben putzte. Als Sasha an ihr vorbeiging, flüsterte die junge Frau ihr zu: »Ich habe gehört, dass Sie nach Amelia gefragt haben.«

Sasha blieb verblüfft stehen. »Wissen Sie etwas über sie?«

Die junge Frau wies mit dem Kopf in eine Ecke, die nicht sofort einsehbar war. »Wir sollen nicht darüber reden«, sagte sie, als sie die etwas abgeschirmte Stelle erreicht hatten. »Deshalb war er« – sie nickte zum Barkeeper hin – »auch so grantig zu Ihnen. Er hat sie nie gesehen, und ich vermute, er glaubt, all die Geschichten seien erfunden. Der Manager will seine Gäste nicht erschrecken, deshalb mag er nicht, dass wir diese Geschichten verbreiten.«

Das Namensschild wies die junge Frau als Claire aus. Sie schaute auf die Uhr und sagte: »Ich habe jetzt Pause. Ich kann Sie zu ihr bringen, Miss.«

Verblüfft und ein wenig verunsichert folgte Sasha der jungen Frau. Sie steuerte auf eine Tür zu, die zu einem Flur führte, den Sasha noch nicht kannte.

Sasha war ein bisschen nervös, und Claire wohl auch, denn sie schaute einige Male hinter sich, als wollte sie sich vergewissern, dass ihnen niemand folgte.

Bald schon wusste Sasha nicht mehr, in welchem Teil des Hotels sie sich befanden. Sie hatte nicht vermutet, dass das Gebäude so groß war. An einer Stelle hatte Sasha den Vorraum zur Wäscherei vermutet, weil überall Bettzeug und Tücher lagen, und ein wenig später verriet der Geruch, dass sie in der Nähe der Abfallsammlung waren. Durch eine weitere Tür gerieten sie in einen offenbar älteren Gebäudeteil, denn es roch modrig und unbewohnt.

Als ob die junge Frau Sashas Gedanken erraten hätte, blieb sie stehen und lächelte sie verschwörerisch an.

»Gäste sollten diesen Teil des Hotels eigentlich nicht sehen«, erklärte sie. »Wir sind gerade am Büro des Managers vorbeigekommen, und dahinter liegen die Unterkünfte einiger Angestellten. Jetzt betreten wir den hinteren Teil des Hauses, wo früher die Dienstboten wohnten. Dieser Trakt ist geschlossen, seit wir uns erinnern können.«

Sasha starrte die junge Frau neugierig an. Wieso war es ihr gelungen, in diesen Trakt einzudringen, wenn er geschlossen war? Claire lächelte und gab Sasha zu verstehen, ihr zu folgen. Es ging eine breite, verstaubte Treppe hoch, die sicher seit Jahrzehnten nicht mehr benutzt worden war. Die dunklen holzgetäfelten Wände waren klebrig vom Staub der Jahre, aber sie schirmten fast jedes Außengeräusch ab.

Im Treppenhaus war es ziemlich schummrig. Vor den Fenstern hingen schwere Samtvorhänge, deren Farbe vor Staub kam noch zu erkennen waren. Die Beleuchtung wurde immer trüber. Es roch modrig, und von der Decke hingen lange Spinngewebe.

Als Sasha gerade dachte, sie hätte genug Altertum geatmet, weil die Treppe einfach nicht enden wollte, blieb Claire plötzlich stehen. Sasha schaute sich um. Sie standen auf einem Treppenabsatz, aber sie sah auch, dass die Treppe weiter aufwärts führte. Ratlos schaute sie Claire an.

Claire blieb reglos stehen. Sie lehnte sich ans Treppengeländer und schaute mit großen Augen auf eine Wand, an der ein Porträt hing, das wie ein Wunder völlig staubfrei zu sein schien.

»Das ist sie«, sagte Claire leise, fast andächtig. »Das ist Amelia.«

Sasha betrachtete das Porträt und versuchte, es in ihr Gedächtnis einzubrennen. Der Hintergrund des Gemäldes war in unterschiedlichen, hauptsächlich dunklen, Grau- und Grüntönen gehalten, als hätte der Maler das Licht ausschließlich auf sein Modell lenken wollen.

Es war das Porträt einer jungen Frau, höchstens achtzehn Jahre alt, schätzte Sasha. Sie trug ein herrliches Kleid, gewaltig in Stoff und Farbe. Der Maler hatte es in allen Einzelheiten festgehalten, hatte liebevoll jede Falte, jede Krause wiedergegeben. Sasha blickte auf die Spitze der Halskrause, sie bewunderte das schwere Samtgewebe, den feinen Halsausschnitt, um den der Stoff gerafft war und wo das zarte Pink in ein tiefes Rot überging, ebenso wie in der Taille, wo der Stoff in kunstvoll arrangierten Falten lag.

Die Frau auf dem Bild trug keinen Schmuck, abgesehen von den Rubinen im Haarband, das sich durch die goldenen Locken zog, die sich auf ihrem Kopf türmten.

Aber es war das Gesicht des Modells, das Sashas Blick gefangen nahm. Sie verinnerlichte jede Einzelheit, die delikaten rosigen Ohren, den Pfirsichteint, die lange aristokratische Nase, den vollen Mund, der an eine Rosenknospe erinnerte, und die großen grünen Augen, vollkommen mit den langen Wimpern und den gewölbten Brauen.

Vom ersten Anblick an war Sasha von dieser Frau fasziniert, nicht nur von ihrer Schönheit, sondern auch vom Schock, dass sie eine gewisse Vertrautheit mit ihr empfand. Es war ein beinahe erotisches Gefühl. Bei dieser ersten Begegnung, beim ersten Anblick wurde Lady Amelia für Sasha eine Frau aus Fleisch und Blut. Sasha starrte unverwandt auf das Bild, und es war ihr, als ob Amelia einen tiefen Atemzug täte. Ihre Lippen schienen sich zu bewegen, und ihre Augen wurden feucht.

Das ist doch verrückt, sagte sich Sasha, riss sich aus der Träumerei und stellte fest, dass es ihre eigenen Augen waren, die feucht waren, ihre eigenen Lippen, die sich zitternd bewegten. Himmel, es war nur ein Gemälde! Sie wollte aus diesem Bann heraus. Sie schaute Claire von der Seite an und bemerkte, dass Claire sie anschaute und nicht das Bild.

»Sie ist lieblich, nicht wahr?« Claires Stimme war

nur ein Wispern. »Man hat den Eindruck, dass sie lebt. Deshalb wurde sie hierhin gehängt, in diesen verstaubten Teil des Hauses. Als sie noch im Hotel hing, haben die Gäste sich beschwert – sie fühlten sich gestört.«

Sie schaute Sasha ins Gesicht und fuhr fort: »Einige Frauen sagten, Lady Amelias Augen verfolgten sie.« Dann fragte sie lauernd: »Sie spüren es auch, nicht wahr?«

Es stimmte. Es schien, als ob die gemalten Augen Sasha auch dann folgten, wenn sie sich vom Bild abwandte. Aber sie sagte nichts, sondern drehte sich um und war entschlossen, all diese albernen Nachforschungen zu vergessen. Sie wollte die Treppe hinunter gehen, und dann sah sie ihn aus den Augenwinkeln und blieb stehen.

Claire sah, wie Sashas Augen sich weiteten. »Ja«, hauchte sie so leise, als ob sie befürchtete, belauscht zu werden. »Oh, ja, er ist auch da.«

Sasha ignorierte sie und trat wieder vor das Porträt, achtete jetzt aber besonders auf den Hintergrund. Nein, sie stand zu nahe, sie musste einen Schritt zurück, um eine bessere Perspektive zu haben. Und dann sah sie die klaren Umrisse eines Mannes.

»Wer ist er?«

»Das ist Johnny«, antwortete Claire flüsternd.

Johnny.

Sasha trat noch einen Schritt zurück, um die Gestalt besser ausmachen zu können, die im Porträt der Lady Asher lauerte. Während die junge Frau liebevoll gemalt worden war, akkurat und mit penibler Liebe zum Detail, war der Mann im Hintergrund nur grob skizziert.

Seine Gestalt war eher zwergenhaft dargestellt, seine Gesichtszüge waren fast verschwommen. Deutlich waren nur die wirren Haare, die dunklen Augen und ein fein geschwungener Mund. Im Gegensatz zu Amelia, deren gesellschaftlicher Stand schon am kostbaren Kleid zu erkennen war, trug der Mann die Kleidung des einfachen Arbeiters, Stiefel, Breeches, raues Baumwollhemd und ein Lederwams.

Wie Amelia starrte auch der Mann auf etwas außerhalb des Gemäldes, und einen Moment lang glaubte Sasha, er starrte sie an. Sie konnte es sich nicht erklären, aber sie fühlte sich irgendwie sexuell von dem Mann angesprochen. In ihrem Kopf sirrte etwas wie ein elektrisches Spannungsfeld, und dieses Sirren spürte sie auch in der Brust und zwischen den Schenkeln. Sie spürte, wie sie feucht wurde, und ihre Lippen öffneten sich ein wenig, als erwartete sie einen Kuss.

Sasha starrte so lange auf das Bild, bis sie es nicht mehr aushielt. Die gemalten Gesichter gingen ineinander über, und sie konnte sie nur noch verschwommen erkennen. Sie stolperte, als sie zurückwich und die erste Stufe nach unten nahm, den Blick immer noch auf das Porträt gerichtet, bis Claire sie sanft an der Hüfte anfasste und umdrehte, damit sie nicht mehr auf das Bild schauen musste. »Kommen Sie«, murmelte Claire, »ich bringe Sie wieder zurück.«

Vorsichtig führte Claire die immer noch benommene Sasha die Treppe hinunter, an der Wäscherei vorbei, bis sie wieder im Hotel waren. Sasha blinzelte einige Male im plötzlichen Sonnenlicht, das durch die Fenster flutete.

»Puh.« Sasha schüttelte den Kopf, immer noch ein wenig verwirrt, dann schaute sie Claire an. »Ich danke Ihnen, dass Sie mich zu ihr geführt haben.«

»Möchten Sie eine Tasse Tee?«, fragte Claire. »Ich habe immer noch Pause. Wenn Sie möchten, kann ich Ihnen von ihr erzählen.«

»Oh, ja, bitte. Ich möchte alles über sie erfahren.«

»Kommen Sie mit.« Claire ging die Treppe hoch in den ersten Stock des Hoteltrakts. Der Flur lag verlassen da. Claire schaute sich rasch um, dann nahm sie einen Schlüsselring aus einer Rocktasche und öffnete eine Tür, hielt sie für Sasha auf.

Sasha sah sich im leeren Zimmer um. Die Betten waren abgezogen, und es roch nach Desinfektionsmittel.

»Das ist eines der Zimmer, die nicht belegt werden für den Fall, dass wir einen bedeutenden Gast in letzter Minute unterbringen müssen«, erklärte Claire. Sie wies auf das Bett. »Setzen Sie sich doch.«

Sasha setzte sich, die Hände aufgeregt zwischen den Knien eingeklemmt. Wie ein Schulmädchen, musste Sasha denken. »Erzählen Sie mir alles, was Sie wissen.«

Claire lächelte übers Sashas Eifer. »Nun, vielleicht ist es gar nicht so viel, was ich weiß. Meine Mutter hat mir die Geschichte Amelias erzählt, als ich hier zu arbeiten anfing. Es ist so etwas wie eine lokale Legende.«

Sasha nickte ungeduldig. »Erzählen Sie.«

»Nun, die Ashers waren im siebzehnten und achtzehnten Jahrhundert eine der angesehensten Familien in dieser Gegend«, begann Claire. Sie setzte sich Sasha gegenüber. »Sie waren sehr wohlhabend, denn ihnen gehörte fast das ganze Dorf samt Kapelle und Friedhof. Man sagt, dass sie keine angenehmen Menschen waren, besonders Amelias Großeltern väterlicherseits sagte man garstige Eigenschaften nach.« Claire schüttelte sich. »Aber Lady Asher, Amelias Mutter, war anders. Sie entstammte keiner Adelsfamilie, und es heißt, dass Lord Asher sie aus Liebe geheiratet hätte, obwohl seine Eltern nichts unversucht ließen, ihn von der Heirat abzubringen.«

Claire verdrehte seufzend die Augen. »Aber seine Eltern starben kurz nach der Hochzeit, deshalb zogen der junge Lord und seine schöne, sanfte Lady in dieses Haus, und kurz darauf bekamen sie Amelia. Meine Mutter sagt, dass die Menschen in dieser Gegend begeistert von der jungen Lady Asher waren, sie müssen sie verehrt haben. Sie erwies vielen Armen mannigfaltige Wohltätigkeiten. Außerdem war sie eine moderne Frau. Sie bestand auf Schulbildung auch für Mädchen und auf einer fairen Bezahlung der Dienstboten. Doch dann brach das Schicksal herein – Lady Asher starb im Kindbett, als Amelia zwölf Jahre alt war, und danach änderte sich alles.«

Claire atmete durch. Sasha sagte nichts, sie hing an Claires Lippen.

»Lord Asher, Amelias Vater, soll sich nach dem Tod seiner Frau sehr verändert haben. Er tat alles, um in die Fußstapfen seiner unbeliebten, gefürchteten Eltern zu treten. Es heißt, dass er die Nähe seiner Tochter nicht ertragen konnte, weil sie ihn zu sehr an seine verstorbene Frau erinnerte. Deshalb schickte er Amelia auf eine Höhere-Töchter-Schule, und wenn sie in den Ferien nach Hause kam, überließ er sie den Dienstboten, denn er verreiste zu diesen Zeiten. Amelia hasste es, von zu Hause verbannt zu werden, aber der Vater ließ sich nicht erweichen. Sie durfte erst mit siebzehn Jahren zurückkehren. Und dann verliebte sie sich in ihn.«

»Johnny?«

Claire nickte. »John Blakeley. Er war der Gärtner, dessen Familie seit Generationen für die Ashers arbeitete. John und Amelia spielten schon als Kinder zusammen, weil Lady Asher Wert darauf legte, dass sich die Kinder verschiedener Klassen begegneten. Als Amelia von der Schule zurück aufs Gut kam, war Johnny zu einem jungen Mann herangewachsen. Sie begannen sich heimlich zu treffen. Mama hat mir gesagt, anfangs hätten sie sich im Rosengarten getroffen.«

Claires Stimme klang voller Wehmut. Sie sah Sasha an und fuhr fort: »Natürlich wurden sie erwischt. Und Sie können sich vorstellen, wie entsetzt Lord Asher war. Er hatte geplant, Amelia mit irgendeinem Adligen zu verheiraten, und unter dieser Bedingung hatte er sie auch als Alleinerbin eingesetzt. Ihr Vater schien vergessen zu haben, dass auch seine Liebe nicht aus Adelskreisen stammte. Er ordnete an, dass Amelia und Johnny sich nicht mehr sehen dürften. Als sie sich weigerte, schloss er sie in ihrem Zimmer ein.«

Sasha hielt den Atem an. Ihre Augen waren weit aufgerissen. Dann fragte sie leise: »Zimmer 323?«

Claire nickte. »Man sagt, dass Amelia eine Zeitlang wirr im Kopf war. Sie verweigerte das Essen und wurde immer schwächer. Sie wollte erst wieder essen, wenn sie Johnny sehen durfte. Um ihr die Aussichtslosigkeit ihrer Situation zu demonstrieren, jagte Lord Asher den Geliebten seiner Tochter davon. Niemand weiß, wohin.«

Sasha glaubte zu wissen, zu welchen Folgen das geführt hatte. Trotzdem fragte sie: »Und dann?«

Claire schaute sie mit traurigen Augen an. »Jetzt wird es wirklich dramatisch. Während Johnny mit seinem Karren davonzog – vielleicht hatte Amelia ihn sogar gehört –, brach sie aus ihrem Zimmer aus, rief seinen Namen und rannte ihm nach. Wahrscheinlich hat er sie nicht gehört, denn der Karren fuhr weiter, ohne anzuhalten. Amelia stolperte in ihrem geschwächten Zustand, sie fiel in den Schlamm und heulte und schluchzte. Sie war zu schwach, um sich zu erheben. Ihr Vater fand sie am anderen Tag, immer noch schluchzend. Er brachte sie zurück ins Haus und schickte nach einem Arzt. Aber es war schon zu spät.

Es heißt, dass Amelia sich erkältet und der geschwächte Körper keine Abwehrstoffe mehr gehabt hatte. Daran ist sie gestorben. Aber ich glaube eher, dass sie an gebrochenem Herzen gestorben ist.«

Claire legte eine Pause ein. Sie beendete die Geschichte mit knappen Worten. »Danach zog Lord Asher weg. Wahrscheinlich nach Südafrika. Das stattliche Haus hier verlotterte immer mehr, bis es vor knapp einhundert Jahren zu einem Hotel umgebaut wurde.«

Die Geschichte war ein Melodram, so einfach und voraussehbar gestrickt, dass Sasha sie am liebsten vergessen hätte. Aber die Erinnerung an die Stimme der Frau gestern Abend war noch sehr lebendig, und Sasha fühlte sich ihr nahe. Die Wirkung des Porträts auf sie war auch zu gewaltig, um erfolgreich ignoriert zu werden. Statt die ganze Geschichte als lächerlich abzutun, fragte Sasha: »Es ist also Amelia Asher, die in Zimmer 323 spukt? Und nur Frauen können sie hören?«

Claire nickte. »Ich selbst habe sie aber noch nie gehört«, sagte sie traurig, »aber ich bin oft da, wenn das Zimmer frei ist, und dann rufe ich sie.« Sie hob bedauernd die Schultern. »Sie hört mich wohl nicht.« Wehmütig sah sie Sasha an. »Aber Sie gehören zu den Glücklichen. Zu Ihnen ist sie gekommen.«

Sasha erinnerte sich an ihre eigene Eifersucht, als der Barkeeper ihr erzählt hatte, dass schon andere Frauen Amelias Stimme gehört hatten.

Plötzlich stieß Claire einen Schrei aus und drückte eine Hand gegen den Mund. Sie sprang auf.

»Ich muss gehen«, sagte sie hastig und schob Sasha nervös zur Tür. »Ich bin schon viel zu lange in der Pause. Tut mir leid, dass ich nicht dazu gekommen bin, Ihnen den versprochenen Tee anzubieten.«

Impulsiv umarmte Sasha sie. »Vielen Dank, dass Sie

mir Amelias Geschichte erzählt haben«, sagte sie. »Ich hoffe, dass sie eines Tages auch zu Ihnen kommt.«

Claire ging zuerst an die Tür, schaute den Flur hinauf und hinunter und winkte dann Sasha aus dem Zimmer. Sasha stand ein paar Momente wie benommen da, während Claire längst verschwunden war, und schließlich wandte sich Sasha zum Aufzug. Es musste bald die Zeit sein, um Valerie und die anderen zu treffen, aber sie wollte noch einen letzten Blick in die Aufzugkabine werfen.

Sasha drückte den Knopf und war darauf eingestellt, ein paar Minuten zu warten, bis die Kabine ratternd anhielt, aber zu ihrer Überraschung öffneten sich die Türen sofort, als ob sie nur auf sie gewartet hätten.

Sasha betrat zögernd die Kabine. Die Türen schlossen sich, und langsam setzte sich die Kabine in Bewegung.

Sie fuhr mit einem Finger über die Buchrücken in den Regalen, ertastete die Ledereinbände und schloss die Augen. Sie atmete den muffigen Geruch ein und öffnete die Augen erst wieder, als ihr Finger über den Rücken von Ann Radcliffes *Die Geheimnisse von Udolpho* strichen, das letzte Buch auf dem untersten Regal. Es war eine Originalausgabe des Romans, der 1794 erschienen war.

Sasha versuchte, das Buch aus dem Regal zu nehmen, aber auch diesmal war sie erfolglos. Dabei wurde ihr bewusst, dass es wahrscheinlich seit zwei Jahrhunderten unangetastet im Regal stand – sicher nicht in diesem Aufzug, denn trotz seines Knarrens konnte er noch nicht ganz so alt sein.

Die meisten Leute würden sich sowieso von der Dicke des Romans abschrecken lassen, dachte Sasha. Während sie immer noch versuchte, das Buch aus der

Verankerung zu lösen, hörte sie Geräusche, die ihr Herz laut pochen ließen – es waren die knarrenden Geräusche, als die Kabine ihr Ziel erreicht hatte, jedenfalls hielt der Aufzug.

Verwirrt, aber nicht verängstigt, schaute sie auf die Leiste der Zahlen, die das Stockwerk angaben. Aber keine Ziffer war beleuchtet.

Aus irgendeinem Grund musste die Kabine zwischen zwei Stockwerken angehalten haben. Sasha drückte den Knopf, der die Türen öffnen sollte, aber nichts geschah. Sie schien gefangen in Zeit und Raum.

Das war alles lächerlich, dachte sie, verärgert über sich selbst, und wandte sich wieder den Büchern zu, während ihr Zeigefinger sich auf den Alarmknopf zu bewegte. Aber kurz bevor der Finger den Knopf erreicht hatte, durchbrach ein trockenes, unheimliches Geräusch die Stille.

Sasha stand wie erstarrt da und weigerte sich zu glauben, was sie hörte. Da war es wieder – ein anhaltendes klirrendes Geräusch. Es dauerte fast eine Minute, schätzte Sasha, dann war es weg – so abrupt, wie es gekommen war.

Langsam, beinahe ängstlich, wandte sich Sasha wieder den Regalen zu. Wieder betrachtete sie die Ausgabe von Ann Radcliffe, und diesmal bemerkte sie, dass ein dünnes Papier zwischen Buch und Regal klemmte.

Die Kabine setzte sich ratternd in Bewegung. Sasha streckte eine Hand aus und zog behutsam an dem Papier. Knisternd gab es nach, und dann hielt sie es in der Hand.

Es war nicht nur ein Papier, sondern ein Manuskript. Es war in ein rotes Bändchen gebunden, und auf der ersten Seite stand deutlich das Datum: 8. April 1795.

Drittes Kapitel

Sasha saß im unbequemen, engen Flugzeugsitz und überlegte, ob sie kurz vor der Landung auf dem Flughafen John F. Kennedy einen weiteren Whisky bestellen sollte. Es war eine viel zu lange Reise, auf der Valerie sich die Zeit damit vertrieb, schamlos mit ihren beiden männlichen Untergebenen zu flirten – und alle drei ignorierten Sasha.

Sie war eher dankbar dafür, denn sie brauchte Zeit für sich selbst. Sie musste sich über das klar werden, was sich im Hotel abgespielt hatte. Erst das faszinierende Porträt, dann die tragische Geschichte der jungen Frau, dazu die seltsamen Erscheinungen. Und schließlich das verborgene Manuskript.

Der Gedanke an das Manuskript und die Geheimnisse, die es wahrscheinlich enthielt, ließen Sashas Herz schneller schlagen. Sie hatte das Manuskript hastig eingepackt, und dann war auch schon Valerie da gewesen, um sie zum Essen einzuladen, ehe es zum Flughafen ging. Sie hatte also nicht einmal einen Blick auf die Seiten werfen können.

Seit sie ihren Platz im Flugzeug eingenommen hatte, war sie auf einem Whiskytrip. Sie bestellte sich beim Steward noch einen weiteren – als Wegzehrung, sagte sie sich, denn es würde noch gut zwei Stunden dauern, ehe sie zu Hause war.

In ihrem geräumigen Apartment in der zwölften Etage ließ sie ihre Koffer fallen, zog im Gehen ihre Kleider aus und lief barfuß ins Badezimmer, ohne auch nur einen Blick aus dem hohen Fenster zu werfen, das einen atemraubenden Blick über den Central Park bot.

Obwohl es erst neun Uhr am Abend war, fühlte sie sich erschöpft nach dem Siebenstundenflug und nach den aufregenden Geschehnissen des Morgens. Sie wollte rasch die Zähne putzen, unter die Dusche und dann mit dem geheimnisvollen Dokument aus dem späten achtzehnten Jahrhundert ins Bett.

Vorher musste sie aber die Nachrichten auf dem Anrufbeantworter abhören, um zu erfahren, wer sie in ihrer Abwesenheit vermisst hatte.

Sie schüttelte sich, als sie die nasale Stimme von Newt hörte, ihrem letzten Zufallsbekannten, der anrief, um zu fragen, ob sie nicht noch mal zusammen ausgehen könnten. Igitt, dachte Sasha und verzog das Gesicht.

Ihre Reinigung erinnerte sie an den Wintermantel, den sie vor drei Wochen abgegeben hatte, und dann hatte auch Xenia angerufen, um zu hören, ob sie schon zurück war. Es war schön, die Stimme der besten Freundin zu hören. Sasha würde sie morgen anrufen.

Nach der Dusche packte sie die Koffer aus und hängte die Sachen zurück in den Schrank, ehe sie in ihren Lieblingsschlafanzug schlüpfte und sich eine Tasse Tee bereitete, um den Whiskygeschmack aus ihrem Mund zu verbannen. Dann, endlich, hielt sie das Manuskript in den Händen und kuschelte sich unter die Decke.

Sie konnte kaum glauben, was sie mit ihren eigenen Augen sah. England war jetzt schon weit weg, unvorstellbar weit, wenn sie auf den Außenlärm achtete, der bis zu ihrer zwölften Etage drang. Sasha hätte sich nicht gewundert, wenn sich plötzlich herausgestellt hätte, dass der Aufzug, das Porträt und die

Geschichte der Amelia Asher nur Zutaten eines lebendigen Traums gewesen wären.

Aber nein, sie hielt den Beweis für das wirklich Erlebte in Händen, denn Sasha hatte nie einen Augenblick daran gezweifelt, dass es sich bei dem Manuskript um Aufzeichnungen Amelias handelte. Sie starrte wieder auf das handschriftliche Datum und strich liebevoll über das rote Band, das an einigen Stelle ausgefranst war. Das Band war nicht nur Schmuck, sondern hielt die einzelnen Seiten auch zusammen.

Wieder fühlte Sasha so etwas wie einen verwirrenden, aber unzweifelhaft erotischen Schauer über ihren Rücken laufen, als sie die Blätter auf ihren Schoß legte. Es war, als befände sie sich in der Gegenwart eines verführerischen Mannes – oder einer verführerischen Frau. Sasha hielt sich für eine aufgeschlossene, moderne Frau, offen für alles, aber bis heute hatte sie nicht darüber nachdenken müssen, ob sie an Gespenster glaubte. Sie hatte solche Geschichten bisher als lächerlich abgetan.

Langsam schob sie das Band von den Seiten. Andächtig fuhr sie mit den Fingerspitzen über das Papier. Es fühlte sich dünn und trocken an, und es knisterte auch ein wenig, als ob es leicht brechen könnte. Die Zeit hatte das einstmals wohl weiße Papier vergilben lassen.

Sie starrte auf die klare Handschrift, betrachtete die eleganten Schwünge bei den Ober- und Unterlängen und wunderte sich über die seltsame Form des ›S‹, das eher wie ein ›F‹ aussah. Die Handschrift war so verschieden von denen, die Sasha bisher in ihrem Leben gesehen hatte, dass es ihr zunächst Mühe bereitete, den Text zu entziffern.

Es gab überraschend wenige Kleckse, stellte Sasha fest, als sie die Seiten nacheinander betrachtete, aber sie bemerkte auch, dass die Schrift auf den letzten Seiten ein wirres Bild zeigte, und sie befürchtete, dass sie viele Wörter nicht würde lesen können. Die beiden letzten Seiten waren nicht mehr vollständig erhalten, es sah so aus, als hätte jemand etwas abgerissen.

Sie tadelte sich, dass sie bis zum Ende geblättert hatte, was sie bei einem Roman nie getan hätte, und kehrte zur ersten Seite zurück. Sie griff zur Lampe und richtete den Strahl auf das Manuskript, goss sich aus der Kanne noch eine Tasse Tee ein, und begann zu lesen.

17. Juni 1794

Kann es sein? Ist das Liebe? In meinem Kopf ist alles durcheinander. Mein Herz schlägt wie wild, ich kann kaum einen klaren Gedanken fassen. Und doch muss ich darüber schreiben. Ich muss alles festhalten, so lange ich es deutlich vor mir sehe – ihn ganz besonders.
Was für ein Mann er ist! Diese dunklen Augen so sanft und zärtlich, die Haut so braun und gesund, diese schwarzen Locken und – darf ich es erwähnen? – dieser herrlich geschwungene Mund! Er ist so ein feiner Mann geworden, das sieht man auch in seinem schlichten Hemd und den derben Breeches. Oh, was für kräftige Beine er hat, so lang und muskulös! Kann dies der Johnny sein, mit dem ich als Kind gespielt habe?
Sicher, fünf lange Jahre war ich weg, kam nur zu Weihnachten und im Sommer für zwei Wochen aufs Gut. Wieso ist er mir nicht bei diesen Besuchen aufgefallen? Ist er nicht genauso alt wie ich? Beide sind wir siebzehn.
Was für ein Kontrast er ist zu meinem sich stets anbiedernden, öligen Cousin Gareth, von dem ich weiß, dass

er nur deshalb bei uns weilt, weil er meinen Vater zu einem Heiratsvertrag überreden will. Dieser Speichellecker! Er will mich nur heiraten, weil er dann das Gut bekommt, das ich erben werde, wenn mein Vater stirbt.

Sie wollen alle, dass ich ihn heirate, weil ich dann meinen Titel als Lady Asher behalte, aber ich weigere mich, jemandem Gemahlin zu sein, den ich verabscheue und der mich nur des Anwesens wegen haben will. Ich weiß, wie hoch Gareths Hoffnungen sind, Titel und Gut zu bekommen, und beides stünde ihm zu, weil Vater keinen männlichen Erben hat – arme Mama! Sie starb, weil sie Vater den lange ersehnten Sohn schenken wollte.

Aber ich schweife ab.

Es ist John, bei dem meine Gedanken sind. Ich werde nie den kurzen Moment vergessen, als sich bei meiner Rückkehr unsere Blicke trafen. Ich sah eine solche Wärme in seinen schönen dunklen Augen, die mein Herz rührte. Er stand da, zusammen mit den anderen Dienstboten, die gerufen worden waren, um zu meiner Begrüßung anzutreten.

»Gut, dass Ihr wieder da seid, Lady«, war alles, was er sagte, aber das Feuer in seinen Augen und der Schmelz in seiner Stimme lösten Tumulte in meinem Busen aus. Seit diesem Tag – und der war vor einer Woche – lauere ich auf eine weitere Begegnung mit unserem gut aussehenden Gärtner, aber unser Treffen darf nicht auffällig sein, sonst könnte mein Vater davon erfahren.

Oh, er ist ja so hart und grausam geworden seit dem Hinscheiden meiner Mutter. Am härtesten ist er zu mir, seinem einzigen Kind! Er hat alle seine Ehrenämter aufgegeben, abgesehen von seiner Arbeit als hiesiger Magistrat, und diese Aufgabe versieht er zur Hauptsache in öffentlichen Häusern, wo er sich mit den Rechtskundigen trifft und tagelang räsoniert. Für mich hat er nie

Zeit, er lässt mich mit dem schrecklichen Gareth allein. Von den Dienstboten traut sich niemand, mich anzusprechen, schließlich bin ich Lady Amelia. Nein, ich habe keine Freunde hier, ich vergehe in Einsamkeit.
Jedenfalls war es bisher so. Nun kann ich von meinem John träumen. Allein der Gedanke an ihn schürt ein Feuer in meinem Blut und in meinem Körper, besonders an jener geheimen Stelle, in der es auch jetzt wieder so unerklärlich pocht.
Ist das Liebe?
Ich muss ihn sehen, ich muss! Wo kann ich ihn treffen? Vielleicht kann mir die süße Rosie helfen, das Küchenmädchen, mit dem ich früher oft zusammen gespielt habe. Kann ich ihr vertrauen? Vielleicht hat sie ein Auge auf John geworfen... Aber ich habe sonst niemanden, den ich bitten könnte, und sie ist immer lieb zu mir gewesen.
Ja, Rosie wird mir helfen, einen Weg zu Johnny zu finden, denn ich muss ihn einfach sehen.

Hier endete der erste Eintrag, denn die Schrift ging nur bis zur Mitte der Seite, der Rest war leer. Auf der nächsten Seite stand ein neues Datum: 29. Oktober.

Sasha brauchte eine Stärkung nach der Lektüre der emotionalen Tagebucheintragung. Sie stand auf und schenkte sich einen Cognac ein. Sie schob ein Kissen in ihren Rücken, lehnte sich zurück, nahm einen kräftigen Schuss Cognac und begann mit der neuen Seite. Ich hoffe, dass Amelia sich inzwischen wieder beruhigt hat, dachte Sasha.

Kann eine Frau so viel Glückseligkeit in ihrem Körper ertragen? Kann man an der Leidenschaft sterben? Seit vier Monaten sehen wir uns jetzt schon in aller Heimlichkeit, und ich glaube, ich werde noch ganz wahnsin-

nig, wenn ich mein Glück nicht bald mit jemandem teilen kann.
Ich habe schon darüber nachgedacht, mich der lieben Rosie anzuvertrauen, die mir so nützlich ist, weil sie die geheimen Treffen mit Johnny arrangieren hilft. Aber ich möchte sie nicht allzu tief in unsere Angelegenheit verstricken. Wer weiß, welchen Schaden sie nehmen könnte, wenn Vater erfährt, dass sie alles gewusst hat!
Oh, hätte ich doch nur eine Frau, der ich mich anvertrauen könnte! Aber da es sie nicht gibt, werde ich mir einreden, dieser Brief ginge an eine geliebte Schwester oder Freundin. Anna werde ich sie nennen.

Sasha zuckte zusammen. Ihr zweiter Vorname war Anna. Ungläubig schüttelte sie den Kopf, dann las sie weiter.

Nun, meine liebste Anna, gestern Abend habe ich meinen geliebten Johnny endlich dazu überreden können, mich voll und ganz in die Riten der Liebe einzuweihen. Nach Stunden leidenschaftlicher Küsse und Umarmungen schrie mein Körper nach – ja, ich wusste nicht genau wonach. Eine Form der Erleichterung, der Erlösung war es, nach der mein Körper verlangte, aber ich wusste nicht, wie ich dazu finden konnte, und Johnny zog sich oft zurück, wenn ich bemerkte, dass er kaum noch Herr seiner Sinne war.
Wir waren beide verzweifelt darüber, dass wir unsere Liebe nicht wie Mann und Frau begehen durften, denn wir fürchteten uns vor Entdeckung. Oder dass Vater mich doch noch mit Gareth verheiraten würde.
Seit unserem ersten heimlichen Treffen im Rosengarten, wo eine Mauer uns vor Entdeckung bewahrte, werden wir von der Sehnsucht gequält, uns ganz zu gehören. Oh, aber wie köstlich diese Sehnsucht ist!

Doch gestern Abend habe ich ihn endlich überredet, mir alles zu zeigen, was zur Liebe gehört. Ich wollte die Wonnen des Himmels erfahren. Du willst wissen, wie es mir gelungen ist, meinen Johnny zu überreden, liebste Anna? Oh, nur zu gerne erzähle ich dir alles…

Puh! Sasha schenkte sich noch einen Cognac ein. Sie freute sich für Amelia und Johnny und las begierig weiter.

Als wir nebeneinander im Gras lagen, unter uns ein paar Decken, die Johnny vorher schon dorthin gebracht hatte, wandte ich mich ihm zu. Ich berührte seine Lippen ganz sacht mit meinen und flüsterte: »Und heute Abend werden wir das tun, wonach wir uns schon so lange sehnen.«
Ich schlang meine Zunge um seine und zog ihn resolut auf mich. Ich wollte ihn spüren, die Kraft seines Körpers, und unsere Hüften bewegten sich langsam und rhythmisch in süßer Harmonie.
Nach einer Weile zog sich Johnny von mir zurück, er stemmte sich auf seine kräftigen Arme und schaute mich liebevoll an, während er mich neckte. »Muss ich wissen, wovon du sprichst, meine Liebe?«
Verlegen schaute ich ihn an. »Ich muss gestehen, dass ich es nicht weiß«, murmelte ich scheu, denn immer noch wusste ich nichts vom Geheimnis der Liebe, von den wunderbaren Ergänzungen des männlichen und weiblichen Körpers. Wohl aber wusste ich, dass meine niederen Regionen – die Stelle, die Johnny meine ›Muschi‹ nannte – verzweifelt auf etwas mehr warteten als das vergnügliche Reiben, womit sie sich bisher, wenn wir zusammen gewesen waren, hatten zufrieden geben müssen.
Ich vermutete, dass die Form der Erleichterung, nach

der ich mich sehnte, etwas mit diesem dicken, harten Stab zu tun hatte, der in seinen Breeches zuckte und hüpfte, und so, wagemutig vor ungeduldigem Verlangen, streckte ich meine Hand aus und drückte sie auf diese auffällige Beule. Ich fuhr neugierig mit den Fingern daran entlang, hinauf und hinunter, drückte dagegen und sah mit großen Augen, wie sie sich meiner Hand entgegen zu strecken schien.

John schloss kurz die Augen und stieß ein lautes Stöhnen aus, und irgendwie wusste ich, dass die Art, wie meine Hand ihn rieb, genau das war, was ihn glücklich machte.

Wir haben schon Herbst, und die Luft wurde kühl, aber Johnny und ich spürten nicht den aufkommenden Wind. Unsere Körper waren eng aneinander gepresst, und unsere Münder drückten fieberhaft aufeinander. Die Zungen erforschten den Mund des anderen. Unsere Herzen schlugen wie eins.

Während ich die Hand nicht von Johns Stab lassen konnte, spürte ich, wie die Mitte meiner Sehnsucht anschwoll und feucht wurde, ganz heiß auch – und plötzlich empfand ich die quälende, schmerzende Leere in mir.

»Liebling, hör mal kurz auf!« stöhnte John in mein Ohr. »Sonst komme ich zu schnell und ruiniere dein und mein Vergnügen. Aber wir dürfen nicht zu lange hier verweilen. Dein Vater könnte dich suchen, oder dein schrecklicher Cousin könnte durch Zufall über uns stolpern.« Er seufzte. »Oh, mein Liebes, es gibt ja so viele Arten der Glückseligkeit, und ich möchte sie dir alle zeigen.« Er senkte den Kopf und küsste mich auf den Mund, ehe er ein wenig nach unten rutschte und seinen Mund ins Tal meiner Brüste drückte. Oh, wie verwegen!

Ich zitterte vor fiebriger Sehnsucht, und trotzdem

konnte ich einen leisen Aufschrei nicht unterdrücken, als Johnny meinen Busen umfasste und das Mieder meines Kleids aufzuschnüren begann. Im nächsten Moment hatte er meine Brüste aus der Enge meines Korsetts befreit, dann zog er das Kleid von meinen Schultern und Armen.

Mein ganzes Leben hatte ich mich noch nie so entblößt gefühlt, und ich spürte den Wind kühl auf meiner Haut. Aber diese Kühle nahm ich nur einen Wimpernschlag lang wahr, bis John sich über mich beugte und mit der Zunge über meinen Busen fuhr. Die dunklen Warzen reckten sich neugierig und erwachten in seinem Mund zum Leben.

Oh, Anna, ich kann nicht beschreiben, wie sehr mich die Lust übermannte, als mein Geliebter erst die eine Knospe, dann die andere in seinen Mund nahm, sie in seinem Speichel badete und mit der Zungenspitze berührte. Sanft saugte er sie immer tiefer in seinen Mund hinein, und ich wurde wirr im Kopf vor unendlicher Wonne.

Ich strich mit meinen Händen durch seine vollen Haare, ich krümmte meinen Rücken, um ihm meinen Busen darzubieten, damit er die Spitzen noch tiefer in seinen Mund saugen und verwöhnen konnte. Viele Minuten kostete ich diese Gefühle aus. John küsste jede Stelle meines bebenden Busens, er war ganz nass von seinem Speichel.

Meine Sinne wurden noch mehr verwirrt, als ich seine Hand spürte, die sich an meinem Bein nach oben bewegte. Seine Finger waren hart und schwielig von den langen Stunden unerbittlicher Gartenarbeit, die er täglich zu erledigen hatte, und doch fühlten sie sich verteufelt sanft an, als sie sich unter meine Röcke und Unterröcke stahlen, bis sie jene Region von mir erreichten, die lichterloh brannte.

Das Gefühl seiner Finger auf meiner nackten Haut brachte mein Blut zum Kochen, und ohne weiter nachzudenken, warf ich die letzten Hemmungen ab, ich vergaß mich selbst und jeden Anstand und befreite mich mit eigenen Händen von den einengenden Unterkleidern, und so lag ich bald entblößt vor ihm – nackt unter Mantel und Kleid.

Und dann – oh, wie kann ich es schildern? Seine gewieften Finger strichen zärtlich an den äußeren Wülsten der Öffnung zwischen meinen Schenkeln vorbei und arbeiteten sich langsam nach innen vor, bis sie eine Stelle erreichten, von der ich gar nicht wusste, dass es sie gab. Während er zwei Finger schamlos in mich steckte, kreiste sein Daumen über den kleinen Knopf im oberen Winkel meiner – oh, darf ich es schreiben? – Muschi. (Dir kann ich es ja sagen, liebste Anna, aber selbst beim Schreiben dieses Worts bin ich ganz rot geworden.)

John drückte seinen Daumen über diese geheimnisvolle Stelle, und ich bäumte mich unter ihm auf, ruckte gegen seine Finger und wusste vor Lust kaum, was ich tat, und dann erlebte ich das schönste, reinste Empfinden, das es auf dieser Welt geben kann, es begann mit einer Art Lähmung, die für wenige Augenblicke anhielt, dann folgten Hitzewellen, die meinen Körper schüttelten, und in meinem Kopf explodierten wunderschöne grelle Lichter, die mich so blendeten, dass mein Bewusstsein für Sekunden abhanden kam.

Als ich wieder klar war, blinzelte ich einige Male, ehe ich meinen Geliebten über mir sah. Er schaute mich voller Wärme und Zuneigung an, lächelte mich an und sagte: »Dir ist es gerade gekommen, meine Liebste. Und jetzt möchte ich dir zeigen, wie du dir das selbst besorgen kannst.«

Ich schaute zu ihm hoch, völlig ahnungslos, was er meinen konnte. Aber dann verstand ich sehr schnell, als er

meine Hand ergriff und zum Delta meiner Schenkel führte.
Bisher hatte ich es nie gewagt, mich dort zu berühren, wahrscheinlich hätte ich auch gar nicht gewusst, was meine Hand dort tun sollte. Aber nachdem er es mir gezeigt hatte, war ich über mich selbst verärgert, dass ich mir so lange schon diese dumme Zurückhaltung auferlegt hatte.
Ungeduldig löste ich meine Hand von Johns Griff und begann, die Geheimnisse meines Körpers selbst zu erforschen. John rutschte ein wenig zurück und schlug die Augen nieder, als ob er nicht in den intimen Moment eindringen wollte.
Rasch entdeckten meine Finger diesen heimlichen Lustknopf, der immer noch sehr empfindsam war von den jüngsten Reizen, deshalb ließ ich wieder von ihm ab und erforschte mit ungeduldigen Fingern die feuchte Weichheit meiner Öffnung. Neugierig sah ich hin, und zum ersten Mal nahm ich diese geheime Stelle bewusst wahr, sie erinnerte mich an die Form von Blütenblättern. Oder wie die warmen, feuchten Lippen eines Mundes.
Ich war außer mir vor Freude, dass ich einen Teil meines Körpers entdeckte, der mir bisher unbekannt geblieben war, und entzückt über diese Entdeckung rieb ich neugierig auf und ab. Die krausen Härchen verdeckten die Lippen ein wenig, aber dann fuhr ich mit einem zögernden Finger dazwischen.
Was für eine Überraschung! Das Innere war noch weicher und samtener als die äußeren Lippen, und bei jeder neuen Berührung spürte ich Muskeln zucken. Oh, wie interessant mein Körper war! Ich konnte Gefühle auslösen, von denen ich bisher nicht wusste, dass ich sie empfinden kann.
Ich hatte Johnny beinahe in meiner Welt der Selbstentdeckung vergessen, und wie von selbst nahm ich einen

zweiten und dann einen dritten Finger zur Hilfe. Zuerst nahm ich den Rhythmus wieder auf, den ich angewandt hatte, als ich Johnnys Beule durch seine Breeches gestreichelt hatte, aber dann fand ich, dass mir dieses Reiben zu hart war.

Ich brauchte ein paar Augenblicke, ehe ich den Rhythmus gefunden hatte, der mir zusagte, und dann rieb ich die Finger in der heißen Kaverne hin und her, hinein und heraus. Bald schon meldete sich auch der kleine pochende Knopf ganz oben, als wollte er beachtet werden. Behutsam strich ich mit dem Daumen darüber.

Er fühlte sich an, als sei er mit der feinsten Seide überzogen, und dann spürte ich auch schon, wie mein Körper sich unter den süßesten Zuckungen wand. Ich schrie und schlug mit den Armen, wie eine aufgeregte Gans mit den Flügeln schlägt, und wälzte mich von einer Seite auf die andere.

Ich befand mich in einem selbsterzeugten Delirium des Entzückens.

Als ich wieder bei Verstand war, sah ich, dass John mich intensiv betrachtete und mich mit absoluter Verehrung in den dunklen Augen anlächelte. Während seine Hand meine Wangen streichelte, murmelte ich: »Ist das die Art der Lust, die du mir zeigen wolltest?«

Johnny ließ ein Glucksen hören und schüttelte den Kopf. »Oh, ja, meine Liebste«, flüsterte er in mein Ohr. »Doch es gibt noch so viele Arten der Freuden, die ich dir zeigen möchte, aber ich fürchte, dass uns die Zeit davonrennt. Dein Vater sucht dich bestimmt schon. Ich möchte dir keinen Kummer bereiten. Ich werde dir jetzt helfen, dich anzuziehen, dann musst du schnell zurück ins Haus.«

»Oh, John, nein!« Meine Sinne entzündeten sich erneut bei der Aussicht, dass es noch mehr Freuden gab, die ich erfahren würde. »Noch nicht! Zeige mir wenigstens

noch eine weitere Art des Zaubers, der mich so glücklich macht.«
Er sah mich eine Weile nachdenklich an, dann warf er sich mit einem ausgelassenen Lachen über mich.
»Oh, Amelia!« Seine Stimme war ein raues Flüstern. »Ich kann dir und deinen wunderschönen grünen Augen nicht widerstehen. Mein Körper schreit nach dir, auch wenn mein Verstand sagt, wir sollten aufhören. Schau her«, rief er und legte meine Hand auf die seltsame Beule in seinem Schoß. »Das ist meine Reaktion auf dich – das hast du bewirkt.«
Kokett lächelte ich ihn an und drückte die Hand wieder gegen die beeindruckende Schwellung, und dann – oh, wie unanständig, aber ich muss es schreiben – begann ich den Knopf seiner steifen Hose zu öffnen. Ich wollte unbedingt sehen, was ich darunter finden würde.
Liebste Anna, stell dir meine Überraschung vor, als ein dicker, langer Fleischstab aus seiner Hose flutschte – nie hätte ich so ein Ding für möglich gehalten! Er war hart und fest wie ein Finger, nur viel dicker und länger und heißer! Das stahlharte Innere wurde von einer wunderbaren samtweichen Hülle umgeben, die ich auf und ab reiben konnte.
Ich zog die Hülle nach unten und sah die gerundete Spitze, rot angelaufen, mit einer kleinen süßen Öffnung in der Mitte, aus der ein schillernder Tropfen quoll. Er roch frisch und angenehm.
Mit einem Finger strich ich über die Spitze und fing den Tropfen auf. Ich führte den Finger in den Mund und leckte ihn ab. Ich spürte das Blut durch den wundersamen Schaft rauschen und entdeckte die beiden Juwelen in dem Säckchen darunter. Dieser zierliche, mit einem leichten Flaum bedeckte Beutel schien viel verletzlicher zu sein als der robuste Schaft, der in meiner Hand pulsierte.

Instinktiv glitten meine Finger behutsam über die unglaublich weiche Haut des niedlichen Beutels, der sich so sanft anfühlte wie das Fell eines Maulwurfs.
Ich musste es richtig gemacht haben, denn John seufzte und stöhnte über mir, bis er mit einem leisen, gequälten Ausruf meine Hand festhielt und sich zwischen meine bereitwillig gespreizten Schenkel legte.
Ich spürte, wie der Kopf seines harten Schafts ungeduldig gegen den Eingang meiner geheimen Stelle drängte, und ich konnte vor Aufregung kaum atmen.
Wie würde es sich anfühlen, was würde ich spüren? Oh, wie ich danach lechzte, diesen wunderschönen Schaft endlich in mir zu spüren!
»Und jetzt, Amelia«, hauchte er dicht an meinem Ohr, »lasse mich mit dir das schönste Empfinden erleben, das ich kenne.« Er hielt einen Moment inne und schaute mit liebevoller Besorgnis in meine Augen. »Es mag einen Augenblick des Schmerzes geben, meine Liebste«, murmelte er. »Aber fürchte dich nicht. Er wird nicht lange anhalten, das verspreche ich dir.«
Nun, ich fürchtete mich überhaupt nicht, ich zitterte nur vor Aufregung und ungeduldiger Erwartung dieses köstlichen Empfindens. Aber dann – oh, er drang in mich ein! Ganz langsam bewegte er sich, damit ich Zeit hatte, mich an diesen glühenden Stab zu gewöhnen, der mich aufspießte. Ich spürte keinen Schmerz, es war nur ein wenig unangenehm, weil ich spürte, wie ich geweitet wurde, während er immer tiefer ruckte und ab und zu verharrte, wobei er verliebt in mein Gesicht schaute. Schließlich ging es nicht mehr weiter, und er lag still auf mir, der Stab tief in mir. Er regte sich eine lange Zeit nicht, und ich fragte mich schon, ob das alles war. Deshalb fragte ich, ein wenig enttäuscht: »War es das, mein Liebster?«
Offenbar war er nicht in der Lage zu antworten. John

stieß nur einen Seufzer zwischen zusammengebissenen Zähnen aus, zog sich ein wenig zurück und drang wieder ein. Diese leichte Bewegung setzte in mir gewaltige Empfindungen frei, Hitze wallte auf, und ich spürte in mir eine Flut von Säften, und es schien mir, als wollten sie meine wunde Muschi – jetzt fließt mir dieses Wort schon viel leichter aus der Feder – wie mit Balsam cremen. Erst jetzt wird mir bewusst, liebste Anna, welche Selbstbeherrschung mein Liebster gezeigt hat. Deshalb blieb er so lange reglos liegen, deshalb biss er die Zähne aufeinander.

Seine folgenden Bewegungen waren noch schöner. Er zog sich langsam zurück, bis nur noch die Spitze in mir steckte, und stieß dann auch wuchtiger zu, und völlig unbewusst drang ein kleiner Schrei aus meiner Kehle.

Er hielt sofort inne. »Bist du in Ordnung?«, fragte er voller Sorge. »Habe ich dir weh getan?«

Ich schüttelte heftig den Kopf, dann hob ich meine Hüften an und stöhnte: »Bewege dich wieder.« Ich konnte von der Lust, die er mir bereitete, nicht genug bekommen.

Eine weitere Ermutigung brauchte er nicht, und so begannen wir den Rhythmus der Liebe, er und ich gemeinsam. Unsere Körper arbeiteten in der süßesten Harmonie, die es gibt, zusammen. Ich habe keine Worte, um die Gefühle zu beschreiben, die Leidenschaft, die Ekstase. Ich kann nur sagen, dass Johnny und ich nun eins sind, unsere Herzen und Gedanken haben sich vermählt. Wir gehören zusammen, und niemand unter der Sonne kann dieses Band der Liebe zerschneiden.

Ich fürchte mich nicht mehr vor Entdeckung – im Gegenteil, ich würde sie begrüßen. Am liebsten würde ich heute Abend noch zu Vater laufen und tollkühn unsere Liebe gestehen, aber John hat mich eindringlich gebeten, damit zu warten. Er sagt, die Zeit sei nicht reif dafür. Vater würde es nie gestatten, dass seine Tochter, Lady Amelia, einen Gärtner heiratete.

John ist sogar der Meinung, dass es für uns beide gefährlich wäre, wenn wir entdeckt würden. Als John das sagte, musste ich lange darüber nachdenken, und jetzt weiß ich, dass er wahrscheinlich Recht hat. Jedenfalls wäre es noch viel zu früh, unsere Liebe zu offenbaren.

Deshalb bin ich bereit, mich noch heimlich mit ihm zu treffen. Doch wie kann ich mein Geheimnis bewahren, wenn ich innerlich platze vor Glück? Ich möchte mein Glück in die ganze Welt hinaus schreien.

Deshalb vertraue ich mich dir an, liebste Anna, und obwohl du nur eine Ausgeburt meiner Phantasie bist, stelle ich mir vor, dass ich dich schon lange kenne. Ich sehe deine Augen, die mich glühend anschauen, voller Freude über mein Glück. Dein warmes Herz schlägt für mich und für meine wunderbare Zukunft.

Gute Nacht, liebste Freundin! Mögest auch du das wahre Glück finden!

Sasha las die Seite zu Ende, stieß einen Knurrlaut aus und schenkte sich einen weiteren Cognac ein. Sie hatte die Nase voll von Lady Amelias Schwärmerei über die große, unsterbliche Liebe und von der naiven Beschreibung ihrer wilden Leidenschaften. Sasha wollte nicht wahrhaben, dass sie Amelia um diese vollkommene Beziehung beneidete.

Männer in der realen Welt zur Jahrtausendwende verhalten sich nicht so zärtlich und besorgt, dachte Sasha missmutig. Es schien, dass sie sich eher mit ihrem Stress im Beruf, mit cholesterinarmer Nahrung, Autos mit Allradantrieb und Fußballergebnissen beschäftigten als mit zwischenmenschlichen Beziehungen, Liebe und Sex.

Sasha selbst glaubte nicht an die ewige Liebe, von der Amelia so beredt schwärmte, so etwas gehörte der Vergangenheit an oder in unrealistische Romane. Sie wollte sich gerade auf die Seite legen und das Licht löschen und schalt sich eine Närrin, weil sie sich so bereitwillig in den Sog des Liebeslebens einer toten Frau hatte ziehen lassen, als ihr Blick auf die nächste Seite des Manuskripts fiel. Die Seite war nur halb vorhanden, offenbar war das Blatt unten abgerissen worden. Als Sasha das erste Mal die Seiten durchgeblättert hatte, war ihr schon aufgefallen, dass der zweite Teil des Tagebuchs unleserlicher war als der erste, dass es viele Kleckse und durchgestrichene Wörter gab. Jetzt besah sie sich die Seiten einzeln und fand den ersten Eindruck bestätigt. Die elegante Schrift der ersten Seiten wich einem nervösen Gekritzel, an vielen Stellen war die Tinte verlaufen, vielleicht von den Tränen, die Amelia vergossen hatte.

Mit angehaltenem Atem und mit zunehmendem Unbehagen nahm sich Sasha die nächsten Seiten vor.

17. März 1795

Oh, Gott, es ist genauso, wie ich befürchtet habe! Wir sind entdeckt worden! Mein verdorbener, grausamer, widerlicher Cousin stolperte über Johnny und mich, als wir im Rosengarten lagen, unsere Lippen aufeinander gepresst, die Körper fest umschlungen. Wir glaubten uns allein.

In der letzten Zeit haben wir mehr und mehr die Vorsicht außer Acht gelassen, und unsere unbezwingbare Leidenschaft hat uns leichtsinnig werden lassen. Es war töricht zu glauben, dass wir in unserer Liebe sicher und unbezwingbar seien – aber nun ist es zu spät.

Gareth hat gedroht, es meinem Vater zu sagen, es sei denn, ich... oh, Gott ich kann es nicht niederschreiben! Nein, nie, niemals, ich schwöre es, werde ich mich von ihm anfassen lassen, ganz egal, welche Drohungen und Verwünschungen er ausstößt. Aber um Johnny zu retten? Um den Mann, den ich liebe, vor der unmenschlichen Rache meines Cousins zu schützen? Gareth würde es eine diabolische Freude sein, meinem Vater alles zu erzählen und noch einiges dazu zu erfinden. Oh, was soll ich tun, was muss ich tun? Ich muss John einen Brief schreiben – er muss wissen, in welcher Gefahr er schwebt. Rosie muss einen Weg finden, ihm meinen Brief zuzustecken, damit ich ihn warnen kann...

So sehr Sasha sich auch anstrengte, sie konnte den Rest des Textes nicht entziffern. Das Schriftbild gab das Schluchzen der jungen Frau wieder, und die einzelnen Buchstaben mussten vor ihren tränennassen Augen verschwommen sein.

Der untere Teil der Seite war abgerissen, wahrscheinlich hatte Amelia das Papier benutzt, um ihrem John eine Nachricht zu schreiben.

Sasha schüttelte sich, denn sie wusste, was jetzt kommen würde. Claire hatte es ihr erzählt. Bei der nächsten Eintragung fehlte das Datum.

Mein Kopf schmerzt so sehr, ich kann kaum schreiben. Ob man mich unter Drogen gesetzt hat? Ich kann auch kaum sehen, alles ist verschwommen. Meine Hand zittert, deshalb kann ich auch den Federhalter nicht ruhig führen... Ich muss mich hinlegen... Aber ich kann nicht schlafen.

Wessen Stimmen höre ich? Was geschieht mit mir? Lasst mich hinaus! Vater! Vater! Schließt die Tür auf! Mein Johnny braucht mich. Ich muss...

Von dieser Stelle an wurde der Text wieder unleserlich, Amelia hatte irgendwelche Symbole gemalt, die Sasha aber nichts bedeuteten. Das Fragment der zerknitterten Seite, die Sasha in der Hand hielt, schien auf einen heftigen Kampf hinzuweisen, auch wenn dieser Kampf sich hauptsächlich in Amelias Kopf abgespielt hatte. Aber die folgenden Seiten waren wieder klarer beschrieben, auch wenn sie nicht mehr diese starke, elegante Schrift aufwiesen wie die ersten Seiten des Tagebuchs. Es schien, als wäre Amelia wieder bei Sinnen.

Während Sasha die letzten Seiten las, empfand sie merkwürdige Gefühle. Sie ließen sich am ehesten damit beschreiben, dass ihr vieles von dem, was sie las, nicht fremd zu sein schien...

8. April 1795

Es ist vorbei. Ich weiß nicht, wie lange ich in meiner Kammer eingeschlossen gewesen bin, ich weiß auch nicht, wie lange ich in einer Art Delirium getobt habe. Wenn ich mir den Zustand meiner Kammer betrachte, meiner Haare, meiner Augen und meiner Kleider, dann muss ich wie von Sinnen und wohl auch gewalttätig gewesen sein.

Ich muss meine Gedanken sammeln und mich so gut wie möglich erinnern, damit ich es aufschreiben kann. Wer meine Aufzeichnungen dann findet, kann vielleicht irgendwie über das Unrecht richten, das in diesem Hause geschehen ist.

Was noch klar vor meinen Augen steht, ist Cousin Gareths Entdeckung. Er hatte John und mich in enger Umarmung im Rosengarten gesehen. Gareth hatte gedroht, meinem Vater alles zu erzählen, es sei denn, ich... Ich kann nicht.

Nein, ich muss stark sein, um alles der Wahrheit gemäß aufzuschreiben. Also: Gareth wollte meinen Körper, und wenn ich mich weigerte, würde er schnurstracks zu seinem Onkel gehen – in der Hoffnung, dass der reiche Lord Asher mich zwang, Gareth doch noch zu heiraten. Wodurch ihm das ganze Vermögen zugefallen wäre.

Ich konnte kaum entscheiden, was schlimmer wäre. Mich von einem widerwärtigen Mann nehmen zu lassen, mich mit ihm zu vereinen, damit meine wahre reine Liebe unentdeckt bliebe, oder das Risiko einzugehen, dass Gareth meinem Vater alles berichtete und ihn irgendwie dazu brachte, mich ihm zur Gemahlin zu geben.

Schließlich war es John, der mich überzeugte, das Risiko einzugehen. Er hatte meine Nachricht erhalten, und er schwor, eher würde er Gareth umbringen als zu erlauben, dass mein Cousin mich auch nur einmal anfasste. John sagte, er würde versuchen, meinen Vater von der Reinheit unserer Liebe zu überzeugen.

Ja, John hieß die Gelegenheit sogar willkommen, sich zu unserer Liebe bekennen zu können. Dann wäre es öffentlich, und wir könnten uns all die Heimlichkeiten sparen – so überzeugt war er von der Kraft unserer Liebe. Gemeinsam, sagte er, würden wir alle Ungemach überstehen. Ich erinnere mich an wenig von dem, was danach geschah. Ich habe eine schwache Erinnerung daran, dass ich Hand in Hand mit meinem Geliebten im Arbeitszimmer meines Vaters stand, während er schrie und tobte, und ich höre auch mich schreien und heulen, ich höre Drohungen...

Ich weiß nur noch, dass ich irgendwie hinausgeführt wurde, gewaltsam, glaube ich, und dann befand ich mich in meiner Schlafkammer, und ich hörte noch, wie von außen der Schlüssel gedreht wurde. Ich war eingesperrt, eine Gefangene im Haus meines Vaters.

Ich habe schwache Erinnerungen an garstige Träume, in denen Dämonen mit toten Augen über mich herfielen. Ich hörte seltsame Stimmen in meinem Kopf, und immer wieder sah ich John vor mir, der fürchterliche Folter zu erleiden hatte.
Dann, gestern Morgen, wachte ich auf und fand mich plötzlich bei klarem Verstand. Das erste Mal war ich in der Lage, mir einen Plan zu überlegen.
Als Browning, der Butler meines Vaters, mir am Abend mein Essenstablett brachte, gelang es mir mit einem Geschick, das mich selbst verblüffte, ein Stück zusammengefaltetes Papier ins Schloss zu schieben, so dass der Türriegel nicht ganz zu schnappte, als Browning von außen den Schlüssel umdrehte.
Sobald Browning die Treppe hinunter gegangen war, führte ich eine Haarnadel ins Schloss und drückte so lange gegen den Riegel, bis er zurück schnappte. Es dauerte zwar lange, aber mein Mühen hatte sich gelohnt.
Ich glaube, es war eine Vorahnung, die mich unbewusst getrieben hatte. Und mit diesem Gefühl der Vorahnung schlich ich nun den Korridor entlang und die Treppe hinunter. Ich musste zu meinem Geliebten!
Ich schlüpfte durch die Hintertür und rannte auf die Behausungen der Arbeiter zu. Und was musste ich dort sehen? Ein schwarzer Wagen und drei Männer. Der eine war mir fremd, der andere war mein Cousin, und der dritte – oh, wie warm wurde mir ums Herz, als ich den vertrauten Geliebten sah! Aber schon im nächsten Augenblick schnürte sich mein Herz zu, denn ich begriff, dass sie Johnny gewaltsam in den Wagen hievten.
Deutlich konnte ich die Stimmen hören, am lautesten klang die meines Cousins. Er traktierte meinen Johnny mit Schlägen und rief dabei: »Und das Beste ist, dass

Amelia jetzt mir gehört! Du bist aus dieser County verbannt. Im Einflussbereich von Lord Asher bist du nirgends mehr sicher. Von nun an bist du so gut wie tot, John Blakeley!«

Die Tür wurde krachend zugeworfen, und dann rollte der Wagen davon, während die beiden Männer im Haus verschwanden.

Ich rannte mit tränenden Augen hinter dem Wagen her, hoffte wider besseres Wissen, ihn einzuholen. Oder vielleicht würde er anhalten, wenn der Kutscher mich sah? Doch die Pferde waren schneller als ich, und als sich die Himmel öffneten und der Regen herunter prasselte, musste ich einsehen, dass mein Geliebter verloren war – für mich verloren für immer. Und ich hatte nicht einmal mehr seine Stimme hören können.

Meine Beine konnten mich nicht mehr tragen, ich war zu schwach, ich wollte auch nicht mehr, und dann fiel ich hin, schluchzte Johnnys Namen, bis ich keine Stimme mehr hatte. Ich lag die ganze Nacht da draußen, denn als ich mich sanft aufgehoben fühlte, dämmerte der Morgen.

Es war ausgerechnet mein Vater, der mich aufhob. Er sah mich an, sein Gesicht aschfahl, und er sagte nichts außer immer nur diesen einen Satz: »Mein Kind... genau wie deine Mutter...« Er nahm mich auf seine Arme und trug mich ins Haus zurück und ins Bett. Clarice sollte mir ein Bad bereiten und mir heißen Tee bringen.

Der Arzt ist hier gewesen, und sie wollen mich glauben machen, dass ich bald wieder gesund bin. Vater sagt, ich sollte mich nicht grämen, ich bräuchte Gareth nicht zu heiraten. Ich soll nur gesund werden, denn es scheint, dass ich sehr krank bin.

Ich will nicht gesund werden. Ich will sterben. Diese paar Seiten, die ich jetzt geschrieben habe, haben den

letzten Rest meiner Kraft gekostet. Immer wieder musste ich das Schreiben unterbrechen, wenn mich ein Hustenanfall quälte. In meiner Brust sitzt ein Kloß, der mir das Atmen erschwert.
Die Briefe an meine geliebte Anna sind zu einem kurzen Tagebuch meiner Liebe und meines Leidens geworden. Heute Abend muss ich in die Bibliothek schleichen, um diese Seiten zu verstecken.
Ich werde sie neben den neuen Roman von Mrs. Radcliffe stellen. Sie wird in diesem Haus viel und gern gelesen, deshalb bin ich sicher, dass bald jemand diese Zeilen über mein trauriges Schicksal findet.
So liegt es an dir, wer auch immer du sein magst, der diese Geschichte liest, meinen Johnny für mich zu finden! Sage ihm, dass ich in Liebe zu ihm gestorben bin, dass ich aus freien Stücken gestorben bin und dass mein letztes Wort sein Name sein wird. Ich ersuche dich, geneigter Fremder, der diese Geschichte liest – finde meinen Johnny Blakeley für mich, seine verzweifelte, sterbende Amelia!

Sasha wachte erschrocken auf. Sie wusste nicht, wie lange sie in ihrem Bett gelegen hatte. Die Nachttischlampe brannte noch, und auf ihrem Gesicht spürte sie Tränen. In den Händen hielt sie Amelia Ashers Manuskript. Blinzelnd schaute sie auf die Uhr. Halb vier. Sasha legte die vergilbten Seite behutsam auf den Nachttisch und strich mit einer Hand glättend über jedes Blatt. Sie seufzte, drückte das Licht aus und legte sich auf die Seite. Sie brauchte ihren Schlaf, denn morgen hatte sie über eine Menge nachzudenken.

Viertes Kapitel

»Ich fühle mich, als lebte ich in einem altmodischen Schauerroman.«

Es war Montagmorgen, zwei Tage nach Sashas Rückkehr aus England, und sie und Xenia schlenderten die Fifth Avenue hinunter, der Rockefeller Plaza entgegen. Trotz der dunklen Sonnenbrillen blinzelten sie in das gleißende Licht. Sasha hatte ihre Freundin gefragt, ob sie sich zum Mittagessen treffen könnten. Sie konnte es kaum erwarten, ihr über die Ereignisse der letzten Tage zu berichten.

Als Leiterin der Personalabteilung einer großen Finanzierungsfirma hatte Xenia ein feines Gespür für Menschen und ihre Krisen. Sie wusste Auswege und kannte Lösungen, und wenn ihre Erfahrungen nicht ausreichten, dann konnte man sich auf ihren gesunden Menschenverstand verlassen. Xenia hatte einen scheinbar nie versiegenden Vorrat an Verständnis, an feinen Weinen und gutem Essen.

»Du siehst wirklich verändert aus«, sagte Xenia zu Sashas Überraschung. Seltsam, sie selbst hatte auch geglaubt, dass sich irgend etwas in ihr verändert hatte: Sie fühlte sich energiegeladen und voller Lebenskraft, und ihre Wangen fühlten sich an, als glühten sie. Aber sie hatte nicht vermutet, dass andere es wahrnehmen könnten.

Wenn ich es recht bedenke, sehe ich aus wie eine Frau im ersten Stadium des Frischverliebtseins, dachte sie lächelnd. Und genau das schien auch Xenia zu denken, denn sie stupste die Freundin in die Seite und fragte wissend: »Komm schon, erzähle von deiner heißen englischen Affäre!«

Sasha blieb stehen und schaute die Freundin forschend an. Die schwingende Intensität, die durch ihren Körper summte, schien tatsächlich erotischen Ursprungs zu sein, aber sie glaubte nicht, dass Paul etwas damit zu tun hatte. Sasha hatte eigentlich keine Erklärung dafür, und sie glaubte auch nicht, dass sie Xenia von ihrem leidenschaftlichen Interesse an einer traurigen Liebesgeschichte aus dem späten achtzehnten Jahrhundert überzeugen konnte. Aber sie würde es versuchen.

»Gehen wir essen«, sagte sie ausweichend. Sie zeigte auf einen Hot-Dog-Stand an der Straßenecke. »Seit ich zurück bin, habe ich Heißhunger auf so was.«

Erst als die beiden Frauen sich auf die Treppe gesetzt hatten, die zur Eisbahn führte, wo sie darauf achteten, dass ihre Kleidung nichts vom Sauerkraut oder Senf abbekam, begann Sasha zu erzählen. Sie erzählte die ganze Geschichte, begann mit Amelias gespenstischer Stimme und baute auch ihr Abenteuer mit Paul ein, weil ihr dabei bewusst geworden war, dass Paul den Geist gar nicht wahrgenommen hatte.

Sie beschrieb die merkwürdige Vertrautheit, die sie vor dem Porträt Amelias empfunden hatte, ihr klopfendes Herz, als sie John Blakeley auf dem Bild entdeckt hatte, und schließlich das unbehagliche Gefühl im Aufzug, kurz bevor sie das Manuskript entdeckt hatte. Und dann die Faszination beim Lesen der Geschichte.

»Und jetzt habe ich das Gefühl, dass ich irgendwie ... nun ja, mitten in dieser Geschichte drin bin«, sagte Sasha, »ich stehe zwischen der toten Frau und ihrem Freund.« Verlegen sah sie Xenia an. »Ich weiß nicht, wie ich es beschreiben soll, vielleicht eine verrückte Idee, aber ich identifiziere mich mit dieser Frau ... man könnte auch sagen, ich sei besessen von ihr und ihrem Freund ... was auch immer es ist, ich kann sie nicht aus meinen Gedanken verbannen.«

Eine Weile schwieg Xenia. Ab und zu tätschelte sie Sashas Schenkel mit einer Hand, während sie den Senf von den Fingern der anderen Hand leckte. Sie sagte immer noch nichts, trank nur ab und zu das Cola durch einen Strohhalm. Sasha schaute sie mit steigendem Unmut an.

»Nun?« Die Frage klang trotzig und herausfordernd, während Xenia wieder am Strohhalm saugte. »Hast du nichts dazu zu sagen?«

»Sasha, meine Liebe«, murmelte Xenia, »was soll ich sagen? Das ist irgendeine Verrücktheit, das ist alles. Zu vergleichen mit der dummen Schwärmerei für irgendeinen Popstar in deiner Kindheit. Oder wie du heute hechelnd eines der männlichen Models anhimmelst, wenn du beim Casting das gut geschnittene Gesicht und den knackigen Hintern siehst. Warum regst du dich so auf? Du glaubst, eine Geisterstimme gehört zu haben, und du bist über ein vergilbtes Manuskript gestolpert...«

»Ich habe nicht *geglaubt*, eine Stimme zu hören«, unterbrach Sasha die Freundin. »Ich habe sie wirklich und wahrhaftig gehört. Amelia war an jenem Abend in meinem Zimmer.«

Xenia verdrehte die Augen. »Sasha, Liebste«, sagte sie in diesem nachsichtigen Tonfall, »hast du nicht selbst gesagt, dass nicht einmal Paul diese Stimme gehört hat?«

»Aber das gehört dazu – das ist die Eigenart des Spuks!« Sasha konnte sich kaum beruhigen. »Amelia erscheint nur Frauen! Verstehst du das denn nicht? Ich glaube, ich war ... oh, ich weiß nicht, wie ich es ausdrücken soll ... es war mir bestimmt, das Manuskript zu finden. Es ist, als ob jemand absichtlich diese Seiten ins Regal gelegt hätte, damit ich es finden konnte. Und es lag ausgerechnet neben einem Buch von Ann Radcliffe, über die ich mein Diplom geschrieben habe! Begreifst du das denn nicht?« Sie war vor Aufregung ganz rot im Gesicht geworden, und sie kümmerte sich auch nicht um die Leute, die an ihnen vorbei gingen und sie verwundert ansahen.

»Der Aufzug blieb mitten zwischen zwei Etagen stecken, ich wette, das war auch Absicht. Ich sollte Zeit haben, mich umzusehen, bis ich das Manuskript entdeckte! Ich bin der Fremde, von dem Amelia am Ende ihrer Aufzeichnungen spricht. Ich weiß, dass andere Frauen ihr Weinen in Zimmer 323 gehört haben, aber ich bin es, der es bestimmt war, ihre niedergeschriebene Geschichte zu finden, und ich soll Johnny finden und ihm ihre Nachricht bringen.«

Sasha wurde sich plötzlich des Schweigens um sie herum bewusst, und verlegen senkte sie den Blick. Sie bemerkte erst jetzt, dass sie sich auf der Treppenstufe aufgerichtet hatte und gebückt über Xenia stand. Dabei war ihr kurzer Rock nach oben gerutscht. Er bedeckte gerade noch ihren Po.

Sie drehte sich rasch um und malte sich das Bild aus, das sie den neugierigen New Yorkern während der Mittagspause bot. Sie setzte sich schnell wieder hin und zog den Rock über die Schenkel.

Xenia sah ihre Freundin an, eine Augenbraue leicht gehoben. »John Blakeley ist tot«, sagte sie leise, mit Besorgnis in der Stimme. »Das ist dir doch klar, oder?«

Sasha nippte an ihrer Diät-Cola und nickte. »Das weiß ich«, murmelte sie, ein wenig beschämt. »Du musst glauben, ich wäre völlig durchgedreht.«

»Nun, ich sehe, dass du offenbar davon überzeugt bist, eine Begegnung der dritten Art erlebt zu haben«, sagte Xenia einfühlsam.

»Ich möchte dich nur um einen Gefallen bitten«, sagte Sasha eindringlich. »Schaust du dir bitte das Manuskript an? Ich möchte, dass du es liest, allein schon, um mir zu versichern, dass ich nicht verrückt bin oder werde.«

Xenia lehnte sich zur Freundin und legte einen Arm um sie. »Klar werde ich das tun«, sagte sie und strich eine Haarsträhne aus Sashas Stirn. »Ich bin schon neugierig darauf.«

Als Sasha nach der Mittagspause zurück in ihr Büro ging, stieß sie mit Valerie zusammen, die am Empfang stand und vor Entzücken feuchte Augen hatte.

»Er kommt«, sagte sie verträumt und drückte die Papiere, die sie in der Hand hielt, an ihre Brust. »Er kommst nächste Woche schon.«

»Wer kommt?« Sasha wollte möglichst schnell zurück an die Arbeit. »Wer kommt?«

»Paul«, hauchte Valerie. »Der gut aussehende Kreativ-Manager von Rollit. Er will uns die Anzeigen vorlegen, die er nach meinem Briefing entworfen hat.«

Paul! Sasha blinzelte, als sie diese Nachricht verdaut hatte, dann warf sie ihrer Vorgesetzten einen amüsierten Blick zu. Valerie konnte sich vor Freude kaum halten und strahlte Sarah an, ihre Assistentin, die in einer Ecke stand und geduldig auf ihren Boss wartete.

»Er hörte sich am Telefon so an, als könnte er es nicht erwarten, wieder in New York zu sein«, fuhr Valerie fort. »Hältst du es für möglich, dass er meinetwegen kommt? Hätte ich ihm vorige Woche mehr Avancen machen sollen?«

Sasha wäre an ihrem unterdrückten Lachen fast erstickt, aber Valerie bemerkte nichts und fuhr nicht sehr überzeugend fort: »Aber wie ich immer schon gesagt habe, es wäre höchst unethisch, sich mit Kunden oder Kollegen auf eine Beziehung einzulassen. Ich meinte das alles nur hypothetisch.«

Sie wandte sich ab und ging in den Flur zu ihrem Büro, rief dann aber noch über ihre Schulter: »Paul hat bei Heather eine Nachricht für dich hinterlassen. Ich glaube, er will wissen, wo es in unserer Gegend die empfehlenswerten Hotels gibt. Du bist wohl so etwas wie die Logiermeisterin.«

Ihr kehliges Lachen war auf dem ganzen Flur zu hören, während die Assistentin hinter ihr her lief.

Sashas Assistentin Heather sah sie lächelnd an, als sie Sasha die gelbe Notiz reichte. »Es ist schon ein bisschen persönlicher, als Valerie glaubt«, flüsterte Heather mit Verschwörermiene.

Heather war die einzige in der Firma, die von Sashas diversen Verstößen gegen die berufliche Ethik wusste, angefangen von den wichtigen Unterlagen, die sie verschlampt hatte (was Sasha ihrem Vorgänger angelastet hatte) bis zum wilden Besäufnis auf einer Weihnachtsfeier, auf der Sasha vor einer verschlossenen Toilette gestanden und in ihrer Not die beiden Kübel bewässert hatte, in denen Valerie ihre Zimmerpalmen hielt. Und dass Sasha sich nach dieser Weihnachtsfeier fünfundvierzig Minuten lang auf ein wildes Petting mit einem Kollegen eingelassen hatte, wusste Heather auch – denn es war auf der Rückbank ihres Autos geschehen.

Angesichts ihrer spontanen Vertrautheit fiel es Sasha schwer, Heather als Sekretärin und Untergebene zu behandeln; sie erteilte ihr nur ungern minderwertige Aufgaben, wann immer es ihre Zeit erlaubte, erledigte Sasha sie selbst – was dazu führte, dass Heather sich über Arbeitsmangel beklagte.

Als Sasha den Notizzettel nahm, den Heather zwischen den Fingern hielt, fragte sie sich, wie viel ihre Assistentin über ihre Beziehung mit Paul wusste oder ahnte. Sie warf einen Blick auf den Zettel.

Treffe Sonntagabend in New York ein.
Brauche Unterkunft.
Irgendwelche Anregungen?

Gespenster und Hotels, in denen es spukte, schienen eine Ewigkeit entfernt zu sein von Manhattan, dachte Sasha. Sie ließ sich in ihren Drehsessel fallen, lehnte sich zurück und streifte ihre Schuhe ab. Sie drehte sich ein paar Runden mit dem Sessel und spürte ein neu erwachtes Interesse an Paul, das ihren Bauch wärmte.

Vielleicht ist Paul genau die richtige Medizin für mich, um mich zurück in die Realität zu holen, dachte sie, während sie die neuen Verkaufsstatistiken überflog, die sich auf ihrem Schreibtisch türmten.

Konnte sein, dass Xenia Recht hatte. Diese ganze Spukgeschichte war Unsinn. Ich sollte sie aus meinem Leben verbannen und mich auf das konzentrieren, was wichtig ist. Schließlich, mahnte sie sich fast wütend, habe ich einen vielbeneideten Job, um den sich Tausende von Marketingleuten reißen würden.

Dazu – sozusagen als Sahnehäubchen obendrauf – hatte sie eine stürmische Affäre mit einem englischen Klienten. Das sollte eigentlich reichen, um ihre Gedanken zu beschäftigen. Da brauchte sie keine unglückliche Liebesaffäre zwischen zwei Menschen, von denen sie vorher noch nie gehört hatte – und die schon lange tot waren.

Entschlossen schaltete sie den Computer ein, aktivierte die E-Mail und beantwortete Pauls Anfrage.

Sashas gute Absichten, ihre Faszination über die Geschichte von Amelia Asher und John Blakeley zu verdrängen, hielten nicht lange an. Da schien es andere Kräfte zu geben, die sich offenbar gegen sie verschworen hatten.

Obwohl sie die ganze Woche lang bis in die späten Abende hinein arbeiten musste, weil sie Pauls Besuch vorbereitete, nahm sie sich Zeit, am Samstagabend mit Xenia in einen neuen Comedy-Club im Greenwich Village zu gehen, und nach einem gelungenen Abend begleitete Xenia sie nach Hause. Sie wollte sich das Manuskript von Amelia Asher anschauen.

Beide Frauen waren nicht mehr ganz nüchtern und lachten ausgelassen, teils in der Erinnerung an die witzigen Sketche, die sie gesehen hatten, teils aber auch, weil ihnen in ihrem Zustand alles zum Lachen war.

Erst als Sasha in ihr Schlafzimmer ging, um das kostbare Manuskript für die Freundin zu holen, wurde ihr bewusst, dass ihre ausgelassene Fröhlichkeit nichts mit dem New Yorker Humor und auch nichts mit dem Alkohol zu tun hatte.

Sie war schlagartig nüchtern, als sie nach den vergilbten Blättern griff, die sie oben auf den Kleiderschrank gelegt hatte. Mit einer gewissen Ehrfurcht gab sie das Manuskript in Xenias Hände.

»Oh«, sagte Xenia und strich andächtig über das gelbe Papier und über das ausgefranste rote Band. »Das also ist die tragische Geschichte.«

Sasha sagte nichts, sie nickte nur und setzte sich der Freundin gegenüber auf die kakaofarbene Ledercouch. Nervös nippte sie am Pfirsichtee, den sie aufgebrüht hatte. Sie streckte die Beine aus und verschränkte die Füße um ein Bein des Glastischs, während sie Xenia gespannt beobachtete, die rasch die einzelnen Blätter überflog.

»Nun?« Sasha saß wie auf heißen Kohlen und konnte die Spannung nicht länger ertragen.

Xenia blickte kurz von ihrer Lektüre auf.

Sasha fragte voller Hoffnung: »Kannst du jetzt begreifen, warum ich diese Geschichte so faszinierend finde?«

»Es ist gewiss ein bemerkenswertes Dokument«, sagte Xenia nachdenklich. Sie legte die Blätter zusammen.

Sasha atmete erleichtert auf. Sie erwartete, dass ihre Freundin jetzt das Gefühl des Unheimlichen mit ihr teilte, aber dann sah sie, wie Xenia sie scharf musterte.

»Aber ich glaube, das ist auch schon alles«, fuhr Xenia fort. »Ein Dokument von historischem Interesse, aber eben nur ein Dokument, das dir zufällig in die Finger gefallen ist, während du in einem altersschwachen Aufzug steckengeblieben bist. Es muss ein kleines Vermögen wert sein. Hast du schon überlegt, wem du es verkaufen wirst? Einem Museum oder einer Universitätsbibliothek?«

»Du verstehst das nicht!«, fauchte Sasha verärgert und schnappte die Blätter aus Xenias Hand. Behutsam legte sie das Manuskript auf den Tisch.

Xenia reagierte nicht.

Sasha sah ihre Freundin aufgebracht an. »Warum weigerst du dich so hartnäckig, das zu glauben, was du mit eigenen Augen siehst? Ich könnte Amelias Geschichte unmöglich verkaufen. Mir ist, als ob ich sie schon immer gekannt hätte, als ob mir die Rolle zugefallen wäre, ihre Nachricht weiterzugeben – ja, ja, ich weiß, dass beide tot sind«, fügte sie rasch hinzu und starrte die Freundin wütend an. »Ich habe noch alle Tassen im Schrank, ich glaube nur nicht, dass ich diese Geschichte zu den Akten legen kann. Ich muss irgend etwas tun, obwohl ich bis jetzt noch nicht weiß was.«

Ihrem heftigen Ausbruch folgte ein längeres Schweigen. Sasha schenkte ihnen beiden Tee nach, und dann starrten beide auf die Blätter auf dem Glastisch, als erwarteten sie, dass sich dort wie durch Zauberhand eine Antwort ergäbe. Schließlich hob Xenia die Schultern und setzte sich zu Sasha auf die Couch.

»Hör zu, Mädchen, ich bin deine beste Freundin, und du weißt, dass ich dich in allem unterstütze, was immer du auch entscheidest«, sagte sie ernst. »Es stimmt, ich empfinde nicht dieselbe Faszination wie du, im Gegenteil, die Geschichte lässt mich eher schaudern.«

Sie schüttelte sich. »Ich glaube auch, dass du nach einer gewissen Zeit anders über deine Erlebnisse denkst als heute, wo alles noch so frisch ist. Bis dahin ...« – sie umarmte Sasha kurz, aber herzlich – »tust du das, was du glaubst, tun zu müssen.« Sie lächelte. »Wer weiß, vielleicht schaffst du es ja, aus mir ein Groupie des Übersinnlichen zu machen.«

»Du hast Recht«, sagte Sasha resigniert und rollte die Blätter zusammen, geschützt durch einen Umschlag aus Seidenpapier. »Ich schätze, ich habe mich ein bisschen verrückt angestellt. Ich kann es mir wirklich nicht leisten, mich von dieser Geschichte ablenken zu lassen. Die Kampagne für *Gripp* läuft auf vollen Touren, und morgen trifft Paul aus London ein, um die Werbung für England vorzustellen.«

Sie sah Xenia grinsen und grinste zurück. »Valerie glaubt, dass er erst am Montag eintrifft, und ich werde ihr natürlich nicht aufs Auge binden, dass er morgen kommt und die Nacht bei mir verbringt.«

Sie nahm einen Schluck Tee. »Am Montag und Dienstag muss er natürlich ins Hotel – am Mittwoch fliegt er zurück –, aber diese Heimlichkeiten zwischen ihm und mir geben mir einen zusätzlichen Kick.«

Entschlossen schob sie die Teekanne beiseite und sagte fröhlich: »Jetzt ist es aber genug mit diesem Kräuterzeug. Warum kredenze ich uns nicht etwas Kräftiges, und dabei sehen wir uns eine Sex-Show im Kabelfernsehen an? Du solltest über Nacht bleiben. Ich mache uns Popcorn und borge dir mein Victoria's Secret Nachthemd – na, was sagst du dazu? Willst du einen Bananen-Daiquiri oder eine Erdbeer-Margarita?«

Während Sasha nachschaute, ob sie frische Handtücher im Gästezimmer hatte, nahm sie sich vor, das Manuskript nicht mehr anzusehen – mindestens eine Woche lang nicht. Sie nahm ihre kleine Leiter und deponierte das zusammengerollte Dokument ins oberste Regal ihres Wäscheschranks.

»Gute Nacht, Amelia«, murmelte sie leise und ging in die Küche, um die Getränke zu holen.

Als Sasha am Morgen aufwachte, erlebte sie einen Schock, aber gleichzeitig empfand sie auch so etwas wie tröstliche Selbstbestätigung.

Das erste, was sie an diesem Morgen sah, war das Manuskript von Amelia Asher. Die einzelnen Blätter lagen – auseinander gerollt – auf ihrem Nachttisch.

Fünftes Kapitel

»Paul! Hier bin ich!«

Sasha winkte aufgeregt, das Gesicht ganz rot vor Wiedersehensfreude. Sie drängte sich an der wartenden, verschwitzten Menge vorbei, die sich dicht bis an die Absperrung knäuelte. Im schmalen Korridor, aus dem die Passagiere auf dem Kennedy Airport in die Ankunftshalle traten, hatte Sasha ihren Besucher entdeckt. Es war ein schwüler Augustabend in New York, und Sasha hatte das Gefühl, dass ihr Make-up in Bächen über ihr Gesicht lief, als sie beide Arme hob, um Paul auf sich aufmerksam zu machen.

Paul dagegen sah bemerkenswert erfrischt aus. Er hatte Sasha endlich entdeckt, lächelte und schritt auf sie zu. Seltsam, dachte sie, obwohl er leger in Sachen gekleidet ist, die man überall auf der Welt kaufen konnte, schien er mit dem asymmetrischen blonden Fransenschnitt und seinen klassisch schönen Gesichtszügen englische Eleganz auszustrahlen. Er sah sexy aus, dachte Sasha noch, dann war er auch schon bei ihr und nahm sie in seine kräftigen Arme und drückte sie an sich. Schwach konnte sie sein Cologne riechen.

»Komm«, sagte Sasha dann, löste sich aus der Umarmung und führte ihn an der Hand hinaus, während Paul sein Gepäck lässig über eine Schulter warf. »Ein Fahrer wartet.«

Sasha hatte sich in Unkosten gestürzt und eine schnittige graue Limousine von der Gesellschaft geordert, die auch die Dienstfahrten für die Firma erledigte, aber heute Abend zahlte sie für den Luxus selbst. Sie wusste, dass der kühle, dunkle Innenraum die fünfundsiebzig Dollar wert war – kein Vergleich mit den schmutzigen gelben Taxen, die so stickig und laut waren und um die man sich mit anderen Passagieren auch noch fast prügeln musste.

»Sehr aufmerksam«, murmelte Paul, als er auf die Rückbank stieg, nachdem er Sasha die Tür aufgehalten hatte. »Und danke, dass du mich abholst.«

»Ich freue mich auf unser Wiedersehen«, antwortete sie ein wenig nervös, denn plötzlich fühlte sie sich scheu in seiner Nähe, als wäre es ihre erste Begegnung.

Paul hingegen schien es kaum erwarten zu können,

ihre Vertrautheit dort wieder aufnehmen zu können, wo sie vor gut zehn Tagen geendet hatte.

»Ich habe dir etwas mitgebracht«, flüsterte er ihr verführerisch ins Ohr. »Um dir zu zeigen, wie sehr ich dich vermisst habe.« Er langte in eine Außentasche seines Ledergepäcks und zog raschelnd ein Päckchen heraus, das in silberne Folie eingeschlagen war. »Eigentlich«, murmelte er, als er das Päckchen in Sashas Schoß legte, »ist es für uns beide.«

Mit zitternden Fingern zog Sasha das hübsche Goldband ab, das die Silberfolie hielt. Sie öffnete den Deckel einer eleganten Schachtel und strich mit einer Handfläche über feine elfenbeinfarbene Seide, die sich als langes Nachtgewand von einer renommierten Marke entpuppte.

»Oh, Paul«, hauchte sie, gerührt, dass er sich die Mühe gemacht hatte. »Ich weiß nicht, was ich sagen soll.«

»Du brauchst gar nichts zu sagen«, meinte er, fuhr mit den Fingerspitzen ihren Hals entlang und strich über den Dutt ihrer kastanienbraunen Haare. »Ich hoffe, es gefällt dir. Ich wollte dir etwas Hübsches mitbringen.«

Sie wandte sich ihm zu, und im Dunkel des geräumigen Wageninneren sah er ihre Augen leuchten. Sie strich wieder über die knisternde Seide. »Es ist wunderbar.«

»Ich kann es kaum erwarten, dich darin zu sehen«, murmelte Paul in ihr Ohr, was Sasha lustvolle Schauer über den Rücken jagte.

»Meinem Empfinden nach ist es viel länger her als gut eine Woche, dass wir uns zuletzt gesehen haben«, sagte Sasha. »Es muss daran liegen, dass ich dich so sehr vermisst habe.«

Sie warf einen raschen Seitenblick auf den Fahrer,

aber er schien sich um das Paar im Fond nicht zu kümmern und konzentrierte sich statt dessen auf den immer noch starken Verkehr Richtung Manhattan. Sie näherten sich dem Queens-Midtown-Tunnel, und aus allen Richtungen pferchten sich die Autos auf die fünf Fahrbahnen. Nachdem sie sich vergewissert hatte, dass die Aufmerksamkeit des Fahrers anderweitig eingesetzt war, und weil sie wusste, dass man durch die dunklen Scheiben nicht von außen hineinschauen konnte, lehnte sich Sasha über Paul und presste ihre Lippen auf seinen Mund. Ihre Zungen spielten miteinander, und Paul zog sie auf seinen Schoß.

Ihre Beine waren um seine Hüften geschlungen, ihr Schoß drückte gegen seinen. Sie spürte die Schwellung in seiner Jeans, die gegen das Satin ihrer hellgrauen Panties rieb. Während sie sich leidenschaftlich küssten, war Sasha froh, dass sie sich in dieser Hitze für die richtige Kleidung entschieden hatte: Sie trug nur die eng anliegenden Panties unter dem zitronengelben Sommerkleid, dessen breite Träger sich im Rücken kreuzten.

Das Gefühl von Pauls Händen auf ihren bloßen Schultern ließ sie vor Wonne kehlig schnurren. Sie stieß immer wieder mit der Zunge tief in seinen Mund, und er beantwortete ihren Angriff mit einem eigenen. Sie stöhnte, als sie spürte, wie es unter seiner Hose pochte.

Sie achtete jetzt nicht mehr auf den Fahrer und mahlte ihre Hüften gegen Pauls, und er reagierte sofort mit einem leichten Rucken seiner Hüften. Die Körper bewegten sich im Rhythmus der Zungen in ihren Mündern. Sie hielten sich umschlungen und simulierten die Bewegungen des Sexaktes ungeachtet der einengenden Kleider.

Während die Limousine in den Tunnel fuhr, rieb

Sasha sich immer härter gegen Pauls Erektion. Sie spürte den Druck gegen ihre Klitoris, und sie wusste bei ansteigender Panik, dass sie auf der Rückbank der Limousine einen Orgasmus haben würde, wenn sie nicht die Kraft hatte, sofort aufzuhören. Sie wollte diese Kraft haben und schwächte ihre Bewegungen ab, aber das ließ Paul nicht zu. Er hielt sie fester umschlungen, und mit bewundernswertem Geschick drehte er sie beide, so dass Sasha jetzt in den Polstern saß – lag –, während Paul plötzlich vor ihr auf dem Boden kniete. Sasha wollte ihn hochziehen, damit er sich neben sie setzen konnte, und wies mit den Blicken auf den Fahrer, aber Paul presste sich nur noch härter gegen sie. Sein Körper fühlte sich unwiderstehlich hart zwischen ihren Schenkeln an.

»Pst«, machte er und drückte sie mit den Händen auf ihren Schultern tiefer in die Lederpolster. »Komm, lass dich einfach gehen.«

»Ich weiß nicht, ob ich das kann«, flüsterte Sasha, aber sie schloss die Augen und rutschte mit den Hüften noch weiter nach vorn, als wollte sie ihn einladen, die Stelle zwischen den gespreizten Schenkeln weiter zu erkunden.

Sie spürte die Kraft von Pauls Händen, als sie unter ihren Po griffen und die Backen noch näher heranzogen. Sein Mund wanderte vom Hals über ihren wogenden Busen. Er zog die Hände unter ihrem Po weg und begann die Träger ihres Kleids zu öffnen. Er zog sie langsam über ihre Schultern, zupfte sie über die Brüste und reizte die Nippel mit den breiten Trägern.

Sashas Geschlecht war inzwischen feucht und warm geworden, die Lippen schwollen an und öffneten sich erwartungsvoll, verzweifelt darauf aus, gestreichelt zu werden. Schwach nahm sie das Rollen der Räder wahr, und das monotone Summen des

Motors schien aus ihrem eigenen Körper zu kommen. Sie musste sich zurückhalten, um nicht ihre Finger in ihre pochende, aufgewühlte Mitte zu schieben.

Sie grub ihre Finger in Pauls Schultern. Er reizte immer noch ihre geschwollenen Brustwarzen mit den Trägern ihres Kleids, die er wie leichte Federn einsetzte. Dann aber, als Sasha sicher war, dass sie es nicht länger aushalten konnte, beugte sich Paul hinunter und nahm eine Brustwarze zwischen die Lippen. Er küsste sie, ehe er sie in den Mund einsog, kräftig saugte und mit der Zungenspitze dagegen stieß.

Sasha ließ einen lauten Seufzer hören, als Pauls Hand zwischen ihre Schenkel kroch und gegen die Nässe rieb, die sich in den Panties sammelte, als wollte er erkunden, welchen Erregungsgrad sie erreicht hatte.

Sie fuhr mit den Fingern einer Hand durch seine weichen Haare und krümmte den Rücken, um mehr von ihrer Brust in seinen Mund zu drücken, um ihm noch leichteren Zugang zu ihrem Schoß zu ermöglichen, und mit der anderen Hand griff sie ihre nackte Brust und knetete sie, drückte den Nippel und hoffte, ihn dadurch noch mehr erregen zu können.

Paul gab Sashas Brust frei und flüsterte in ihr Ohr: »Jetzt möchte ich dich schmecken.« Sie hielt keuchend die Luft an, als sie spürte, wie er mit einer Hand unter die Panties schlüpfte und sie geschickt über die Hüften nach unten zog, die Beine entlang und über die Sandalen.

Sasha lag jetzt auf dem glatten Leder, das bauschige Kleid wie ein Kranz um die Hüften, darüber die nackten Brüste. Sie öffnete für einen Moment die Augen, um sich davon zu überzeugen, dass der Fahrer noch steinernen Gesichts auf die Straße starrte. Jetzt schloss sie die Augen wieder und wartete lächelnd auf Pauls Liebkosungen.

Sie spürte ihn zwischen ihren Beinen und hielt den Atem an. Sie wartete auf das erste Streicheln seiner Zunge – aber nichts geschah. Sie spürte, wie die innere Spannung in ihr wuchs. Paul drückte seine Finger gegen ihre Labien und spreizte sie – aber mehr tat er nicht.

Sasha hielt es nicht länger aus. »Bitte«, keuchte sie und traute sich nicht, mehr zu sagen. »Bitte«, wiederholte sie, Dringlichkeit in der Stimme.

»Bitte – was, Sasha?« Pauls tiefe Stimme war im monotonen Schnurren des Wagens kaum zu hören. Sasha hoffte, dass der Fahrer im Rückspiegel nicht sehen konnte, wie Paul zwischen ihren gespreizten Beinen kniete. »Was soll ich tun?« Sie spürte seinen warmen Atem an ihrem Oberschenkel.

»Bitte, küss mich ... da«, hauchte sie und fühlte, wie ihre Erregung noch einen Gang höher schaltete. Ob der Fahrer etwas bemerkte oder nicht, interessierte sie nun nicht mehr. »Küss mich, bitte.«

Mehr brauchte sie nicht zu sagen. Sasha spürte die Hitze und seine Zunge, die über die geschwollenen Labien strich, rauf und runter, während seine Hände unter ihren Po griffen, um sie noch näher an seinen Mund zu bringen. Sie streckte die Beine weiter und öffnete sich schamlos für ihn.

Er spitzte die Zunge und stieß in sie hinein, Sasha ruckte die Hüften vor, damit sie seine Zunge noch tiefer in sich spüren konnte. Wieder und wieder stieß Pauls Zunge zu, in die samtene Nässe hinein, bevor er die bebende Klitoris attackierte.

Er saugte den glitschigen Kopf in den Mund, und in diesem Moment brach Sashas Orgasmus los.

Vor ihren geschlossenen Augen sah sie Sterne explodieren, und instinktiv presste sie die Schenkel zusammen. Ihr ganzer Körper wurde geschüttelt, und

Sasha war sicher, dass der Fahrer etwas bemerken musste, aber in diesem Moment war ihr das egal. Keuchend sah sie auf Paul hinunter.

Paul hob den Kopf und strahlte sie an. Sein Gesicht glänzte von ihren Säften.

»Puh«, stöhnte Sasha, als sie wieder etwas sagen konnte. Ihr Haar war zerzaust, und Paul grinste stolz. Sasha schaute aus dem Seitenfenster und erkannte voller Panik, dass sie praktisch vor ihrer Adresse am Central Park West standen. Sie glühte vor Verlegenheit und starrte zum Fahrer, der immer noch geradeaus blickte. Erst als sie den Fahrer bezahlte und ein fürstliches Trinkgeld drauflegte, fiel ihr ein, dass sie ihren Slip auf dem Boden der Limousine liegen gelassen hatte. Während sie ihm das Geld reichte, sah sie das intime Wäschestück hinter dem Fahrersitz liegen. Sie stieß einen leisen Entsetzensschrei aus und sah hilflos und mit rotem Gesicht den Mann hinter dem Steuer an, der sie freundlich anlächelte.

»Das sind wir gewohnt, Miss«, sagte der Fahrer und fuhr davon, während Paul und Sasha sich auf dem Bürgersteig lachend in die Arme fielen.

»Glaubst du wirklich, dass er wusste, was wir auf der Rückbank getrieben haben?«, fragte Sasha zum zwölften Mal an diesem Abend.

»Sasha, bitte.« Paul lachte. Sie lagen auf ihrem Bett, sie in ihrem neuen Nachthemd und Paul in Boxershorts, denn es war immer noch heiß. Im Hintergrund summte die Klimaanlage. Nach einer gemeinsamen Dusche hatten sie ihr Abendessen im Bett eingenommen.

Wie die Kinder hatten sie getobt und sich gegenseitig dicke, lange Spargelstangen in den Mund geschoben, dann folgten gefüllte Oliven, marinierte Champignons und eine Fülle von anderen Delikatessen, die Sasha am Nachmittag bei Balducci's bestellt hatte. Das Licht war gedämpft, die Musik leise, die Atmosphäre romantisch. Trotzdem hatte Sasha noch nicht den Chauffeur vergessen, der sie vom Flughafen nach Manhattan gefahren hatte.

Um sie abzulenken, langte Paul in seine Brieftasche, die er auf Sashas Nachttisch gelegt hatte.

»Immer noch hungrig?« Er nahm ein dünnes, in Folie verpacktes Etwas heraus.

»Was hast du jetzt schon wieder vor, du schamloser Mann?« Sasha griff nach der Folie in seiner Handfläche. »Was ist das?« Sie schnüffelte. »Ein Kondom mit Schokoladengeschmack?« Sie musste laut lachen. »Paul, ich weiß was Besseres.« Sie sprang aus dem Bett. »Bleib, wo du bist. Ich bin gleich wieder da.«

Sie lief zu ihrer Kommode und wackelte mit den Hüften hin und her, während sie einen schwarzen Schal aus einer Schublade zog, den sie verführerisch durch die Finger gleiten ließ.

»Sasha«, murmelte er, aber sie unterbrach ihn sofort.

»Sei ein guter Junge und für einen Augenblick still«, sagte sie. Sie band den Schal um seine Augen und verknotete ihn an seinem Hinterkopf. »Warte.« Sie ließ Paul auf dem Bett zurück und verschwand in die Küche. Mit einem kleinen Eiskübel kam sie zurück.

»Mal sehen, ob dir das gefällt«, raunte sie verführerisch, und bevor Paul antworten konnte, fuhr sie mit einem Eiswürfel über seine Lippen. Seine Zunge schnellte vor, als wollte sie am Eis lecken.

»Nein, nein«, rief sie und nahm die Hand mit dem Eiswürfel rasch zurück. »Du bleibst nur still liegen und lässt mich die ganze Arbeit tun.«

Die Augen verbunden und scheinbar fügsam lag

Paul auf dem Rücken und wartete auf Sashas nächste Handlungen. Sie fuhr mit dem Eiswürfel wieder über seine Lippen, dann strich sie seinen Hals entlang und sah, wie sich seine steifen Nippel aufrichteten, während ein paar kühle Tropfen über seine Haut rannen.

Sie schaute nach unten und bemerkte, wie sich in den Boxershorts ein Zelt gebildet hatte, was ihr Beweis genug war, dass ihm ihr Spielchen gefiel.

Sie beugte sich über ihn und drückte die Lippen kurz auf seinen kalten Mund, dann schob sie den Eiswürfel über seinen Brustwarzen hin und her. Seine Bauchmuskeln zogen sich zusammen und spannten sich an. Sasha bewegte den Kopf und saugte die Nippel nacheinander in ihren Mund.

Der Eiswürfel wurde allmählich zu warm und begann zu schmelzen, deshalb griff sie in den kleinen Silberkübel und nahm einen neuen, aber diesmal nahm sie ihn in den Mund.

Paul blieb stumm. Er bewegte sich nicht, nur sein Atem ging schneller als sonst, während er darauf wartete, dass Sasha ihn berührte. Sie hoffte, dass er nicht ahnte, was sie plante. Sie versuchte, lautlos am Eiswürfel zu lutschen, dabei zog sie seine Shorts nach unten.

Ihr Mund war inzwischen kalt geworden. Entschlossen umfasste sie Pauls Penis mit einer Hand, spuckte den Würfel in die andere und stülpte den eiskalten Mund über seinen prallen Penis.

Pauls Hüften ruckten vor Schock hoch, und der Penis schien in der feuchten Enge von Sashas Mund noch mehr anzuschwellen. Er murmelte etwas Unverständliches und griff mit den Fingern in ihre Haare, um ihren Kopf noch tiefer nach unten zu drücken. Aber Sasha widerstand ihm, sie gab die Eichel wieder frei und langte blindlings nach einem weiteren Eiswürfel aus dem Kübel. Obwohl Paul es nicht sehen konnte, schien er doch zu ahnen, was jetzt kam, denn sein ganzer Körper war gespannt wie eine Feder.

Sasha schob sich den Eiswürfel in den Mund, und mit einem schnurrenden Laut beugte sie sich wieder über den Schaft und stülpte ihren Mund darüber. Würfel und Schaft rangen um Platz, und Sashas Wangen blähten sich auf.

Der Gegensatz vom kalten Eis und dem warmen Mund war zuviel für Paul; Sasha spürte, wie seine Hüften zu pumpen begannen, und als sie seine Hoden sanft drückte, fühlte sie, wie sie sich zusammenzogen, als wollten sie sich spannen, um ihre Ladung besonders kräftig auszuspucken.

Sasha beschleunigte das Auf und Ab ihres Mundes, Paul stieß immer kräftiger und ungeduldiger zu, und dann spürte sie auch schon das heftige Zucken des Schafts in ihrem Mund, und im nächsten Moment hatte sie das Gefühl, in seinem Saft zu ertrinken.

»Schau mal an«, murmelte sie, als sie wieder zu Atem gekommen war und den Eiswürfel aus dem Mund genommen hatte. »Dir scheint der Zeitunterschied nichts auszumachen. Du hast eine robuste Konstitution.« Sie nahm ihm die Augenbinde ab und sah ihn lächelnd an.

Paul erwiderte ihr Lächeln, er streckte sich, packte Sasha und zog sie über sich. »Ich bin noch lange nicht fertig«, versprach er ihr und fuhr mit einer Hand über ihre Schenkel. »Es ist nicht einmal neun Uhr.«

»Das ist richtig, aber bei euch in London ist es zwei Uhr nachts«, erinnerte sie ihn und wollte seine Hand zwischen ihren Schenkeln wegschieben. »Und vergiss nicht deinen Termin morgen früh.«

»Ja, nach einem anstrengenden Nachtflug«, murmelte Paul. »Meine Leute wissen, dass ich schon in New York bin, aber deine gehen davon aus, dass ich noch in der Luft bin. Deshalb muss ich abgeschlafft sein, wenn ich zu euch komme.«

Sasha fühlte sich nicht ganz wohl bei der Scharade; morgen würden sie und Paul zu getrennten Zeiten im Büro eintreffen, damit niemand unerwünschte Rückschlüsse ziehen konnte. Und natürlich war die Beziehung vom dienstlichen Aspekt her nicht in Ordnung – ihre Firma war Auftraggeber, Paul war Auftragnehmer.

»Reden wir jetzt nicht über die Arbeit«, meinte Paul, strich über den tätowierten Schwan auf Sashas Schulter und küsste sie hinterm Ohr. Sie schüttelte sich wohlig. »Wir haben vor Ort viel geeignetere Themen, auf die ich mich konzentrieren möchte.« Er rutschte zur Seite und zog ihre Nachttischschublade auf.

»Da du die Nase über mein Kondom mit dem köstlichem Geschmack gerümpft hast – gibt es hier denn ein konventionelles?« Er schaute in die Schublade und sah verdutzt auf das Manuskript. »Was ist das denn?«, fragte er und zog Amelia Ashers Aufzeichnungen heraus.

Sasha hielt den Atem an und sagte nichts. Sie wich Pauls Blick aus. Am Morgen hatte sie das Manuskript wieder in ihre Schublade gelegt und Xenia nichts von dem geheimnisvollen Auftauchen erzählt, nachdem sie es am Abend zuvor ganz oben in ihren Schrank gelegt hatte.

Es war wohl besser, wenn sie diesen unheimlichen Vorfall noch eine Weile für sich behielt, dachte Sasha, aber sie hatte dann auch entschieden, die Aufzeichnungen neben ihrem Bett aufzubewahren, denn offenbar wollte Amelia es so.

Sasha mochte kaum glauben, dass ihr solche eigentlich abwegigen Gedanken kamen – und dass sie tatsächlich danach handelte. Legte sie wirklich so großen Wert darauf, das zu befolgen, was ein Gespenst aus dem achtzehnten Jahrhundert wünschte?

In Gedanken hob sie die Schultern. Fest stand, dass sie sich berufen fühlte, das Manuskript der unglücklichen Amelia zu schützen, und wie Paul die Blätter in Händen hielt, wie er neugierig darauf starrte, das schien nicht in Ordnung zu sein, fast grob oder sogar vulgär. Sie schnappte nach den Blättern, riss sie ihm aus den Händen und drückte Amelias Manuskript fest gegen ihre Brüste, als müsste sie es vor seiner Neugier bewahren, ganz egal, wie unschuldig die Neugier auch sein mochte.

»Sasha? Was ist das?« Er versuchte, ihre verschränkten Arme zu lösen und die Blätter an sich zu nehmen. Sie schob ihn weg und stand auf und steckte die Geschichte der Amelia Asher in die obere Schublade ihrer Frisierkommode. Sie verstaute sie unter ihrer luftigen Wäsche.

»Ich habe die Blätter kürzlich gefunden«, sagte sie kurz angebunden.

Aber Paul ließ nicht locker. »Nun stell dich nicht so an und lass mich mal sehen«, drängte er. »Die Blätter sahen ziemlich alt aus, sie könnten ein kleines Vermögen wert sein. Was steht denn drin?«

»Es ist nichts«, gab sie zurück. Sie schämte sich ein wenig ihrer Schroffheit und fügte erklärend hinzu: »Es ist ein Bündel alter Briefe. Ich habe sie vor kurzem gefunden, und jetzt muss ich überlegen, was ich damit anfange.«

»Warum machst du so ein großes Geheimnis daraus?« Paul hörte sich ein wenig gereizt oder verärgert an und setzte sich jetzt im Bett auf. »Was ist schon dabei, wenn du mich mal eine Seite lesen lässt?«

»Weil es eine private Angelegenheit ist«, antwortete

Sasha, nicht weniger gereizt. Sie fragte sich nicht, warum sie so abwehrend auf sein verständliches Interesse reagierte, und fügte hinzu: »Und im Augenblick möchte ich sie mit niemandem teilen.«

Paul hob beide Schultern, als wollte er deutlich machen, dass er sowieso kein Interesse hatte, legte sich auf die Seite und nahm ein dickes Buch aus seiner Koffertasche, ein Fachbuch über Management im neuen Millennium. »Vergiss es«, sagte er gleichgültig und öffnete das Buch an einer Stelle, die er markiert hatte. »Vergiss, dass ich das verdammte Ding überhaupt gesehen habe.«

Jetzt schämte sich Sasha noch mehr. Sie ging zu ihm, setzte sich neben ihn aufs Bett und strich ihm mit einer Hand über die vollen blonden Haare.

»Es tut mir leid, dass ich so überreagiert habe«, sagte sie lahm. »Ich weiß auch nicht genau, warum ich so empfindlich bin, wenn es um dieses alte Dokument geht. Ich möchte es wirklich niemandem zeigen. Noch nicht. Ich verspreche dir, bald werde ich dir alles erzählen, was es mit den Aufzeichnungen auf sich hat.« Sie lächelte. »Aber du wirst es eher als langweilig empfinden.«

Besänftigt und offenbar bereit, sich wie ein Gentleman zu verhalten, rutschte Paul zur Bettmitte, um Sasha mehr Platz zu bieten. »Komm zu mir«, sagte er und klopfte auf die Matratze. Er legte das Buch weg und schob Sashas Nachthemd die Hüften hoch. Er streichelte die Stellen, die er bloß legte, die Schenkel, die Hüften, den Bauch. Er lupfte das Nachthemd jetzt mit beiden Händen auf und zog es schließlich über ihren Kopf. Jetzt war sie so nackt wie er.

»Wie war das mit dem Kondom?«, murmelte er, rutschte auf der Seite zum Bettrand und tastete den Boden ab, bis er die Folie blinken sah.

Sasha wunderte sich über den Grad der Erregung, die sie von einem Moment zum nächsten empfand. Heißhungrig starrte sie auf Pauls erigierten Penis, über den er geschickt die Latexhülle stülpte und dann hinunter zog, und sie fragte sich, was ihre Erregung ausgelöst hatte. Konnte es sein, dass allein die körperliche Berührung der Blätter für ihre plötzlich neu erwachte Sinnlichkeit gesorgt hatte? Von einem Augenblick zum nächsten sehnte sie sich nach der Haut des Mannes, und sie streckte die Hände aus und ließ sich von Paul auf seinen Körper ziehen.

Sie zuckte zusammen, als ihr bewusst wurde, dass sie Amelias Manuskript in den Nachttisch auf der rechten Seite gelegt hatte, aber Paul hatte es im Nachttisch auf der linken Bettseite gefunden. Wie war es dorthin gelangt?

Während sie Paul schweigend aufforderte, sich zwischen ihren gespreizten Schenkeln einzurichten, spürte Sasha plötzlich die Gegenwart einer anderen Person in ihrem Schlafzimmer. Es war, als ob jemand beobachtete, wie sich ihr Körper mit dem Pauls zu verschmelzen begann.

»Amelia?«

Sasha murmelte den Namen so leise, dass Paul nichts hören konnte, und um ihn abzulenken, führte sie seinen Penis an ihr Geschlecht. Sie schaute mit großen Augen über Pauls Schulter hinweg, sah sich im Zimmer um, schloss dann aber die Augen, um das köstliche Gefühl des langen, dicken Schafts auszukosten, der genüsslich in sie eindrang.

Nein, dachte Sasha, die Gegenwart der anderen Person fühlte sich nicht weiblich an. Instinktiv begann sie die Hüften anzuheben, und Paul stieß kräftiger zu. Sie spürte einen warmen Atem im Nacken und erschauerte.

»Johnny?« Sie flüsterte den Namen und wandte den Kopf, um ihren und Pauls Körper im nackten Fenster zu sehen, das auf den Central Park zeigte. Aber wo sie ein Spiegelbild von sich und Paul erwartete, erlebte sie eine Erscheinung, die bei ihr fast in dieser Sekunde den Orgasmus auslöste.

Mit weit aufgerissenen Augen starrte Sasha ungläubig auf das mondbeschienene Fenster. Deutlich sah sie ihren Körper, der sich hob und senkte, aber nicht unter dem vertrauten Körper Pauls, sondern unter einem Mann, den sie nur einmal zuvor gesehen hatte, als ausgeschmückter Hintergrund im Porträt von Lady Amelia Asher.

Statt sich auf Pauls langem, hageren Körper auf und ab zu bewegen, sah sich Sasha zwischen den Schenkeln eines kräftigen, dunkelhaarigen Mannes, dem die zerzausten Locken über die Schultern fielen. Er hatte zärtlich die Wange gegen ihr Gesicht gedrückt.

Und dies war vielleicht der verwunderlichste Aspekt der verworrenen Szene: Als Sasha hinunter auf den Mann schaute, mit dem sie kopulierte, hatte sich Paul in vororgasmischer Glückseligkeit abgewandt, die Augen zur Konzentration geschlossen, den Kopf zur Tür gedreht.

Sasha schaute wieder zur Fensterscheibe und bemerkte, dass der Mann unter ihr sie ansah. Ihre lustgefüllten Blicke begegneten sich im Fenster. Sashas Vulva pumpte um den pochenden, glühenden Schaft, aber ihr Blick blieb aufs Fenster gerichtet, und als sie einen Schrei ausstieß, der ihren Orgasmus ankündigte, hörte sie ihn nicht – es war ein stummer Schrei, aber sie erlebte den heftigsten, beinahe unerträglich lustvollsten Orgasmus, und es war nicht Paul, der ihr diese unvergleichliche Wonne bescherte, sondern John Blakeley.

Sechstes Kapitel

»Bist du sicher, dass mit dir alles in Ordnung ist?«

Das musste das dritte Mal sein, dass Valerie sie an diesem Tag mit dieser Frage konfrontierte, und dabei schauten ihre verengten blauen Augen reichlich argwöhnisch, fand Sasha. »Du wirkst so verträumt, sitzt da, den Kopf in die Hände gestützt, die Augen halb geschlossen.«

Nicht zum ersten Mal musste Sasha ihren Mund fest schließen, um zu vermeiden, dass sie ihrem Boss sagte, was sie wirklich von ihr hielt. Als Managerin und Geschäftsfrau war Valerie fair. Sie lobte ihr Team, wann immer es angebracht war, aber sie verlangte auch genaue Zahlen und präzise Unterlagen von ihren Mitarbeitern.

Als Frau jedoch mangelte es ihr an jeglichem Fingerspitzengefühl, das Sasha bei ihren Freundinnen erwartete. Xenia hatte es. Valerie nicht. Privat war sie anmaßend und rechthaberisch, und beide Eigenschaften konnte Sasha nicht ausstehen, bei Männern und bei Frauen nicht.

»Hast du schon die jüngsten Verkaufszahlen aus England?« Sasha wollte Valerie mit dieser Frage auf ein anderes Thema bringen, denn Valeries neugieriges Bohren hatte natürlich mit Paul zu tun.

Pauls Besuch in New York lag nun schon drei Wochen zurück, und obwohl Paul und Sasha sich während der Arbeit unauffällig und professionell verhalten hatten, berichtete Heather ihr davon, dass immer wieder Gerüchte über eine romantische Beziehung zwischen Sasha und Paul kreisten.

Sasha hatte sich bemüht, solchen Gerüchten keine

zusätzliche Nahrung zu geben. Während seines zweitägigen Besuchs waren sie meistens zusammen gewesen, denn als Projektleiterin für den britischen Marktauftritt mussten sie natürlich eng zusammenarbeiten. Dabei hatte Sasha eine bemerkenswerte Entdeckung gemacht: So heiß es auch bei ihr im Bett zugegangen war, als sie mit Paul den ersten Abend zusammen war, so wenig Gefühl für ihn empfand sie, wenn sie im Büro nebeneinander oder sich gegenüber saßen.

Die zweite Nacht hatte er im Hotel verbracht, und selbst wenn sich eine Gelegenheit ergeben hätte, sich heimlich davonzuschleichen, hätte Sasha sie wahrscheinlich nicht wahrgenommen. Offenbar hatte diese eine Nacht ihren sexuellen Durst, was Paul anging, gestillt.

Paul schien ihre Zurückhaltung gespürt zu haben, deshalb verabschiedeten sie sich am folgenden Tag im Büro, und dabei war es eher förmlich zugegangen. Seither hatten sie ein paar Nachrichten ausgetauscht, höflich und freundlich, aber ohne jede persönliche Zeile – was bestimmt gut war, denn Sasha war davon überzeugt, dass Valerie ihre E-Mail las.

Deshalb konnte sich Sasha nicht erklären, warum sich die Gerüchte so hartnäckig hielten, aber sie vermutete, dass Valeries schwelendes sexuelles Interesse an dem Engländer die Ursache dafür war.

Es war schon gut, dass Sasha bis über beide Ohren in Arbeit steckte, dann brauchte sie nicht über die plötzliche Leere in ihrem Privatleben zu grübeln.

Es hatte keine weiteren Geisterbesuche in ihrem Apartment gegeben, und Lady Amelia Ashers Manuskript blieb beharrlich an einem Platz. An jedem Morgen sprang Sasha gespannt aus dem Bett und hoffte, einen weiteren Hinweis für diesen englischen Spuk aus dem achtzehnten Jahrhundert hier mitten in Manhattan zu entdecken.

Nichts.

Ab und zu, wenn sie sich durch die Menschenmenge auf den Bürgersteigen zwängte und sich in den Straßenschluchten zwischen den aufragenden architektonischen Wundern winzig vorkam, glaubte sie, das zerzauste lockige schwarze Haar zu sehen, manchmal auch einen geheimnisvollen Blick aus dunklen, verführerischen Augen. Aber solche Visionen hielten nur kurz an und entpuppten sich als ganz normale, langweilige New Yorker. Je länger sie diesen Bildern nachlief, desto unruhiger wurden ihre Nächte, in denen sie wild und feucht träumte.

Sie war enttäuscht und frustriert, aber hartnäckig weigerte sie sich zu glauben, dass der ganze Vorgang nur Ergebnis ihrer überhitzten Phantasie gewesen war, dass sie eine moderne Version der Catherine Morland war, Jane Austens überempfindsame Hauptfigur, die sich beharrlich für eine bewunderte Heldin hielt, wo sie doch nur eine ganz normale Frau war.

Es schien, dass die Geisterscheinungen – wenn es denn welche waren – von John Blakeley und Amelia Asher ein Versteckspiel mit ihr trieben, und Sasha wurde dieses Spiels allmählich überdrüssig.

»Es wäre lieb, wenn du mal einen Blick auf diese Probeaufnahmen werfen könntest«, sagte Valerie am Nachmittag zu ihr. »Wenn du Zeit hast, kann ich dir ein sehr interessantes neues Projekt geben.«

Sasha blickte vom Stapel der auszuwertenden Marketingdaten hoch, die Heather ihr erst vor einer Stunde auf den Schreibtisch gehievt hatte. »Ja, sicher«, sagte sie ohne große Begeisterung, denn sie hatte keinen Bedarf für zusätzliche Arbeit. »Um was geht es?«

Valerie warf sich in Positur. »Nun, wie du weißt«,

begann sie voller Wichtigkeit, »lassen die ersten Verkaufszahlen den Schluss zu, dass unser Produkt in Großbritannien hervorragend ankommt – so gut, dass wir nun daran denken, die ganze Serie der Produktpalette dort einzuführen. Das US-Team hat gerade mit dem Casting für das amerikanische Gesicht für *Gripp* begonnen, und ich dachte, wir könnten auf ihren Zug aufspringen und uns die Models anschauen, die sie ins Auge gefasst haben, um für *Gripp* zu werben.«

Sie wies auf den Packen Fotos hin, die sie mit beiden Armen hielt und gegen ihre Brust drückte. »Dies sind die Probeaufnahmen der am ehesten geeigneten Models. Sie werden heute interviewt, und ich dachte, du könntest in die untere Etage gehen, um bei den Interviews dabei zu sein. Vielleicht entdeckst du ein Model, das für den britischen Markt geeigneter ist als für den amerikanischen.«

Innerlich stöhnte Sasha. Als sie ihre Karriere in der Werbung begonnen hatte, wäre eine solche Gelegenheit ein wahres Fest für sie gewesen. Gut aussehende Männer und Frauen, gut gebaut und gut gepflegt, allesamt Musterbeispiele dafür, dass sich mit Schönheit alles verkaufen ließ, vom Deodorant bis zum Toilettenreiniger.

Anfangs war es für Sasha immer eine aufregende Sache gewesen, mit dabei zu sein, ganz egal, wie gering ihre Rolle war, die sie dabei spielte. Doch inzwischen langweilte sie der Prozess der Auswahl; zwischen den Models gab es ohnehin kaum Unterschiede.

Die Models, die Valerie in die Vorauswahl genommen hatte, um in Großbritannien für das Cologne zu werben, zeichneten sich durch einen flachen, gestählten Waschbrettbauch aus, und endlose Stunden des Hantelpumpens hatten sie mit Bizeps ausgestattet, die andeuten sollten, dass jeder andere Muskel des Models auch so prächtig entwickelt war.

Der Gedanke, ein oder zwei Stunden dem Geschwätz der Möchtegern-Hollywoodstars ausgesetzt zu sein, begeisterte Sasha nicht, aber, gestand sie sich ein, es gehörte zum Job. Deshalb rang sie sich vorgetäuschte Bereitwilligkeit ab. »Klar, Val, mach ich gerne.«

Valerie entging nicht der genervte Unterton in Sashas Stimme, und verärgert sagte sie: »Eigentlich wollte ich das übernehmen, ich hatte Charlotte und Mitch auch schon gesagt, dass ich mir die Interviews anhöre, aber unser Grafik-Computer ist abgestürzt, und ich muss jetzt versuchen, das Durcheinander zu entwirren.«

Sie warf den Packen Fotos auf Sashas Schreibtisch. »Lass mich wissen, was du von denen hältst, ehe du hinunter gehst. Die Interviews beginnen um drei. Ich komme dann noch mal vorbei.« Ohne weiteres Wort stakste sie aus der Tür.

Na, ist doch großartig, dachte Sasha und schaute verächtlich auf den Stapel Fotos. Ehe sie sich die Bilder ansah, streckte sie die Hand nach der Kaffeekanne aus. Dann schaute sie auf die Uhr. Wenn sie den Bericht über die geplanten Kosten der Kampagne abschließen wollte, damit er dem Finanzbereich am Morgen vorgelegt werden konnte, würde sie die halbe Nacht aufbleiben müssen. Und das nur wegen der Modelsuche. Als sie dann begann, Foto nach Foto zu betrachten, hatte sie rasch ihre Kostenaufstellung und Rentabilitätsberechnungen vergessen und konzentrierte sich auf die glänzenden Schwarzweißfotos auf ihrem Schreibtisch. Die Probebilder waren gewagter und provozierender als die Fotos, die bisher für *Gripp* auf dem amerikanischen Markt verwendet worden waren. Sie waren witzig und sexy.

Sasha erwischte sich dabei, dass sie viel zu oft die Beine übereinander schlug und die Schenkel aneinander rieb. Sie schaute zur Tür, um sich zu vergewissern, dass sie geschlossen war, dann kuschelte sie sich in ihren Sessel und nahm sich ein Bild nach dem anderen vor. Das erste Model war ein wirklich gut aussehender junger Mann mit glatten dunklen Haaren. Eine Strähne lag jungenhaft auf seiner Stirn. Die getrimmten Brustmuskeln zeichneten sich unter dem dünnen T-Shirt ab. Der Betrachter wurde vom Fotografen eingeladen, dem Blick des Models zu folgen, der auf den weißen Pants lag.

Die Kamera hatte jede verlockende Kurve und Schwellung des schlafenden Juwels unter dem anschmiegenden Stoff eingefangen. Die Arme des Models waren nach hinten gestreckt, wodurch sich seine Hüften nach vorn drückten, als ob das Auge des Betrachters in voller Absicht auf die Schwellung von Penis und Hoden gelenkt werden sollte.

Der Kontrast der scheinbaren Verletzlichkeit des Mannes, unterstrichen durch die gesenkten Lider, die eine gewisse Scheu signalisieren sollten, und der Arroganz der herausgestreckten Genitalien löste in Sashas Geschlecht ein heftiges Pochen und Muskelzucken aus. Seufzend legte sie das Foto hin und hob das nächste auf.

Dieses Foto zeigte auch den jungen Mann in ähnlicher Pose, aber diesmal war in den Augen nichts von Scheu oder Verletzlichkeit zu sehen, sondern ein überlegenes, wissendes Grinsen. Er grinste in die Kamera, und man sah in seinen Augen, dass er von der Wirkung dieses Grinsens wusste.

Eine Hand lag auf der Schwellung seines Glieds, das halb erigiert schien. Offenbar wollte der Fotograf den Eindruck erwecken, das Model wäre beim Onanieren unterbrochen worden. Obwohl der Kopf des Mannes gesenkt war, schauten seine Augen in die Kamera, der Mund war zu dem sexy Grinsen verzogen, als wollte er die Vermutung des Fotografen – und der Betrachterin – bestätigen.

Puh! Sasha fächelte sich einen Moment lang Luft zu mit Valeries berüchtigter Hausmitteilung, dass alle Kolleginnen und Kollegen ihre Reihenfolge beim Auffüllen der Kaffee- und Plätzchenvorräte einzuhalten hätten. Dann ging ihr Blick wieder zwanghaft zu dem Bild des jungen Mannes, der scheinbar dabei erwischt worden war, sich selbst zu streicheln. Am liebsten hätte Sasha es ihm nachgetan, aber dann sah sie ein, dass dies weder der Ort noch die Zeit war für eine solche intime Beschäftigung. Sie ignorierte das Vibrieren in ihrem Schoß und langte nach dem nächsten Foto.

Dieses Bild war noch faszinierender als die beiden ersten. Es zeigte einen überwältigend gut aussehenden Schwarzen. Seine makellose ebenholzschwarze Haut glänzte im Scheinwerferlicht vor hellem, leerem Hintergrund. Der Körper schien nackt zu sein, aber das Foto endete eine knappe Handbreit unterhalb des Nabels. Nur eine schwache Andeutung war von der dünnen Haarlinie zu sehen, die nach unten führte, dorthin, wo die Kamera abgeblendet hatte.

Das Model wurde von hinten von einer hoch aufgeschossenen weißen Frau umarmt, die auch deutlich älter war als der Mann, eine blasse, blonde Schönheit, deren Arme um die Hüften des Mannes geschlungen waren. Die Hände waren nicht zu sehen, man sollte glauben, dass sie die unsichtbare Männlichkeit des Models im Griff hatten.

Mann und Frau starrten trotzig in die Kamera und trafen auf den Blick des Betrachters, und obwohl die unteren Hälften der Körper nicht abgebildet wurden, war es unvermeidbar, dass sich dem Betrachter sofort eine Fülle von Bildern aufdrängte, was sich außerhalb des Fotos abspielte.

Sasha sah vor ihrem geistigen Auge, wie sich die Beine der Frau um die des Mannes schlangen, wie sich ihre Hüften gegeneinander pressten, wie seine Hände leicht über ihre fuhren, die sein Glied streichelten. Die Vision war so real, dass Sasha einen Moment lang aufschauen und sich im Sessel aufrichten musste, bevor sie sich den nächsten Fotos zuwandte.

Der Rest der Bilder folgte ähnlichen Themen – junge Männer kosten den Inhalt ihrer Pants, und auf mehreren Bildern waren Frauen zu sehen, die hinter diesen Männern standen, ihre Hände entweder auf dem meist muskulösen Brustkorb, sonst in unteren Regionen, die auf den Bildern nicht zu sehen waren.

Ein Bild zeigte ein Model mit drei Frauen, die alle nicht in die Kamera schauten, und auf irgendeine Weise mit sich selbst beschäftigt waren. Brüste und Schenkel wurden von einer Vielzahl von Händen verdeckt oder bedeckt, während das Model unverschämt grinsend den Betrachter anschaute.

Sasha fühlte sich unbehaglich in ihrem Zustand wachsender Erregung, und sie zwang sich zu einer Pause, um sich abzukühlen, ehe die Interviews begannen. Aber noch im Aufstehen sah sie aus den Augenwinkeln eines der letzten Fotos auf dem gelichteten Stapel. Als sie danach griff, stellte sie fest, dass es tatsächlich das letzte Foto war, irgendwie verrutscht unter die anderen Papiere und Lichtpausen, die ihren Schreibtisch übersäten.

Seltsam, dachte sie, als sie das Bild unter all den Papieren herauszog, beim ersten hastigen Durchblättern hatte ich doch schon alle Fotos gesehen. Aber als sie es sich jetzt genauer ansah, war sie absolut sicher, dass sie dieses Foto noch nicht begutachtet hatte, denn dann hätte sie alle anderen Fotos zur Seite geschoben und ihre Konzentration auf dieses eine Bild gelegt.

Wie hatte sie dieses Foto bei der ersten Durchsicht übersehen können? Sie starrte auf das Bild, auf dem sie von zwei Männern angeschaut wurde, die das Ebenbild von John Blakeley waren. Lebensecht.

Die Männer auf diesem Foto ähnelten sich so sehr, dass sie wahrscheinlich Zwillinge waren. Dunkle, lockige Haare, die ihnen in die Stirn fielen, hoch angesetzte, ausgeprägte Wangenknochen, sinnliche Lippen und tiefliegende, fast schwarze Augen, die Sasha direkt anstarrten.

Beim näheren Hinsehen entdeckte sie einige Unterschiede in den Gesichtszügen, dass sie sich gegen ihre Zwillingsannahme entschied. Aber beide hatten eine gespenstische Ähnlichkeit mit John Blakeley – was Sasha tief beunruhigte. Verfolgte dieser Mann sie auf eine unheimliche Weise, oder befand sie sich nicht mehr im Vollbesitz ihrer geistigen Kräfte?

Im Gegensatz zu den anderen Fotos war dieses eine Ganzbildaufnahme, es zeigte die beiden Männer von den lockigen Haaren bis zu den Zehen, die in glänzenden schwarzen Stiefeln steckten. Sie trugen beide lange Lederhosen, ihre Oberkörper waren nackt.

Sie schienen beide gleich groß zu sein, was Sasha nicht genau erkunden konnte, weil der Mann vorn auf dem Bild auf einem hohen Holzschemel saß, die langen Beine lässig ausgestreckt, und sein muskulöser Oberkörper war zurückgebeugt, gegen den Mann gedrückt, der ihn von hinten umarmte.

Der hinten stehende Mann hatte einen Arm locker um den beeindruckenden Brustkorb des sitzenden

Mannes gelegt, der andere Arm lag über dem Bauch des Mannes und verschwand im Bund der Lederhose, wo die Hand den verdeckten Schatz umfasste. Zwei halb nackte Männer, von denen einer den Penis des anderen packte – die Botschaft unter dem Bild erübrigte sich: *Gripp* greift an.

Sasha starrte erhitzt und sprachlos auf die attraktiven jungen Männer, fotografische Repliken des Liebhabers der unglücklichen Lady Amelia Asher, deren Schicksal sie nun schon seit Wochen verfolgte. Sie starrte und starrte, sie begann keuchend zu atmen, ihre Haare lösten sich aus dem sorgfältig geflochtenen Zopf, ihre Nippel spannten sich, in ihrem Bauch rumorte es, ihre Schenkel zitterten, und ihr Slip wurde feucht. Wieso sahen die beiden Models aus wie er? War die Ähnlichkeit mit dem Mann in Lady Amelias Porträt wirklich so groß, oder verlor sie allmählich den Verstand? Sie schaute auf die beiden so unheimlich vertrauten Männer, dann merkte sie, wie die Gesichter langsam verschwammen.

»Sasha? Wie weit bist du mit den Fotos? Hast du schon einen Favoriten?«

Sashas Kopf ruckte herum. Ihre Augen nahmen einen Moment lang die Umrisse einer Gestalt im Türrahmen wahr, irgendwie undeutlich, als stünde die Gestalt im Nebel. Aber dann schärften sich die Konturen, und sie erkannte Valerie.

Ohne auf eine Antwort zu warten, trat Valerie ins Zimmer, dessen Tür sie ohne anzuklopfen geöffnet haben musste, dachte Sasha. Jetzt stand Valerie neben Sashas Sessel und blickte auf das Foto, das Sasha so gefangen genommen hatte. Mit einem ausgestreckten Finger strich sie über die Wange des Models auf dem Schemel, dann über den breiten Brustkorb und über den muskulösen Bauch.

Sie tat das mit so unverhohlener Lust, dass Sasha sich unbehaglich zu fühlen begann – unbehaglich und eifersüchtig. Es sah fast so aus, als bildete sich ihre Chefin ein, die warme Haut des Models unter den Fingerspitzen zu fühlen. Dabei hatte Sasha bisher – völlig irrational – geglaubt, die beiden Männer gehörten ihr.

»Dieser hier ist ein Schatz, das sieht man auf den ersten Blick«, sagte Valerie verträumt, und mit einem langen Fingernagel fuhr sie über die Brust des sitzenden Mannes. »Sie sind beide gut. Ist es das einzige Foto von ihnen?«

Bevor Sasha antworten konnte, betrachtete Valerie das Foto genauer, und ein verwirrter Ausdruck trat in ihre Augen. »He, ich kann mich nicht erinnern, die beiden in dem Stapel gesehen zu haben. Wer sind diese Jungs? Sie sind ganz anders als die Models, die sonst beim US-Marketing eingesetzt werden.« Neugierig drehte sie das Foto um. »Also, das ist merkwürdig«, murmelte sie, mehr zu sich selbst.

Sie sah Sashas gehobene Augenbrauen und erklärte: »Alle Agenturen, die uns Probeaufnahmen schickten, schreiben zur Sicherheit alle wichtigen Daten des Models auf die Rückseite der Fotos.«

Sasha nickte stumm, und Valerie fragte ungeduldig: »Und warum steht hier nichts?« Sie hielt Sasha sie weiße Rückseite des Fotos hin.

Valerie nahm wahllos Fotos aus dem Stapel auf Sashas Schreibtisch und dabei stieß sie fast die Kaffeetasse zu Boden, so aufgeregt war sie. Valerie drehte jedes Foto um und überzeugte sich, dass alle die geforderten Angaben enthielten.

»Seltsam«, murmelte sie kopfschüttelnd, »die anderen scheinen alle korrekt zu sein. Nun ja, wir können natürlich die Agentur anrufen, wenn wir die beiden großartig aussehenden Jungs buchen wollen.«

Sasha war darauf bedacht, dieses eine Foto nicht unter den zahlreichen anderen zu verlieren, und stapelte sie wieder, wobei sie ihr Lieblingsbild zuunterst legte, damit Valerie es nicht noch einmal in die Hand nehmen konnte.

»Aber für eine Werbekampagne sind sie alle ein wenig zu frivol, findest du nicht auch?«, murmelte Sasha. »Selbst unsere Konkurrenz, die gelegentlich übers Ziel hinausschießt, würde sich diese Offenheit nicht trauen.«

»Wahrscheinlich hast du Recht«, sagte Valerie und nahm den Stapel wieder an sich. »Das sind ja auch nur Vorschläge der Agentur, damit wir einen Eindruck von den Models bekommen. Ich schätze, dass die Kreativen der Agentur ein bisschen übermütig geworden sind. Ihr Auftrag lautete lediglich: Ein neues Gesicht für *Gripp* zu finden.« Sie sah Sasha an. »Ist dir ein Model im Gedächtnis geblieben? Glaubst du, dass eins von ihnen für die britische Kampagne in Frage kommt?«

»Ja, das glaube ich schon.« Sasha versuchte lässig zu klingen, als sie den Stapel in Valeries Armen durchstöberte und schließlich das Foto der beiden geheimnisvollen Männer herauszog. »Kann ich das bis nach den Interviews behalten?«

Sie wich dem spöttischen Blick ihrer Chefin aus, die ihr das Foto reichte. »Ja, ich hatte den Eindruck, dass du die beiden auf der Liste hattest«, sagte Valerie in einem nervigen Tonfall. »Aber sie sind so ganz anders als die blonden Männer wie Paul, nicht wahr?«

Sasha lächelte, sagte aber nichts. Erst als Valerie aus der Tür war, imitierte sie deren letzten Satz: ». . . anders als die blonden Männer wie Paul«, sagte sie schnaufend, dann schaute sie wieder auf das Foto der beiden, die ihren neugierigen Blick ebenso neugierig zu erwidern schienen. Sasha schaute auf die Uhr. Erst in eineinhalb Stunden begannen die Interviews. Die Aussicht, die beiden Männer zu treffen, die sie an das englische Gespenst erinnerten, verursachte ihr feuchte Hände und ein rasches Pochen des Herzens. Sie würde die eineinhalb Stunden brauchen, um sich unter Kontrolle zu bringen.

Es war zehn Minuten vor drei, als Sasha durch die schwere Glastür schritt, die zum US-Marketing-Team im elften Stock führte. Sie nickte Wendy am Empfang kurz zu und trat in den Flur, in dem Charlotte Campbells Büro lag. Die überaus tüchtige Abteilungsleiterin konferierte gerade mit Mitch Clarke, ihrem Stellvertreter. »Hallo, Sasha, willkommen bei uns.« Charlotte wies freundlich auf einen Stuhl. »In ein paar Minuten geht's los«, fuhr sie fort. »Ich weiß, dass ihr darüber nachdenkt, eine ähnliche Kampagne in Großbritannien zu fahren, deshalb ist es nützlich, Informationen auszutauschen.« Sie deutete auf das Foto, das Sasha an ihre Brust drückte. »Das ist dein Favorit?«

Sasha hielt das Foto immer noch fest, als könnte sie sich nicht davon trennen. Aber Charlotte hatte die Hand ausgestreckt, und Sasha nickte und versuchte, ganz gelassen zu bleiben.

»Ich glaube, diese beiden Models sind vielversprechend«, sagte sie. Es sollte professionell und nicht schwärmerisch klingen. »Aber ich müsste natürlich mehr von ihnen sehen als nur dieses eine Bild.«

Charlotte betrachtete das Foto, das Sasha ihr hinhielt, und sie sah ebenso verdutzt aus wie zuvor Valerie. »Ich kann mich nicht erinnern, das Foto schon einmal gesehen zu haben.« Sie wandte sich an ihren Kollegen. »Du, Mitch?«

Mitch schüttelte den Kopf. Charlotte nahm das Foto und drehte es um. Die Verblüffung steigerte sich noch, als sie feststellte, dass dort nicht die üblichen Angaben standen. Mitch überprüfte die Namen auf der Liste der Kandidaten, aber er wusste nicht, nach welchem Namen er suchen sollte. »Nun, wir werden sehen, welche Namen auf der Liste übrig bleiben, wenn wir die Interviews hinter uns haben«, meinte Charlotte, schob das Foto zu den anderen und stand auf. »Gehen wir.«

Die Interviews fanden in einem der größeren Konferenzräume am Ende des Flurs statt. Sasha setzte sich neben die Kollegen und lächelte nervös die – in ihren Augen – schockierend jungen Models an. Sie beugte den Kopf über ihre Kladde und versuchte verzweifelt, ganz locker zu wirken.

Fast zwei Stunden später kämpfte Sasha gegen ein Gähnen an. Ihre ganze Unzufriedenheit mit dem nervigen Auswahlverfahren, das nun einmal zur Werbung gehörte, ließ sich nicht länger unterdrücken.

Obwohl ihre Anwesenheit bei den Interviews heute weniger langweilig war als sonst, weil sie sich völlig unprofessionellerweise heiß für die beiden geheimnisvollen Models interessierte, die noch kommen würden, ging ihr die ganze Prozedur auf den Geist.

Die endlose Parade junger Männer verlor schon nach zwei, drei Kandidaten jeglichen Reiz. Einige gaben sich gewollt lässig und überheblich, andere biederten sich an, dass es schon peinlich war. Die einen waren zu wenig gepflegt, die anderen zu übertrieben.

Es war schon fast fünf Uhr am Nachmittag, und von den Models, die Sasha so vertraut schienen, war immer noch nichts zu sehen. Sie stieß einen leisen Seufzer aus, strich sich den Rock glatt und stand auf, um sich den dritten Kaffee zu holen.

»Ich glaube, wir haben's«, sagte Charlotte, nachdem

das letzte Model aus dem Zimmer gegangen war. Sie ließ das Schloss ihrer Aktenmappe zuschnappen. »Er war der letzte Name auf unserer Liste.«

Sasha schaute sie verwirrt an. Wo waren die beiden jungen Männer, deretwegen sie fast den ganzen Nachmittag vergeudet hatte? Warum wartete Charlotte nicht auf das Eintreffen der beiden? Alle Kollegen hatten es jetzt eilig, aus dem Konferenzraum zu fliehen.

Irgendwie setzte sich ein Gedanke in Sasha fest, den ihr Unterbewusstsein schon seit Stunden formuliert hatte: Die beiden jungen Männer auf dem Foto hatten etwas mit dem Spuk zu tun, der sie seit ihrer Englandreise verfolgte. Zu Sashas Verwunderung beunruhigte sie diese Erkenntnis nicht. Sie wollte Charlotte schon ins Büro folgen, als sie aus den Augenwinkeln eine Bewegung am Aufzug wahrnahm.

Ein siebter Sinn diktierte ihr Handeln. Sie lief rasch zum Lift, und ehe sich die Türen schlossen, rief sie noch: »Haltet die Tür auf!« Im nächsten Augenblick stand sie in der Kabine – ihr gegenüber die beiden Männer, die ihr seit Stunden im Kopf herumspukten.

Die Türen schlossen sich geräuschlos, und Sasha musste schwer schlucken. Sie schaute von einem zum anderen, und sie war so erregt, dass ihre Beine zitterten. Die Männer trugen schwarze Lederjacken, Jeans und Stiefel. Die schwarzen Haare und die tiefliegenden Augen, die hohen Wangenknochen und den Mund mit den geschwungenen Lippen kannte Sasha schon vom Foto. Die Blicke der Männer waren eindringlich auf sie gerichtet. Jetzt hoben sich bei beiden die Mundwinkel zum Ansatz eines kleinen Lächelns.

»Warum... warum wart ihr nicht bei den Interviews?«, stieß Sasha atemlos heraus. Sie spürte, wie wild ihr Herz schlug. »Ich habe die ganze Zeit auf euch gewartet.«

Das Lächeln der beiden verbreitete sich ein wenig. Sie lehnten mit den Schultern an der hinteren Wand der Kabine, die Hüften leicht vorgeschoben, auf Sasha zu. Die Daumen hatten sie in die Jeanstaschen eingehakt. Sie sagten immer noch nichts, sondern blieben lächelnd an der Wand stehen, bis die Kabine mit einem Ruck auf Sashas Etage anhielt.

Wie in Trance trat Sasha aus der Kabine, dann ging sie den Flur hinunter zu ihrem Büro. Instinktiv wusste sie, dass die beiden ihr wortlos folgten. Nachdem sie hinter ihnen ihre Bürotür verriegelt hatte – es war seltsam, aber alle anderen auf ihrer Etage schienen gegangen zu sein – , schaltete Sasha ihre Schreibtischlampe ein.

Während sie nervös vor ihrem Aktenschrank stand, sah sie atemlos zu, wie sich die beiden mit einer Vertraulichkeit, als wären sie hier zu Hause, in den Ledersesseln vor ihrem Schreibtisch niederließen.

»Hab keine Angst, Sasha«, sagte der eine von ihnen mit einer so wohlklingenden tiefen Stimme, dass Sasha erst beim zweiten Nachdenken begriff, dass er Engländer war. »Wir wissen, dass du uns erwartet hast.«

Sasha starrte ihn einen Moment lang an und legte sich dann darauf fest, dass er der Mann sein musste, der auf dem Foto auf dem Schemel gesessen hatte, während der andere hinter ihm gestanden und ihm ans Geschlecht gegriffen hatte. Sie hätte ihre Annahme gern mit dem Foto bestätigt, aber Charlotte hatte es an sich genommen.

Der Mann, der gesprochen hatte, lehnte sich im Sessel zurück und schlug die Beine übereinander. Mit einer knappen Kopfbewegung warf er die schwarzen Locken zurück. »Wir haben lange Zeit darauf warten müssen«, sagte er und wies auf sich und seinen Kollegen.

Sasha wusste nicht genau, worauf sie so lange hatten warten müssen, aber die Wirkung der warmen, schwingenden Stimme, deren Akzent viel ungekünstelter klang als Pauls, war wie Opium für ihre Sinne. Sie dachte nicht an die Unmöglichkeit dieser Begegnung, sie nahm gebannt wahr, dass sie mit jeder Sekunde erregter wurde. Das Verlangen rann wie flüssiges Feuer durch ihr Blut.

»Wie kann ich euch nennen?« Sie hörte, dass ihre Stimme kaum mehr als ein Flüstern war.

»Sage John zu mir«, bot derjenige an, der bisher gesprochen hatte, und dann fügte der andere hinzu: »Und ich bin Jack.«

Sasha starrte sie offenen Mundes an. Das Blut rauschte durch ihre Adern, und in ihren Ohren donnerte es. Irgendwie hörte sie etwas rascheln – konnte es ein Flügelschlagen sein?

»Ihr kommt mir bekannt vor«, hauchte sie und ging ein, zwei Schritte auf sie zu, um sie im Licht der Schreibtischlampe – die einzige Lichtquelle in ihrem Büro – besser sehen zu können. »Mir ist, als ob ich euch kenne.« Zögernd streckte sie eine Hand aus und fuhr mit einem Finger staunend über Johns Gesicht. Er sagte nichts, saß nur still da, während Sasha aufgerichtet vor ihm stand und mit dem Finger sanft über seine Augenbrauen strich, über die kräftige, gerade Linie seines Nasenrückens, über den hohen Ansatz seiner Wangenknochen.

Es war, als wollte sie jede Einzelheit des Gesichts in sich aufnehmen. Der Finger strich behutsam über die volle, sinnlich geschwungene Oberlippe.

John lehnte sich noch weiter im Sessel zurück und schloss die Augen, während sich die Lippen ein wenig öffneten. Die Zungenspitze lugte durch die Öffnung und leckte über Sashas Fingerkuppe.

Sie betrachtete ihn mit glänzenden Augen, wie er auf dem Sessel mehr lag als saß, die Augen geschlossen. Sie strich mit allen Fingern der Hand über seinen Hals und bewunderte seine glatte Haut. Sie spürte den Puls der Halsschlagader, warm und kräftig. Sie lehnte sich weiter über ihn und streichelte die kleinen schwarzen Locken aus seiner Stirn.

Sie war derart in das Gefühl ihrer Fingerspitzen vertieft, dass Sasha seinen Begleiter beinahe vergessen hatte. Sie war auf eigentümliche Art von diesem Fremden fasziniert und wollte mit ihm vertraut werden. Sie trat noch ein bisschen näher an ihn heran, und er nahm das eine Bein vom anderen, streckte sie aus und spreizte sie, damit sie dazwischen treten konnte. Dann schloss er sie um ihre Knie und zog Sasha noch näher an sich heran. Er öffnete kurz die Augen, als wollte er sie wissen lassen, dass sie mit dem Erkunden fortfahren könnte, dann schloss er sie wieder und seufzte leise, als Sasha mit zitternden Fingern seine Lederjacke abstreifte. Darunter trug er ein weißes T-Shirt.

Als Sasha die Jacke auf den Boden legte, fiel ihr Blick auf Johns Begleiter, und erst jetzt schien ihr wieder bewusst zu sein, dass sie mit John nicht allein war. Sie schaute den anderen an, der in seinem Sessel ein wenig herumgerutscht war, um Sasha besser zusehen zu können.

Jack hatte sich die Lederjacke schon selbst ausgezogen, und die Pose, die er im Sessel eingenommen hatte, spiegelte die seines Freundes wider, den Kopf weit im Nacken, die Beine ausgestreckt und gespreizt.

Sasha wandte sich wieder ihrem Mann zu, der ihre Schenkel mit seinen umklammerte. Zögernd, beinahe scheu begann sie, das T-Shirt aus seiner Hose zu ziehen, sie hob es an, zog es über Bauch und Brustkorb und dann über den Kopf. Jetzt war er bis zu den Hüften nackt. Sasha hielt den Atem an und biss sich erregt auf die Unterlippe, als sie diese männliche Schönheit vor sich sah, die Realität aus Fleisch und Blut, die das Foto bei weitem übertraf.

Sie drückte beide Hände flach auf seinen gebräunten Brustkorb und bemerkte verwundert ein seltsames Glühen, das seine Haut zu illuminieren schien. Sasha beugte sich weiter vor und verstärkte den Druck ihrer Hände auf seiner Brust. Sie spürte die kleinen harten Brustwarzen unter den Händen.

Ihre Finger tasteten über die runden Muskeln seiner Schultern, und sie schloss vor Erregung die Augen, als wollte sie ihre ganze Konzentration in das Fühlen und Empfinden legen. Sie zwang sich zum regelmäßigen Ein-und Ausatmen, aber es fiel ihr schwer, denn sie spürte unter ihren Händen, dass auch Johns Atem schwerer und lauter kam.

Sie wich ein wenig zurück und fuhr mit einem Finger an dem Pfeil aus weichen, seidigen Haaren entlang, der hinunter zu den Geheimnissen unterhalb des Gürtels führte. Der Finger verweilte kurz an der glänzenden Silberschnalle. Sie sah ihm ins Gesicht, und ihre Blicke begegneten sich.

Er lächelte sie zärtlich an und saß immer noch passiv in seinem Sessel. Aber die beunruhigende Schwellung, die sich gegen den Stoff seiner Jeans drückte, strafte seine scheinbare Gelassenheit Lügen.

Sasha drückte einen kurzen Augenblick lang die beeindruckende Länge der Schwellung, nahm sie durch den Hosenstoff zwischen Daumen und Zeigefinger und drückte sanft zu, ehe sie mit der Hand auf und ab fuhr. Sie lächelte vor sich hin, ein stilles Versprechen für später, und drückte noch einmal kurz.

Sie schaute zur Seite und war nicht überrascht, dass

Johns Partner sich ebenfalls des T-Shirts entledigt hatte, und auch seine Haut schien unter einem seltsamen Glühen zu schimmern.

Sasha trat hinüber zu ihm, zwischen seine Beine, und sie schaute in sein Gesicht und überprüfte es auf übereinstimmende Konturen mit dem anderen Mann. Plötzlich hoffte sie, dass sie nicht Brüder seien, denn irgendwie kam es ihr wie eine Art Inzest vor, ein Gedanke, der sie abschreckte.

Nein, entschied sie nach genauer Inspizierung der beiden Gesichter, sie waren keine Brüder, jedenfalls nicht biologisch. Sie strich mit den Fingern die Konturen entlang und war so sehr darin vertieft, die Unterschiede in Jacks Gesicht herauszuarbeiten, dass sie nur mit einem Ohr hörte, wie der Ledersessel knarrte, als John sich aufrichtete.

Er stellte sich hinter sie, und dann spürte Sasha, wie er sie mit seinen nackten Armen umfing. Sie zuckte nicht überrascht zusammen, vielmehr empfand sie eine Welle der Lust, die durch ihren Körper raste. Sie richtete sich ein wenig auf und drückte ihren Rücken gegen Johns nackte Brust. Ihre Schenkel wurden noch von Jack umklammert.

Einen kurzen Moment zögerte Sasha. Was tat sie hier zu später Stunde in ihrem Büro – nicht nur mit einem fremden Mann, sondern mit zweien? Sie fühlte keine Angst, nur ein bestimmtes Empfinden, das Richtige zu tun. Ja, diese beiden geheimnisvollen Männer, die sie an John Blakeley erinnerten, und sie, Sasha Anna Hayward, gehörten zusammen – genau jetzt in diesem Augenblick.

Sasha beugte sich vor und berührte Jacks Hals mit ihren Lippen. Ihr angespannter Körper streckte sich über seinen, ihr Schoß presste gegen die Schwellung in seiner Hose, ihre Brüste rieben über seinen Brustkorb. Sie ließ ihr Becken kaum merklich kreisen, als wollte sie Johns Aufmerksamkeit darauf lenken, sie wollte, dass er sich gegen ihren Hintern drückte, sie wollte seinen harten Penis spüren, auch wenn der Stoff ihrer Kleider noch dazwischen war.

Sie schmiegte sich noch mehr in Jacks Umarmung und spürte seine Hände, die sanft über ihre Arme strichen. Sie drückte die Lippen auf seinen Hals und ihren Schoß gegen seine harte Erektion.

Während Sasha ihren Mund auf Jacks kleine, harte Brustwarzen drückte, spürte sie, wie John hinter ihr ein wenig zurückwich, damit er seinem Freund behilflich sein konnte, der damit begonnen hatte, Sashas puderblaue Kostümjacke von den Schultern zu streifen. Als er es geschafft hatte, legte er die Jacke in aller Ruhe auf den Boden. Mit einem leisen sehnsuchtsvollen Wimmern rutschte Sasha langsam auf die Knie, wobei ihr Mund leckend und saugend über Jacks flachen Bauch strich. Sie musste die Arme heben, weil die Männer ihre cremefarbene Bluse geöffnet hatten und jetzt über ihren Kopf zogen.

Im nächsten Augenblick, als Sasha mit eifrigen Händen an Jacks Gürtelschnalle arbeitete, spürte sie Johns Finger auf ihrem Rücken. Er hakte geschickt ihren Büstenhalter auf und zog die Träger von den Schultern und die Arme hinunter. Die spitzen, harten Nippel rieben über Jacks Jeans, während sie den fest sitzenden Knopf öffnete und die Hose ein wenig von den Hüften schob.

Ungeduldig griffen ihre Finger hinein und umfingen Jacks dicken, prallen Schaft. Sie nahm ihn in die Hand und zog mit der anderen Hand die Hose weiter nach unten.

Sie hockte immer noch auf dem Boden zwischen seinen Beinen und bekam aus den Augenwinkeln mit, wie John sich nach Jacks rechtem Fuß bückte und mit einem entschlossenen Ruck den Stiefel abzog. Er wiederholte den Vorgang mit dem linken Fuß.

Jetzt hob Jack die Hüften an, und Sasha zupfte an der Hose und zerrte sie die Schenkel hinunter, bis das freigelegt war, was sie in diesem Augenblick am meisten interessierte. John besorgte den Rest und zog die Hose von Jacks Beinen. Sasha rutschte wieder etwas näher heran und blickte zu dem Mann hoch, der in stummer Bewunderung im Sessel hockte. Sie hörte ein kurzes Rascheln hinter sich und wusste, ohne sich umdrehen zu müssen, dass John sich ebenfalls Stiefel und Hose ausgezogen hatte. Er saß jetzt nackt hinter ihr, die beiden Männer in einem dekadent erotischen Kreis, und Sasha mittendrin. Sie fühlte die Hitze der Erregung, die in ihr aufstieg.

Sie rutschte ein wenig näher, bis sie fest zwischen Jacks nackten und gespreizten Schenkeln hockte. Ihre Augen waren auf die geschwollene weiche Vorhaut gerichtet, die sich ganz aufgerollt hatte und den Blick auf die glänzende Eichel freigab. Sie packte den eisenharten Stamm mit einer Hand und zielte ihn auf ihren Mund. Sie hörte ein leises lustvolles Stöhnen, das seltsamerweise von beiden Männern zu kommen schien.

Sobald sie die Spitze mit dem engen, feuchten Mund umschloss, richtete sie sich auf dem Boden gemütlich ein. Sie ging mit dem Kopf leicht auf und ab, und als sie den Schaft so tief wie möglich in sich aufgenommen hatte, stieß sie einen dumpfen Laut der Überraschung aus, denn sie spürte Johns Hände auf ihren Hüften.

Er hob sie leicht an und führte sie mit den Armen auf die beiden Sessellehnen, den Schaft immer noch tief im Mund. Ihr Po war nach hinten gestreckt, ihr Geschlecht nahe vor Johns Gesicht. In dieser Position fiel es John leicht, Sashas Rock aufzuknöpfen und abzustreifen. Dann hakte er die Strümpfe von den Strapsen, er schob den Slip von den Hüften und die Beine hinunter, und mit einem Mal fühlte sich Sasha befreit von ihren einengenden Kleidern.

Während sie mit dem Kopf immer noch auf und ab ging und versuchte, noch ein bisschen mehr von Jacks Schaft im heißen Mund aufzunehmen, spürte sie eine neue Welle der Erregung, als John ihre Schenkel weiter spreizte und im nächsten Moment seine langen, schlanken Finger fühlte, die über die geschwollenen Lippen ihres Geschlechts glitten. Sasha saugte mit zunehmender Begeisterung an Jacks Schaft und wartete ungeduldig und verzweifelt auf Johns Mund. Sie konnte es nicht erwarten, ihn auf ihrer vor Lust schmerzenden Nässe zwischen den Schenkeln zu spüren.

Als sie ihn spürte, die Hitze und Kraft von Johns Zunge, die sich einen Weg in die überlaufende Spalte suchte, wäre sie an ihrer Wonne fast erstickt. Sie hob den Kopf und ließ nur die Eichel auf ihrer Zunge liegen, damit sie sich für einen Moment ganz auf die Bewegungen von Johns Mund zwischen ihren gespreizten Labien konzentrieren konnte.

Sie schaute hoch zu dem Mann im Sessel und sackte leicht nach unten, um Johns Zunge noch tiefer in sich zu spüren, und sie begann ein leichtes Hüpfen, während sie Jack anschaute, der voller Wärme ihr Lächeln erwiderte und liebevoll mit einer Hand durch ihre Haare strich, während die andere Hand sanft über Sashas brennende Wangen fuhr

Sashas Mund öffnete sich zu einem stummen Oohh der Wollust, ihre Hüften begannen sich heftiger zu bewegen, während John jetzt erst richtig mit dem Saugen begann und dann mit der Zunge rhythmisch gegen ihre Klitoris stieß. Sie spürte, wie ihr Orgasmus einsetzte, und dann schloss John den Mund über die pochende Knospe und saugte sie tief in den Mund, während Sasha den Kopf zwischen Jacks Schenkel drückte und die Zähne in den Muskel versenkte, als ein gewaltiger Höhepunkt sie schüttelte. Als sie das letzte köstliche Beben stöhnend ausatmete, immer noch auf den Knien, den Oberkörper in Jacks Schoß, spürte Sasha wie nebenbei, dass John sich hinter ihr erhob und sich an ihren gestreckten Körper schmiegte, wobei er ihre Brüste mit beiden Händen umfing. Sasha setzte sich auf, immer noch ein wenig hinter Atem. Sie wunderte sich, dass sie nicht mehr verlegen war. Schließlich war es nicht an der Tagesordnung, dass sie mit zwei eigentlich fremden Männern schlief – um genau zu sein, dies war eine Premiere, und doch kam ihr alles, was bisher geschehen war, ganz natürlich vor.

Sie drehte sich nach John um, streckte eine Hand aus und wischte über sein nasses Gesicht.

Sie atmete durch und sah ihre Handtasche auf dem Schreibtisch. Sie nahm zwei Kondome heraus und schaute von John zu Jack. »Mal sehen, ob uns sonst noch etwas einfällt«, sagte sie.

Siebtes Kapitel

»Und dann waren sie weg.« Xenia hatte gerade die Gabel zum Mund geführt, aber sie fand nicht zu ihren Lippen, die Hand verharrte, und die Zähne kauten nicht mehr. Sie musste schlucken, um Sashas letzten Satz zu verdauen. Dann kaute sie langsam weiter, und die Gabel fand auch in ihren Mund. Erst dann traute sie sich, die Freundin anzuschauen.

»Das war's? Sie waren einfach weg?«

Sasha nickte traurig. »Ich schwöre es, Xenia«, sagte sie und schob ihren Teller von sich. »Dabei haben sie in mir ein Feuerwerk ausgelöst, das jede Vorstellung zum Vierten Juli übertrifft, sage ich dir. Ich habe nie darüber nachgedacht, wie sehr sich die Möglichkeiten multiplizieren, wenn du zwei Männer hast.« Sie schüttelte den Kopf. »Ich schwebte ständig von einem Orgasmus in den anderen. So etwas habe ich noch nicht erlebt.«

Sie sah die Freundin an und fuhr mit weit aufgerissenen Augen fort: »Und dann war da dies unglaubliche Geräusch, wirklich, es hörte sich an wie das Schwingen von Engelsflügeln, und dann muss ich einfach ohnmächtig geworden sein, denn als ich wieder bei Sinnen war, lag ich ausgestreckt auf dem Ledersessel – ich war angezogen, und sie hatten sogar meine Haare wieder in Ordnung gebracht. Aber die beiden Männer waren weg.«

Selbst jetzt war sie noch außer Atem, wenn sie an das Erlebte dachte. Sie schaute auf ihren leeren Teller – während des Erzählens hatte sie mehr in Gedanken als mit Genuss gegessen. Verträumt sah sie die Freundin an. »Möchtest du noch ein Dessert?«

Xenia streckte einen Arm aus und legte eine Hand auf Sashas Hand. »Meine Liebe, ich weiß, dass du diese ganze wundersame Geschichte glauben willst, dass du der Überzeugung bist, sie sei wirklich geschehen...«

Sie konnte ihren Satz nicht zu Ende bringen.

»Ich weiß, es hört sich verrückt an!« Sasha fuhr sich mit gespreizten Fingern durch ihre Haare. »Ich weiß auch, was du sagen willst – dass ich zu viel gearbeitet habe, dass ich nach dem langen Casting im Sessel eingeschlafen bin und alles nur eine törichte Tagträumerei ist. Aber ich sage dir, ich weiß, dass es wirklich geschehen ist!«

Xenia sagte eine Weile nichts, schob nur die Salatreste auf ihrem Teller hin und her. Schließlich atmete sie durch und begann: »Sasha, du hast immer schon eine lebhafte Phantasie gehabt. Als wir noch Kinder waren, hast du Geschichten über Elfen erfunden, die du gesehen haben wolltest, du hast Gespenster gehört und jahrelang darauf beharrt, dass du adoptiert seiest und deine richtigen Eltern von der russischen Zarenfamilie abstammten. Ich schwöre, dass du irgendwann angefangen hast, diese Geschichten selbst zu glauben.«

Sasha errötete. »Ja, ich weiß«, murmelte sie und langte nach ihrem Weinglas. »Ich weiß, dass du eine rationale Erklärung für alles findest. Warum erzähle ich dir überhaupt meine Erlebnisse, wo ich doch längst erfahren habe, dass du sie mir ausreden willst.«

»Nun komm schon, Mädchen, du weißt ganz genau, dass ich versuche, dich vor deinem wilden Selbst zu schützen«, sagte Xenia lächelnd, faltete die Serviette zusammen und schob sie unter ihren Teller. »Du glaubst doch, dass ich ehrlich zu dir bin, oder? Ich meine, du sagst mir immer ehrlich deine Meinung – und oft genug tut sie weh.« Ihr Lächeln wurde herzlicher. »Liebes, wenn du glauben willst, dass dich zwei engelgleiche Liebhaber besucht haben, dann werde ich dir das nicht ausreden. Ich versuche nur, dir aufzuzeigen, dass es eine vielleicht enttäuschende, weil eher gewöhnliche Erklärung dafür gibt.« Xenia drehte sich um und winkte der Kellnerin. »Können wir uns die Dessertkarte mal ansehen, bitte?«

»Ich nehme an, du hältst es auch nicht für möglich, dass ich Amelia Ashers Stimme gehört habe«, sagte Sasha spitz und starrte auf die Dessertkarte. »Du wirst sagen, ich hätte den Wind oder den Regen gehört oder sonst irgendein Klischee.« Dann fügte sie mit Triumph in Stimme und Augen hinzu: »Aber es war ein warmer, lauer Sommertag, es hat nicht geregnet, und es gab keinen Wind.«

»Lass mich noch einen Blick auf das Foto werfen«, sagte Xenia abrupt, ohne auf Sashas letzte Aussage einzugehen. Sasha reichte ihr die Probeaufnahme der beiden jungen Männer, die sie nun als John und Jack kannte.

Xenia betrachtete das Bild schweigend. »Und du sagst, dass sie es dir auf den Schoß gelegt haben, denn du hast dieses Bild zuletzt gesehen, als Charlotte es mit den anderen Probeaufnahmen in ihre Aktentasche gesteckt hat.«

»Genau so ist es«, bestätigte Sasha und blickte der Freundin in die Augen. »Und wie, Miss Detective, erklärst du dir diese Tatsache? Wie kommt dieses Bild drei Etagen hoch – von Charlottes Büro auf meinen Schoß?« Ihre Hand schnappte vor und riss das so geschätzte Bild der verdutzten Xenia aus den Fingern.

Xenia schüttelte den Kopf ob des Eifers der Freundin, aber dann hob sie die Schultern. »Wir bestellen uns noch einen Nachtisch, ja? Ich gebe auf. Es ist *deine* Geistergeschichte, und ich will sie dir nicht ausreden. Sollen wir uns einen *Mississippi Mud Pie* teilen?«

»Kommt gar nicht in Frage«, widersprach Sasha. »Ich nehme den *Brownie Supreme* und dazu eine Extraportion Schokoladensoße, und ich werde das ganze Ding allein verputzen.«

Nachdem die Kellnerin die Desserts gebracht hatte, wandte sich Sasha wieder an die Freundin. »Ende der Woche kommt Paul wieder nach New York.«

»Schon wieder!« Xenia sah überrascht auf. »Was will er denn diesmal?«

»Es hat natürlich mit der Arbeit zu tun«, sagte

Sasha lachend und stieß die Freundin knuffend an. »Mit sonst gar nichts, wenn du es genau wissen willst.«

Dann wurde sie plötzlich ernst. »Es ist schon ganz gut, dass er kommt, denn ich habe übers Wochenende nachgedacht, und Paul soll es von mir selbst hören, denn es betrifft ihn und meine Arbeit für ihn ebenso wie Valerie.« Sie leckte den letzten Rest der Soße vom Löffel ab und fügte hinzu, wobei sie die Freundin ansah: »Und dich betrifft es irgendwie auch.«

Xenias Blick verriet Argwohn. »Ach? Und was könnte das sein?«, fragte sie lauernd.

»Nun ...«, begann Sasha zögerlich, sah dann der Freundin aber tapfer ins Gesicht und stieß fast trotzig hervor: »Ich will ein paar Wochen zusätzlichen Urlaub nehmen.«

Sasha erwartete von der verantwortungsbewussten Xenia eine deutliche Reaktion der Fassungslosigkeit, und auf eine beinahe perverse Weise fühlte sie Enttäuschung, als Xenia mit den Fingern ein Stücken Kuchen vom Teller aufhob und zum Mund führte. Sie tat gerade so, als hätte sie eine solche Entscheidung von Sasha erwartet.

»Willst du mir auch sagen warum?« Xenia stellte die Frage, ohne allzu viel Neugierde in der Stimme. Sie tupfte sich die Mundwinkel mit der Serviette ab und vermittelte den Eindruck, als hätte Sasha ihr gerade die denkbar vernünftigste Entscheidung mitgeteilt.

Sasha atmete tief durch, schloss die Augen und sprach es aus. »Ich will zurück in das Londoner Hotel. Ich will herausfinden, ob ich noch etwas ... tun kann ... Ich weiß nicht was ...«, fügte sie lahm hinzu.

»Aber du musst doch eine Vorstellung davon haben, was du herausfinden möchtest«, sagte Xenia leise, eine Augenbraue nur ein wenig gehoben. »Ich meine, weißt du wenigstens, für wen du etwas tun willst?«

Sasha sah sie zornig an. »Das weißt du genau«, fuhr sie die Freundin an, aber dann hatte sie sich wieder gefasst. »Ich will nicht, dass du mich fühlen lässt, wie närrisch ich mich in deinen Augen verhalte. Es sind in den letzten Wochen zu viele geheimnisvolle Dinge geschehen, und ich möchte zum Ursprung des Geheimnisses zurück. Vielleicht kann ich mehr darüber erfahren, oder vielleicht wird mir klar, was ich tun kann, um dem armen Gespenst seine Ruhe zu geben – und um mir Klarheit zu verschaffen.«

Xenia nickte, sagte aber nichts.

Sashas Lippen zitterten. Sie sah die Freundin beinahe flehendlich an. »Gib dir einen Ruck, Xenia. Ich weiß, dass die ganze Geschichte ein bisschen verrückt klingt, aber ich könnte deine Unterstützung gebrauchen. Ich will ein oder zwei Wochen in England bleiben und versuchen, etwas mehr über Lady Amelia zu erfahren. Vielleicht finde ich auch einen Menschen, an den ich mich wenden kann, irgendeinen Angehörigen oder sonst jemanden, für den das nicht fremd ist, was mir widerfährt. Ich will wissen, ob ich wirklich diese Gespenster gesehen und gehört habe. Hänge ich mittendrin in dieser Jahrhunderte alten Liebesaffäre? Oder bilde ich mir das alles nur ein und leide an Halluzinationen?«

Sie ließ Xenias Blick nicht los, denn sie wollte die Versicherung der Freundin sehen, dass sie die richtige Entscheidung getroffen hatte – und diesmal wurde sie nicht enttäuscht.

Xenia streckte den Arm über den Tisch und drückte Sashas Hand. »Ich habe es dir schon gesagt«, erinnerte sie Sasha, »natürlich unterstütze ich dich durch die ganze Geschichte hindurch, auch wenn ich deine Begeisterung nicht teile.« Sie lächelte mit sanfter Nachsicht und fuhr rasch fort, ehe Sasha sie unterbrechen konnte: »Wenn du nach England gehen willst, um ein paar Geheimnisse zu entschlüsseln, dann gehe, Mädchen. Vielleicht hilft es dir, wieder besser zu schlafen. Ich wünschte nur«, fügte sie hinzu und strich mit der Hand über Sashas Haare, »dass ich selbst Urlaub nehmen und dich begleiten könnte. Ich bin fast ebenso neugierig wie du, ob du noch etwas über diese beiden toten Menschen herausfinden kannst.«

Sasha sah die Freundin hoffnungsvoll an. »Ja, warum kommst du nicht einfach mit? Wir könnten so viel Spaß haben! Und ich könnte deinen Rat wirklich gut gebrauchen.«

Xenia schüttelte lächelnd den Kopf. »Es tut mir leid«, sagte sie, und ihre Hand drückte wieder die Hand der Freundin, »aber das ist deine Sache. Was auch immer du drüben suchst, du musst es allein suchen. Ich würde dir nur im Weg stehen.«

»Ich weiß«, murmelte Sasha dumpf. »Du hast wie immer Recht.« Sie schaute auf die Uhr. »Oh, ich muss laufen, ich habe mich schon um zehn Minuten verspätet.« Sie wollte die Rechnung mit zur Kasse nehmen, aber Xenia hatte vor ihr schon danach gegriffen.

»Ich bin dran«, sagte Xenia lächelnd, aber bestimmt. »Du hast das letzte Mal bezahlt. Und wer weiß«, fügte sie grinsend hinzu, »vielleicht kannst du dich revanchieren, indem du mir einen kräftigen, ausdauernden Engländer mitbringst, aber einen echten, nicht so ein flatterhaftes Gespenst.«

Sasha hastete zurück zum Büro und fragte sich, wie sie Valerie erklären sollte, warum sie mitten in einer neuen Kampagne plötzlich ein paar Wochen Urlaub haben wollte. Ihr gingen verschiedene Szenarien durch den Kopf, aber sie verwarf sie alle wieder.

Das ganze Wochenende hatte sie darüber nachgedacht, seit ihrer Begegnung mit den beiden geheimnisvollen Männern in ihrem Büro, und Sasha war jetzt sicher, dass dieser Urlaub die einzige Möglichkeit für sie war, wieder zur Ruhe zu kommen. Auch für den Job war es die richtige Lösung, denn angesichts ihrer Besessenheit Lady Ashers Geschichte würde sie sich nicht auf ihre Arbeit konzentrieren können.

Trotzdem spürte sie die ganze Zeit schon ein nervöses Grummeln im Bauch, und als sie an diesem Nachmittag an Valeries Bürotür klopfte, hatte sie wacklige Knie. Sie stand schon im Zimmer, ehe sie dazu eingeladen worden war. Valerie, schwerfällig wie immer, wenn es um die Gefühle anderer ging, bemerkte nichts von Sashas nervösem Zittern.

»Hier«, sagte sie knapp und hielt der verwirrten Sasha einen Stapel Papiere hin. »Schau dir diese Unterlagen mal für mich an, ja? Ich muss sie unterschreiben und notariell beglaubigen lassen, und sie müssen heute in die Post. Also brauche ich sie so schnell wie möglich zurück.«

Sasha machte sich nicht die Mühe, einen Blick auf die Unterlagen zu werfen, sie legte sie zurück auf Valeries Schreibtisch und setzte sich auf den Besucherstuhl. »Valerie«, begann sie fast flüsternd, aber da die Frau keine Notiz von ihr zu nehmen schien, sagte Sasha lauter: »Valerie!«

Ihre Chefin blickte hoch, fuhr aber fort, sich Notizen zu machen. »Was ist?«, fragte sie, sichtlich verärgert.

»Ich muss dich um ein paar Wochen Urlaub bitten«,

sagte Sasha. »Und zwar so schnell wie möglich.« Die Nervosität war von ihr abgefallen. Jetzt war sie sicher, die Aufmerksamkeit ihrer Chefin zu haben.«

»Entschuldige? Du willst was?« Valerie schaute ihr endlich in die Augen und fragte mit lauerndem Unterton: »Kannst du das noch einmal wiederholen?«

Warum muss diese Frau so nervig sein?, dachte Sasha wütend. Trotzig hielt sie Valeries Blick stand, wobei sie den Oberkörper aufrichtete und die Schultern streckte. »Du weißt ganz genau, dass mir noch mindestens drei Wochen Urlaub zustehen, und die will ich Ende des Monats nehmen.«

Valerie richtete sich nun ihrerseits auf, und auch sie streckte die Schultern und setzte die Brille ab, ein untrügliches Zeichen dafür, dass sie verärgert war. »Du kannst das unmöglich ernst meinen, Sasha«, sagte sie mit zusammengebissenen Zähnen. »Du kannst auch nicht wirklich erwarten, dass ich dir gestatte, zu einem solchen Zeitpunkt einfach alles liegen zu lassen. Wir sind dabei, die anderen Produkte der Serie in Großbritannien auf den Markt zu bringen, und wir suchen das neue Gesicht für *Gripp!* Und es ist nicht mehr lange bis Weihnachten und ...«

Sasha stieß unbewusst ein verächtliches Schnaufen aus – Himmel, es war Mitte September!

Es war nicht gut für sie, dass Valerie ihr verächtliches Schnaufen sah und hörte, und sie schlug sofort zurück. »Tut mir leid, meine Liebe«, sagte sie mit genüsslicher Herablassung, während sie die Brille wieder aufsetzte, »aber es kommt schlicht nicht in Frage.« Nach einer kurzen Pause probierte sie ein Lächeln und fügte großzügig hinzu: »Vielleicht können wir zu Beginn des Jahres darüber reden. Geh jetzt«, sagte sie dann und wischte mit der Hand ungeduldig zur Tür. »Geh an deine Arbeit.«

Sasha war schon aufgestanden und an der Tür, als Valerie ihr nachrief: »Vergiss nicht diese Unterlagen hier.« Sie deutete kurz auf den Papierstapel auf ihrem Schreibtisch.

In ihrem Büro saß sie säuerlich über den Unterlagen und kaute missmutig auf einer vertrockneten Milchschnitte herum. Sie war so sehr in ihrer schlechten Laune gefangen, dass sie fast Heathers behutsames Klopfen überhört hätte.

»Tut mir leid, Sasha«, sagte Heather leise und hielt Sasha einen Bogen Papier hin. »Das ist gerade per Fax gekommen.«

Sasha grunzte schlecht gelaunt und schnappte das Papier aus Heathers Hand. Es war eine Kopie von Pauls Reiseplan. Warum schickt er mir seine Ankunftszeit?, fragte sich Sasha, dann fiel ihr auf, dass das Fax an Valerie gerichtet war. Sie wollte ihre Assistentin gerade zurückrufen, als ihr ein Widerspruch in der Information auffiel.

Seltsam, dachte sie, Paul trifft einen Tag früher ein, als das Marketing-Team glaubte. Ob Valerie den Termin der Sitzung vorverlegt hatte? Kam Paul deshalb früher?

Sasha überprüfte ihren Terminplan – nein, die Sitzung des Marketing fand einen Tag später statt, am Mittwoch.

Und warum hieß es in dem Fax an Valerie, dass er schon Dienstag eintraf? Der Rest des Rollit-Teams traf erst am Mittwoch ein.

Sasha war zu sehr mit ihren eigenen Problemen beschäftigt, um weitere Schlüsse aus der merkwürdigen Termingestaltung zu ziehen – dabei war es doch nur eine Wiederholung des Vorgangs, an dem sie vor ein paar Wochen beteiligt gewesen war. Sie legte das Fax unter die Ausgabe des *Wall Street Journal* und nahm sich vor, Valerie später die Nachricht zu geben. Vielleicht wollte Paul schon verfrühte Weihnachtseinkäufe machen, dachte Sasha, kaute lustlos auf der Milchschnitte und wandte sich wieder den Vertragsunterlagen zu.

Als sie später auf dem Nachhauseweg war, fühlte sie sich unwiderstehlich von einem Reisebüro angezogen, das ihr auf der 58. Straße noch nie aufgefallen war. Sie blieb vor dem Schaufenster stehen und starrte fasziniert auf die angebotenen Flüge nach London. Sie drückte sich die Nase am Schaufenster platt.

Es musste einen Weg geben, Valerie dazu zu bringen, ihr den Urlaub zu gewähren. Ich muss nach London, dachte Sasha verzweifelt. Das preiswerteste Angebot lag bei 350 Dollar, Hin- und Rückflug.

Sie zuckte zusammen. Starrte sie jemand aus dem Reisebüro an? Sasha bewegte sich langsam zum Ende des Schaufensters hin und bemühte sich, unauffällig ins Ladeninnere zu schauen. Wieder hatte sie das Gefühl, von drinnen angestarrt zu werden. Aber es war niemand im Reisebüro. Sasha zwang sich, den Blick neu zu fokussieren und begriff, dass sie von jemandem angestarrt wurde, der neben ihr stand. Sie sah genau hin und sah sein Spiegelbild im Schaufenster, die tiefliegenden dunklen Augen, das lockige schwarze Haar. Einen kurzen Moment glaubte Sasha, die Gestalt würde ihren Arm ausstrecken und nach ihr greifen.

»Johnny?«

Sasha drehte sich um und erwartete, neben sich, auf dem Bürgersteig der Fifth Avenue in Manhattan, eine Gestalt aus dem englischen achtzehnten Jahrhundert zu sehen. Natürlich sah sie nichts dergleichen.

Als Sasha wieder ins Schaufenster blickte, erkannte sie nur ihr eigenes Spiegelbild, und sie sah aus, als hätte sie gerade ein Gespenst gesehen.

Ich muss weg, dachte sie missmutig und lehnte sich mit dem Kopf an die kühle Scheibe. Ich muss Valerie überzeugen, dass ich dringend Ferien brauche. Ich muss nach England, um meinen Verstand zu retten.

Sie erhielt ihre Chance viel früher, als sie hatte hoffen können. Und alles hing mit dem Fax zusammen, das Heather irrtümlich ihr ausgehändigt hatte.

»Ich habe heute eine gute Nachricht für euch«, sagte Valerie am anderen Morgen und strahlte die versammelten Mitarbeiter des Marketing-Teams an. »Nun, eigentlich ist es eine eher schlechte Nachricht für uns.« Sie lachte verlegen, und eine leichte Röte legte sich über Wangen und Ausschnitt. Die Brüste hoben und senkten sich bei ihrem Lachen und drängten in den Ausschnitt, und man konnte deutlich sehen, dass sie nichts unter der roséfarbenen Kostümjacke trug.

»Das gesamte Computersystem auf dieser Etage wird am Nachmittag abgeschaltet, weil die Anlage jahrtausendsicher gemacht werden soll. Eigentlich sollte das erst nächste Woche geschehen, aber die Firma hat kurzfristig angeboten, die Arbeiten heute schon auszuführen. Und das bedeutet«, schloss Valerie fröhlich, »dass wir alle heute Nachmittag nach Hause gehen können.«

Gemurmelte Ungläubigkeit unter dem guten Dutzend Mitarbeiter rund um den Konferenztisch. Das System wurde abgeschaltet! Hatte es das schon einmal an einem hektischen Dienstagnachmittag gegeben?

»Warum hat man uns das nicht früher gesagt?« Sasha war wütend darüber, dass sie als stellvertretende Leiterin der Marketing-Abteilung nicht vorab von Valerie informiert worden war.

»Tut mir Leid, Leute«, antwortete Valerie fröhlich, »aber wir haben erst gestern am späten Nachmittag von der Computer-Firma Bescheid erhalten.« Sie hob die Schultern und hielt die Hände gespreizt, die Handflächen nach oben. »Um dreizehn Uhr soll die Installierung beginnen, und man hat mir versprochen, dass sie heute Abend abgeschlossen sein wird, also rechtzeitig vor der Sitzung mit den Leuten von Rollit, die morgen früh einfliegen.«

Morgen? Das steckte also dahinter! Sasha hatte das Fax vergessen, aber plötzlich erinnerte sie sich daran. Sie blinzelte und schaute Valerie nach, als sie hinter ihr den Konferenzraum verließ. Das konnte doch nicht sein! Doch nicht Paul und Valerie ... Nun, dachte Sasha, mal sehen, ob sich mit den beiden etwas abspielt.

»Oh, Valerie«, sagte Sasha, als ob ihr just in diesem Moment etwas eingefallen wäre, was sie bis jetzt vergessen hatte. »Heather hat mir gestern ein Fax gegeben, das aber für dich bestimmt war.« Sie lächelte ihren Boss an. »Ich glaube, es ging um Pauls Terminplanung und seine Ankunft«, erklärte sie mit einem unschuldigen Augenaufschlag.

»Zeig's mir«, sagte Valerie schroff, dann, als ob sie sich selbst zur Ordnung rufen wollte, fügte sie sanfter hinzu: »Wenn du es nicht schon weggeworfen hast.« Dabei lächelte sie ebenso unecht, wie eben Sasha gelächelt hatte.

In Sashas Büro erhielt Valerie schweigend das Fax. Ihre Wangen nahmen ein noch tieferes Rot an, sie zerknüllte das Papier und behielt es in der Faust. »Ach, das ist alles ein riesengroßes Missverständnis. Dieser alberne Paul!« Sie lachte gezwungen. »Er hat die Termine verwechselt. Natürlich wird er erst morgen eintreffen.«

Sie sah forschend in Sashas Gesicht und sagte dann kernig: »Wir vergessen dieses Fax, damit hat's sich.« Sie wandte sich zur Tür, drehte sich dort noch einmal um. »Sasha, warum gehst du nicht nach Hause? Dann bist du morgen zur Konferenz frisch und ausgeruht.«

Ohne auf Sashas Antwort zu warten, drehte sie ihr den Rücken zu und ging hinaus.

Niemals, dachte Sasha grimmig, werde ich das Gebäude verlassen, und wenn ich mich auf der Toilette einsperren muss, um Valerie glauben zu lassen, dass ich schon gegangen bin. Ich will unbedingt herausfinden, was zwischen den beiden gespielt wird.

Sie versteckte sich tatsächlich für eine kurze Zeit auf der Toilette, bevor sie wieder an ihren Schreibtisch schlich, denn sie war jetzt relativ sicher, dass alle anderen schon gegangen waren. Versuchsweise schaltete sie den Computer ein und war ein wenig enttäuscht, als der Bildschirm dunkel blieb. Das System war wirklich abgeschaltet worden, damit die neue Software installiert werden konnte.

Schade, dachte Sasha. Sie war sicher gewesen, dass Valerie gelogen hatte. Trotzdem stand fest, dass ihre Chefin irgend etwas zu verbergen hatte. Warum sonst hätte sie uns alle so plötzlich los sein wollen? Vielleicht finde ich irgendeinen Hinweis auf ihrem Schreibtisch, dachte Sasha, und dann war sie auch schon aus ihrem Büro.

Ihr schossen alle möglichen Motive für Valeries untypisches Verhalten durch den Kopf, aber genauso viele verwarf sie auch gleich wieder. Ob Valerie schon nach Hause gegangen war? Sasha hätte jede Wette angenommen, dass sich die Chefin noch im Gebäude aufhielt.

»Oh, ja, ich bin ein ungezogenes Mädchen gewesen!«

War das ... konnte das Valeries Stimme sein, dieses schrille Kleine-Mädchen-Quietschen? Ob Valerie irgendeine verrückte Sex-Szene mit dem Computer-Fachmann durchspielte? Sasha widerstand der Versuchung, die Augen fest zu schließen, um sich besser auf die Laute konzentrieren zu können, aber dann hielt sie den Atem an und huschte auf die halb offenstehende Tür zu Valeries großem Büro zu und blinzelte hinein.

Sie riss weit den Mund auf.

Das Bild, das sich ihr bot, war einfach unglaublich. Über dem Schreibtisch lag – alle Papiere waren verschwunden – bäuchlings ihre Chefin, der Kostümjacke entledigt, in einem dieser spitzenbesetzten Super-BHs, die den besonderen Zweck erfüllen, die Brüste zusammenzudrücken und hochzuschieben, damit der Ausschnitt besser zur Geltung kommt.

Valeries pinkfarbener Slip war ausgezogen und lag vernachlässigt auf dem Boden, sie trug nur noch ihre champagnerfarbenen Strümpfe und den rüschenbesetzten Strumpfhalter.

Aber was Sashas Augen noch größer werden ließ, war die Tatsache, dass Valeries Hand- und Fußgelenke an die Tischbeine gefesselt waren. Die Schenkel standen weit gespreizt, der füllige Po war hoch in die Luft gereckt, und in absoluter Schamlosigkeit klaffte ihr Geschlecht weit auf.

»Ja, du bist ein ungezogenes Mädchen gewesen, nicht wahr?«, hörte Sasha die vertraute englische Stimme, und dann trat Paul aus einer Ecke heraus und in ihr Blickfeld.

Paul war vollständig angezogen, er trug einen maßgeschneiderten hellgrauen Anzug, seine schwarzen Schuhe glänzten, und seine Frisur war tadellos geföhnt. Nur die leichte Röte im Gesicht zeigte seine eigene Erregung, als er hinter Valerie trat und ein Lineal aus poliertem Hartholz in seine eigene Hand klatschen ließ. Sasha musste eine Hand fest gegen ihren Mund pressen, um den Impuls des Kicherns zu ersticken. Das durfte doch nicht wahr sein! Sie wusste, dass Paul ein wenig seltsam in seinen Gelüsten sein konnte, aber sie hätte nie geahnt, dass er die Dominanz so weit treiben würde. Sasha krümmte den Hals, um besser sehen zu können.

»Wer war das ungezogene Mädchen, das die Mitarbeiter belogen hat?«, fragte Paul streng, die Hand mit dem Lineal erhoben, zum Schlag bereit. »Wer hat für das Vorziehen des Termins für die neue Software-Installierung gesorgt, damit die ganze Etage geräumt werden konnte? Wer besteht auf einem Kursus in Disziplin?«

»Das war ich, Sir«, quietschte Valerie glücklich und wackelte mit dem Hintern, als wollte sie Pauls Aufmerksamkeit auf ihre Backen lenken. Als ob das noch nötig gewesen wäre! Er starrte schon längst auf die bibbernden, saftigen Halbkugeln, die sich ihm so lüstern präsentierten

»Und wer hat mich heimlich und verbotenerweise eingeladen, einen Tag früher nach New York zu kommen, damit wir so rasch wie möglich mit der ersten Lektion beginnen können?«

»Das war ich, Sir, oh, ja, ich habe es getan!« rief Valerie und versuchte vergeblich, den Po noch weiter anzuheben. Sie rutschte nervös auf dem Schreibtisch herum, und Sasha kam es so vor, als wollte Valerie ihren Schoß an der Schreibtischkante reiben.

»Und wer hat gebeten, ihre Züchtigung am Arbeitsplatz vorzunehmen, damit der Ort, an dem sie die größte Macht ausübt, Zeuge ihrer größten Demütigung wird?«

Pauls Stimme klang dramatisch, aber nicht sonderlich bedrohlich, dachte Sasha.

Valerie war nicht der Typ, der sich einschmeichelte, aber ihr war auch jede Form von Bescheidenheit fremd, und dieses alberne Rollenspiel mit ein paar Fesseln und einem Lineal würde ihren Charakter nicht verändern. Trotzdem war nicht zu übersehen, dass ihre Chefin von diesem Spiel erregt war; ihre Beine zitterten, ihr Kopf war ständig in Bewegung, ging nach rechts und nach links, und sie schien die Schenkel noch ein wenig weiter spreizen zu wollen.

»Oh, Sir!« rief Valerie und verrenkte den Kopf, um in Pauls Gesicht sehen zu können. »Züchtigen Sie mich jetzt, damit ich für meine Ungezogenheiten und für meine Sünden die gerechte Strafe erhalte. Ich habe meine Mitarbeiter getäuscht, und ich bekenne mich der Arroganz schuldig und der moralischen Verworfenheit.« Das Lineal klatschte auf ihren Po, und Sasha zuckte bei dem Geräusch zusammen. Sie trat näher an die Bürotür heran, um die Einzelheiten besser sehen zu können. Sie wollte vor allem die Wirkung des ersten Schlags erkennen.

Aber es gab kaum etwas zu sehen, dachte sie enttäuscht. Valerie hob den Kopf und stieß Schmerzenslaute aus, aber Sasha hatte den Eindruck, dass diese Schreie eher Schau waren, nicht wirklicher Schmerz. Klatsch! Wieder schlug Paul mit dem Lineal zu, aber selbst aus der Entfernung konnte Sasha erkennen, dass das Klatschen schlimmer klang, als es war.

Ja, sicher, der Schlag würde auf Valeries Hintern brennen, aber Sasha bezweifelte, dass Paul hart zuschlug. Dies war keine Szene, in der es um Schmerz und Dominanz ging, eher eine Art verspielte Phantasie und nicht das rituelle Ausleben einer anderen Persönlichkeit.

Sasha wusste, dass ihre Chefin nicht eine Minute lang wirklich Erniedrigung ertragen würde, wahrscheinlich suchte sie tatsächlich nur ein Gegengewicht zu ihrer einflussreichen Position, wie Paul ja auch schon angedeutet hatte.

Aus Pauls Anklagen hatte Sasha gehört, dass Valerie selbst es gewesen war, die dieses kleine Spiel – Sasha betrachtete es als ›SM light‹ -angeregt und vorbereitet hatte, und wenn das stimmte, dann musste man sich fragen, auch wenn es Valerie war, die gefesselt auf ihrem Schreibtisch lag und mit dem Lineal gezüchtigt wurde, wer wirklich den Ton angab.

Allmählich schien Valerie des Spiels überdrüssig zu sein, sie zerrte energischer an ihren Fesseln, und es sah so aus, als kehrte sie zu ihrem üblichen anmaßenden Verhalten zurück. »Hilf mir, bitte«, sagte sie brüsk zu Paul, der sofort das Lineal fallen ließ und sie von den Fesseln befreite.

Valerie drehte sich um, setzte sich auf den Schreibtisch und rieb sich die Handgelenke.

»Komm her, du großer, starker Mann«, gurrte sie mit einem kehligen Glucksen, spreizte lüstern die Beine und legte sich zurück, wobei sie sich mit den Ellenbogen auf dem Schreibtisch abstützte. »Komm her, damit ich dir die Belohnung geben kann, weil du so ein überzeugender Herr und Meister warst.«

Sasha wurde beinahe übel – diese beiden Menschen waren schließlich ihre Chefin und ihr Ex-Liebhaber –, aber trotzdem konnte sie nicht wegsehen.

Fasziniert sah sie zu, wie Paul sich Jackett und Krawatte abstreifte und achtlos auf den Boden warf, und diese verräterische Geste – bei ihr war er immer so ordnungsliebend gewesen – empfand Sasha als viel schockierender als die Schläge mit dem Lineal.

Er riss die Knöpfe seines Hemds auf und starrte auf

Valeries Busen, der viel größer schien, als er war, weil der BH ihn nach oben drückte, und auf die krausen, feuchten Haare, die ihre rosige Spalte säumten.

Er streifte seine Schuhe ab, zog Hose und Unterhose aus, nahm ein Kondom aus seiner Brieftasche und stand dann nackt mitten im Büro.

Sasha spürte die Hitze im eigenen Geschlecht, als sie sah, wie Paul sich zwischen Valeries Schenkel stellte. Die beiden starrten sich schweigend an, und in ihren Blicken spiegelte sich ihre Lust wider.

Sasha, erregt wider Willen, drückte sich gegen den Türrahmen und sah mit atemloser Spannung, wie Paul sich auf die Knie niederließ und die Lippen auf Valeries Geschlecht drückte. Er schob zwei Finger in die nasse Öffnung und stieß behutsam zu, während sich die Lippen um ihren Kitzler schlossen.

Mit einem heiseren Schnurren legte sich Valerie rücklings auf den Schreibtisch. Die langen Haare fielen über den Schreibtischrand hinunter. Valerie fuhr mit den Fingern in den BH und nahm die Brüste aus den Körbchen. Sie fuhr mit den langen Fingernägeln über die steil aufgerichteten Nippel. Fast neidisch starrte Sasha auf ihre Chefin, die sich verrucht auf dem Schreibtisch ausstreckte und ihre Brüste reizte, während Paul ihr Geschlecht verwöhnte.

Das war kein Rollenspiel mehr, dessen Zeugin Sasha jetzt wurde, das war pure körperliche Lust, und für einen Moment glaubte sie sogar Valeries vibrierenden Kitzler sehen zu können, als Paul sich ein wenig zurückzog, um neuen Atem zu schöpfen. Er teilte die krausen feuchten Haare mit zwei geschickten Fingern, ehe er wieder den Mund auf die geschwollenen Labien drückte und mit der Zunge über den kleinen, ekstatisch zuckenden Knopf strich.

Valeries Lustschreie hatten gerade erst begonnen,

als Paul sich rasch erhob, ein Kondom aufriss und geschickt überstreifte, Valerie wieder auf den Bauch legte, in eine Position, wie Sasha sie zu Beginn schon hatte sehen dürfen, aber jetzt waren Valeries Füße nicht mehr an den Tischbeinen festgebunden, sondern sie schlang die Schenkel auf fast akrobatische Weise um Pauls schlanke Hüften.

Das musste doch unbequem sein, dachte Sasha verwundert, und sie registrierte fast bewundernd, wie Valeries Beine sich jetzt um Pauls schlangen, wobei sich die Füße zwischen seinen Schenkeln trafen. Die Knie waren nach außen gebogen, wodurch die Klitoris gegen die Schreibtischplatte rieb.

Sasha konnte sich nicht mehr zurückhalten. Während sie unentwegt auf die absurde Unanständigkeit der Szene starrte, griff ihre Hand unter den Bund der Strumpfhose, und die Finger glitten begierig über den sanften Flaum des Venusbergs und hinein in die glitschige Spalte.

Sie musste sich auf die Lippen beißen, um nicht vor Lust aufzuschreien, als sie mit einem Finger die feuchten Labien teilte. Langsam strich sie von oben nach unten, erforschte die samtenen Falten und hörte nicht auf, dem verbotenen Geschehen in Valeries Büro zuzuschauen.

Sie hatte einen idealen Beobachtungsplatz gleich hinter der Tür und konnte den Schwung von Pauls Hüften bei jedem kraftvollen Stoß sehen. Seine Arme hatte er auf den Schreibtisch aufgestützt, die Hände lagen flach auf, die Ellenbogen waren eingeknickt, und auf den Schultern war das Spiel seiner Muskeln genau zu verfolgen, als er sich über die stöhnende Frau beugte, deren Geschlecht er mit rhythmischen, wuchtigen Stößen bedachte.

Valerie schien sich im Himmel der Lust zu befinden. Sie hatte die Augen fest geschlossen. Ihr Kopf hing zur Hälfte über den Schreibtischrand hinaus. Sie hatte die Arme weit ausgestreckt und hielt sich mit beiden Händen an der Kante fest und ruckte und zuckte unter Pauls kraftvollen Stößen hin und her. Jeder einzelne Stoß verstärkte die Reibung des Kitzlers gegen die Schreibtischplatte.

Während Sashas Finger sich immer tiefer in die heiße Höhle der Vagina stahlen und die Lust sie immer stärker umfing, wünschte sie, eine Kamera zur Hand zu haben – wer wusste, wozu eine Dokumentation dieser Szene nicht irgendwann mal nützlich sein konnte. Allein der Gedanke eines so köstlich unanständigen Plans löste ein heftiges Pochen um ihre pumpenden Finger herum aus, es troff von den inneren Wänden, und ihr Orgasmus schien zeitgleich mit dem ihrer Chefin einzutreten, die sich unter Paul wand und laute, spitze Schreie ausstieß.

Pauls Backen spannten sich und zogen sich zusammen, daran erkannte Sasha, dass auch er bald zum Höhepunkt kommen würde.

Ein Höhepunkt schien für Valerie nicht genug zu sein, wenn man sich an ihren Schreien orientieren konnte, denn jetzt ließ sie sich in einen zweiten treiben, den sie mit langgezogenen Seufzern begleitete, und die gingen dann über in ein wildes, lautes Hecheln, lange nachdem Sashas innere Vibrationen allmählich abgeebbt waren. Hastig brachte Sasha ihre Kleider wieder in Ordnung.

Sie schaute immer noch gebannt zu und schluckte einige Male, als sie über den scheinbar unersättlichen sexuellen Appetit ihrer Chefin nachdachte.

Pauls abrupte Ejakulation und sein kurz darauf folgender Rückzug setzten Valeries bebender Lust dann doch ein Ende, und als sie sich schließlich umdrehte und wieder auf den Schreibtisch setzte, die Haare mit einer kurzen, oft geübten Bewegung aus dem Gesicht warf und die Beine züchtig übereinander schlug, erweckte Valerie plötzlich den Eindruck einer verschüchterten Frau. Es war dieser Moment, den Sasha für ihren Auftritt als geeignet ansah.

Paul stand noch nackt vor Valerie, ein wenig unschlüssig, und wollte gerade das Kondom abziehen, und Valerie war dabei, vom Schreibtisch zu hüpfen, wollte vorher aber noch ihre vollen, schwingenden Brüste zurück in die Körbchen ihres verrutschten BHs zwingen.

»Hallo«, sagte Sasha und lehnte sich lässig gegen den Türrahmen, während sie ihrer unglücklichen Chefin ins Gesicht lächelte. »Valerie, wie war das noch mit deiner Stellungnahme zu meinem Urlaub?«

Dann wandte sie sich grinsend an ihren Ex-Liebhaber und sagte fröhlich: »Hübsche Technik, die du da mit dem Lineal entwickelt hast, Paul. Ich hätte nie gedacht, dass du solche Varianten drauf hast.«

Sie schaute zurück zu Valerie, die bewegungslos auf dem Schreibtisch saß, die Hände noch um ihre Brüste gelegt, den Rock zur Taille hochgeschoben.

»Nun«, sagte Sasha und wandte sich um, »ich schätze, wir sehen uns morgen früh. Ich nehme doch an, dass alle Computer dann funktionieren und alles wie gewöhnlich abläuft?«

Valerie ließ die Arme sinken und zerrte ihren Rock nervös über die Schenkel. Sie zuckte zusammen, als sie Sashas nächsten Satz hörte: »Valerie, mein Urlaub beginnt am Freitagnachmittag um fünf. Vor zwei Wochen brauchst du nicht mit mir zu rechnen.«

Sasha lief den Flur entlang, erstickte fast daran, ihr Lachen zu unterdrücken, das sie erst herausließ, als sie draußen in der frischen Luft stand.

Achtes Kapitel

Sasha machte es sich im Sitz der Business Class gemütlich und wartete ungeduldig auf den Start. Zum hundertsten Mal beglückwünschte sie sich zu der List, die ihr diesen Urlaub ermöglicht hatte. Sie hatte ihre Arbeit so gut es ging abgeschlossen und zwei Kolleginnen erklärt, was in den nächsten Wochen zu erledigen war.

Sie schloss die Augen und stieß einen Seufzer aus, während sie an die entsetzten Gesichter der Kollegen dachte, als sie von ihrem unangemeldeten Urlaub hörten. Himmel, sie blieb nur zwei Wochen weg! Sie war sicher, dass man im Büro diese Zeit auch ohne sie überstehen konnte.

Sie kicherte still vor sich hin, als sie noch einmal den triumphalen Moment durchlebte, wie sie ihrer Chefin kühl mitgeteilt hatte, dass sie ihren Urlaub nehmen würde. Dieser köstliche Ausdruck auf Valeries und Pauls Gesichtern – halb unbändiger Zorn, halb tiefe Scham –, als Sasha auf sich aufmerksam gemacht hatte. Oh, ja, diese Verlegenheit auf den Gesichtern der ertappten Sünder würde sie nicht so schnell vergessen.

Nun aber wollte sie von Arbeit und Kollegen nichts mehr wissen, sie würde erst in zwei Wochen wieder einen Gedanken an sie verschwenden.

Sie ging die Aufgaben durch, die sie sich vor der Abreise gestellt hatte. Nichts vergessen? Sie hatte die Reinigung informiert und die Post abbestellt, den Anrufbeantworter aktualisiert und Xenia die Telefonnummer ihres Reisebüros gegeben, ebenso die Adresse des Asher Hotels in London. Nervös blätterte

Sasha in ihrem Notizbuch nach der Bestätigung der Hotelreservierung, die erst am Freitagnachmittag per Fax aus England eingetroffen war.

Sie hatte zwei Tage gebraucht, ehe sie den Mut zusammen genommen und in England angerufen hatte. Aus irgendeinem Grund, den sie gedanklich nicht erforschen wollte, schaltete Sasha weder Heather noch sonst jemanden in der Firma ein, um die Reise zu buchen, und sie ließ die Hotelreservierung auch nicht übers Reisebüro vornehmen. Sie empfand es als zwingend und angemessen, dass sie selbst anrief, um das Zimmer im Asher Hotel zu buchen, aber dann hatte sie gezögert und den Anruf hinaus gezögert, teils, weil sie über sich selbst erstaunt war, dass sie an den Ort des gespenstischen Geheimnisses zurückkehren wollte, der sie jetzt schon so lange verfolgte.

Der andere Grund, der sie davon abhielt, sofort in England anzurufen, bestand in einem fast perversen Vergnügen, die unbändige Vorfreude in die Länge zu ziehen. Nachts wachte sie mehrere Male auf und malte sich aus, was sie vielleicht entdecken würde, wenn sie ins Asher Hotel zurückkehrte.

Seit einer Woche etwa, seit Sasha so trickreich die Erlaubnis ihrer Chefin errungen hatte, den gewünschten Urlaub zu nehmen, fühlte sie eine ungeheure Spannung in ihrem Körper, er summte mit Vibrationen eines übernatürlichen erotischen Impulses, und sie fühlte sich dem Geist von Amelia Asher und John Blakeley mehr verbunden denn je zuvor.

Als die Boeing 747 endlich die stete Steigung himmelwärts begann, schien das Beben der schweren Motoren des Flugzeugs im Gleichklang zu den Vibrationen in Sashas Bauch zu stehen. Sie schaute aus dem Fenster und dachte über die absolute Notwendigkeit dieser Reise nach. Sie fühlte, dass diese Reise von größerer Bedeutung für sie war als alle anderen vorher. Sie hatte auch nicht das Gefühl, in Urlaub zu fliegen, es war eher die Rückkehr zu einem Geschehen in der Vergangenheit, und sie vermutete, dass dieses Geschehen irgendwie in ihre Gegenwart hineinspielte.

Sie überlegte kurz, ob sie Amelias Manuskript aus der Tiefe ihrer Kleidertasche hervorkramen sollte, um sich einzustimmen, aber sie verwarf diesen Gedanken rasch. Sie wollte das alte Papier nicht unnötig dem künstlichen Licht im Flugzeug aussetzen. Sie hatte mit sich gerungen, ob sie das Manuskript überhaupt mitnehmen sollte, denn sie fürchtete, es zu verlieren oder irgendwo liegen zu lassen. Aber schließlich hatte sie es nicht übers Herz gebracht, die Aufzeichnungen Amelias allein in ihrer Wohnung zurückzulassen.

Ja, es schien die richtige Entscheidung gewesen zu sein, das Manuskript mitzunehmen, denn natürlich bestand eine direkte Verbindung von den Aufzeichnungen zu Amelias Geist, den sie im Hotel gespürt hatte. Sasha lehnte sich zurück, drückte den Kopf ins Polster, hielt die Reservierungsbestätigung des Asher Hotels in einer Hand und schaute in den Abendhimmel, als das Flugzeug die tintenblauen Wolken unter sich ließ und weiter stieg. Bald schon kreisten ihre Gedanken wieder um das ungewisse Geschehen, das sie in England erwartete.

Sie musste eingeschlafen sein, denn Sasha wurde vom Kabinenpersonal rüde geweckt, als das gleißende gelbe Licht eingeschaltet wurde. Stewards und Stewardessen fuhren ihre Wagen mit warmen Croissants, frischem Obstsalat und heißem Kaffee durch die Gänge. Der Himmel draußen hatte die Farbe von rosigen Pfirsichen angenommen und verkündete die Ankunft des neuen Tages.

Sashas Herz schlug schneller, als der Kapitän ankündigte, dass sie in weniger als zwei Stunden in London landen würden. Während sie ungeduldig darauf wartete, dass die Minuten verstrichen – sie war zu nervös, um zu lesen, Musik zu hören oder die Programme auf dem kleinen Bildschirm in der Armlehne ihres Sitzes durchzuzappen –, überlegte sie, was sie als erstes tun würde, nachdem sie eingecheckt und ihre Sachen im Hotel ausgepackt hatte.

Natürlich bestand ihr Problem darin, dass sie nicht wusste, was sie tun sollte, wenn sie erst einmal im Hotel war. Sie hatte keinen festen Plan, nur die vage Idee, im Hotel herumzuwandern und offene Ohren und Augen zu haben. Aber wonach sie suchen sollte, was ihre Aufmerksamkeit erregen würde – sie wusste es nicht.

Dieses Dilemma verfolgte sie während der ganzen Prozedur des Landens, des Aussteigens und an der Passkontrolle. Sie musste lange an der Gepäckausgabe warten und meldete sich bei der Mietwagenfirma in der Ankunftshalle. Sie hatte über das Reisebüro einen Mietwagen buchen lassen.

Natürlich hatte sie sich Gedanken über den Linksverkehr gemacht und über die fremden englischen Verkehrsschilder, ganz abgesehen von einigen Regeln, die ihr eher verrückt schienen. Aber nachdem sie den ersten Kreisverkehr gemeistert hatte, wurde sie selbstsicherer, und zu ihrer Beruhigung trug auch die Erfahrung bei, dass englische Autofahrer zwar rücksichtslos unterwegs waren, aber meistens ihre Spur beibehielten. Ihre Zuversicht stieg, dass sie nicht in die Statistik der englischen Verkehrsopfer eingehen würde.

Sashas Selbstzufriedenheit über ihre neu entdeckte Fähigkeit, sich im englischen Straßenverkehr behaupten und den Weg finden zu können, schwand allerdings, als sie schließlich gegen zehn Uhr vor dem Asher Hotel anhielt und dem Hausdiener den Schlüssel gab, damit er das Auto parken konnte.

Staunend und fast benommen schaute Sasha auf das imposante Bauwerk, und ihr war völlig unbegreiflich, warum sie bei ihrem ersten Aufenthalt nichts von der Eleganz und der Ausdehnung des im gotischen Stil errichteten Gebäudes aufgenommen hatte. Der dunkelgraue Stein legte einen dunklen Schimmer über das ganze Anwesen, der nur bei den schlanken Türmchen in der dritten Etage seine Wirkung verlor.

Die schlanken, hohen Fenster, einige gewölbt, andere spitz zulaufend, schälten sich aus dem dichten Efeu heraus, das einen ganzen Seitenflügel bedeckte. Alle Fenster waren bleiverglast. Der Rest eines Fallgitters hing über dem Eingangstor, als wollte es ungebetenen Besuchern den Zutritt verwehren.

Sasha zog einen zerknüllten Fünf-Pfund-Schein aus der Tasche, um dem Hausdiener sein Trinkgeld zu geben, der jetzt ihr Gepäck trug, und dabei fiel ihr noch etwas auf, was ihr beim ersten Besuch des Hotels entgangen war.

An einigen der Zinnen oben auf dem Dach waren grässlich aussehende Wasserspeier angebracht, und Sasha verrenkte den Hals, um die grotesken, aber auch anmutigen Gestalten aus Stein besser sehen zu können.

Sie erkannte nur ein paar geteilte Schwänze, ein übergroßes Ohrenpaar bei dem einen und eine hässliche Knollennase bei dem anderen, ehe sie von dem lächelnden Hausdiener zum Eingang genötigt wurde. Kein Wunder, er hatte unter der Fülle und Menge ihres Gepäcks zu schwitzen.

Als Sasha die große und aufwendig eingerichtete Hotelhalle betrat, spürte sie einen Schauer der Erregung über ihren Rücken laufen. Was würde sie erwarten?

Sie trat zur Anmeldung und wurde eingecheckt, und nachdem sie ihre Kreditkarte abgegeben hatte, reichte man ihr den Ausweis für Zimmer 323 – wie sie bei der Buchung ausdrücklich gewünscht hatte.

Das Zimmer, in dem einstmals Lady Amelia Asher gewohnt hatte.

Die junge Frau am Empfang reichte ihr die Chipkarte fürs Zimmer und lächelte freundlich. »Wir haben Sie erwartet, Miss Hayward. Herzlich willkommen.«

Sasha erwiderte das Lächeln und ging dann zum Aufzug, wo der Hausdiener schon mit ihrem Gepäck wartete. Sasha schaute sich nach Claire um, der jungen Frau, die ihr so anschaulich von Lady Amelia berichtet hatte, aber Claire war nirgendwo zu sehen.

Sasha betrat die Aufzugkabine und fühlte sich fast wie zu Hause oder wie bei einem guten Freund. Sie lächelte, als sie die vier Bände von *Die Geheimnisse von Udolpho* sah, und ignorierte den verdutzten Blick des Hausdieners.

Als sie endlich in ihrem Zimmer war, ihr Gepäck auf der Ablage stand und der Hausdiener mit seinem Trinkgeld gegangen war, sprang Sasha aufs Bett und wälzte sich ausgelassen herum. Sie hatte es geschafft!

Sie fühlte sich plötzlich rundherum wohl, nicht nur, weil sie der profitorientierten Tretmühle der Marketingwelt entkommen war, sondern auch, weil sie das unerklärliche Gefühl hatte, nach Hause gekommen zu sein.

Sie überlegte, ob sie allein losziehen sollte, um Lady Amelias Porträt zu finden, oder ob sie lieber auf Claire wartete, die sie führen würde. Aber sie stellte ihre Ungeduld zurück und beschloss, die Gelegenheit eines ausgiebigen Schlafs in duftenden Betttüchern wahrzunehmen. Sie streckte sich wohlig aus, erhob sich nach einiger Zeit und entkleidete sich. Sie freute sich schon auf die frischen Bezüge auf ihrer nackten Haut. Trotz des sündhaft teuren Flugtickets war ihr Sitz zum erholsamen Schlaf nicht mehr geeignet gewesen als der Sessel in ihrem Büro.

Während sie sich in die weichen Kissen kuschelte, war Sashas letzter Gedanke vorm Einschlafen, ob sie früh genug aufwachte, um noch bei Tageslicht im Hotelgarten herum zu schlendern, denn sie wollte unbedingt wissen, ob Amelias und Johnnys Rosengarten noch existierte.

Als Sasha aufwachte, stellte sie enttäuscht fest, dass ihre Befürchtung durchaus berechtigt gewesen war – sie hatte fast sechs Stunden geschlafen, und obwohl es erst Ende September war, hatte sich die Sonne schon am Horizont verabschiedet. Der Himmel war grau verhangen, und jetzt würde es rasch dunkel werden.

Sasha sprang aus dem Bett und wollte unter die Dusche, aber dann spürte sie einen nagenden Hunger. Seit dem Frühstück im Flugzeug hatte sie nichts mehr gegessen, und in ihrem Magen rumorte es.

Mit einem Schulterzucken entschied sie, dass sie die Dusche eher aufschieben konnte als Nahrung für ihren Magen. Sie stieg in ihre Reiseklamotten, Leggings und Sweatshirt, und ignorierte ihr Unbehagen, verschwitzte Sachen am Leib zu tragen. Sie wollte nur rasch zur Bar und ein paar Sandwichs mit aufs Zimmer nehmen. Sie hätte natürlich auch den Zimmer-Service anrufen können, aber sie wollte die Gelegenheit nutzen, gleichzeitig wieder nach Claire Ausschau halten.

Kurz darauf war sie wieder auf dem Rückweg in ihr Zimmer – mit einem Tablett voller Sandwichs, Obst und einem Kännchen Tee, aber ohne Claire gesehen zu haben. Sie öffnete die Tür und blieb wie angewurzelt stehen.

Wie seltsam, dachte sie, und Angst und Neugier rangen in ihr um die Vorherrschaft. Wieso...? Wie war das möglich? Wer war in ihrem Zimmer gewesen?

Sie war höchstens zehn Minuten weg gewesen, und in dieser Zeit hatte jemand ihr Bett gemacht, die Vorhänge waren vorgezogen, auf dem Nachttisch brannte ein Licht, und auf ihrem Bett lag eine längliche weiße Schachtel, darauf ein Briefumschlag, auf dem in eleganter, geschwungener Schrift ihr Name stand.

Benommen setzte Sasha das Tablett ab und starrte offenen Mundes auf Briefumschlag und Schachtel. Es passiert wieder!, dachte sie aufgeregt und griff, erfüllt von einer ungeheuren Spannung, nach dem Umschlag.

Ich wusste, es war richtig, hierhin zurückzukommen, dachte sie. Ich wusste, so etwas würde geschehen. Sie fuhr mit einem Finger über die Schrift auf dem Umschlag. Die Tinte war dick und dunkel, und ihr fiel auf, dass das zweite ›S‹ ihres Namens wie ein ›F‹ aussah, als wäre es eine Handschrift aus dem achtzehnten Jahrhundert.

Mit zitternden Fingern brach sie das Siegel und zog aus dem Umschlag eine cremefarbene Karte, auf der in geschwungener Schrift stand:

> Sie sind eingeladen
> Zum Herbstball auf Gut Asher
> Um acht Uhr im Großen Ballsaal
> Übliche Kostümvorschriften

»Übliche Kostümvorschriften? Was, zum Teufel, soll mir das sagen?«, murmelte Sasha, aber sie wusste instinktiv, dass ein Teil der Antwort in der weißen Schachtel liegen würde. Zögernd und mit klopfendem Herzen hob sie den Deckel der Schachtel an. Sie griff in das raschelnde Seidenpapier und schloss ihre Finger um den weichesten Samt, den sie je angefasst hatte. Sie zog den Stoff aus der Schachtel und sah, dass sie ein Kleid in den Händen hielt.

Das tiefe Rot des Gewebes, die herrliche Spitze, die Ausschnitt und Ärmel säumte – es war eine Kopie des Kleids, das Lady Amelia in dem Porträt trug, das Sasha im Treppenaufgang gesehen hatte.

Sasha hielt das Kleid hoch, schmiegte ihr Gesicht gegen den Stoff, atmete mit geschlossenen Augen den Lavendelduft ein und legte es nach langer Zeit zögerlich aufs Bett. Sie griff noch einmal in die Schachtel, um zu sehen, welche anderen kostbaren Dinge sie noch enthielt.

Sie fand eine komplette Nachtgarnitur, wenn auch nicht in der Mode des achtzehnten Jahrhunderts. Dann zog sie ein rotes Korsett aus Samt heraus. Die feste Struktur der Körbchen würde den Busen hoch drücken, und an der Form erkannte Sasha, dass sie sich eng um Taille und Hüften schmiegen würde. Aber sie würde nie mit den Haken und Ösen und Schnüren zurecht kommen.

Die Schachtel enthielt keine Unterwäsche, so sehr Sasha auch in dem Seidenpapier kramte, dafür fand sie aber vornehme lange weiße Seidenhandschuhe, die bis zu den Ellenbogen reichten, einen schwarzen Strumpfhalter, der aus feiner Spitze hergestellt war, sowie scharlachrote Strümpfe, deren Saum kunstvoll bestickt war, und in das Muster waren winzig kleine Rubine eingestickt. Auch Schuhe entdeckte Sasha in der

Schachtel – sie waren silbern und wurden geschnallt, und die hohen Absätze funkelten wie Zechinen.

Es gab noch weitere Accessoires in der Schachtel, ein Band für ihre Haare und ein winziges Tuch aus Spitze, wahrscheinlich das Taschentuch für eine Lady, dachte Sasha, und dann war da noch eine schwarze Augenmaske aus Samt. Sasha hielt sich die Maske vors Gesicht und betrachtete sich im Spiegel. Nun, geheimnisvoll fand sie sich nicht, eher ein bisschen albern. Sie warf sie aufs Bett zurück.

Sie stand da und atmete tief durch. Woher kam das alles? Sie hatte nicht gewusst, was sie im Hotel zu erwarten hatte, aber am wenigsten hätte sie mit der Einladung zu einem Maskenball gerechnet – und dann wurde dieses herrliche Kostüm auch noch gleich mitgeliefert. Sie hätte gern gewusst, wem das Kleid gehörte. Und wenn es nicht passte? Konnte sie es rechtzeitig ändern lassen? Ob das Hotel eine Schneiderin an der Hand hatte?

Erschöpft ließ sich Sasha aufs Bett fallen. Wirre Gedanken schossen ihr durch den Kopf. Ihr Blick fiel auf das Tablett mit den Sandwichs, aber sie stellte zu ihrer Überraschung fest, dass sie gar nicht mehr hungrig war. Trotzdem zwang sie sich dazu, in eine Birne zu beißen, während sie versuchte, sich darüber schlüssig zu werden, ob sie wirklich den Nerv haben würde, das Kostüm anzuziehen.

Natürlich würde sie das tun. Warum sollte sie sich eine solche Gelegenheit entgehen lassen?

Eine Stunde später. Sasha rubbelte ihre Haare trocken und trat aus der Dusche. Sie hörte es leise an ihre Zimmertür klopfen, und eine vertraute Frauenstimme fragte: »Haben Sie jetzt Zeit für mich, Miss?«

Verdutzt, wenn auch nicht wirklich überrascht, schlang Sasha den Bademantel enger um ihren Körper und öffnete die Tür. Sie sah in das strahlende Gesicht von Claire, der Hotelangestellten, nach der sie seit ihrer Ankunft gesucht hatte.

»Sie sind's!«, rief Sasha glücklich. Sie war so erleichtert, dass sie Claire beinahe umarmt hätte, aber im letzten Augenblick hielt sie sich zurück.

»Es ist schön, Sie wiederzusehen, Miss.« Claire lächelte scheu und fügte hinzu: »Ich bin gekommen, um Ihre Haare zu machen.« Sie wies auf den Wagen, den sie hinter sich her zog, mit Bürsten, Wicklern, einem Föhn und vielen anderen Utensilien. »Sie sind der nächste Gast auf meiner Liste.«

Sasha starrte sie einen Moment lang an und betrachtete Claires schwarze Hausmädchentracht. Sie fühlte sich ein wenig unbehaglich. »Welche Liste?«, fragte sie. »Wer hat mich zu diesem Ball eingeladen, und woher kommt dieses wunderschöne Kleid?« Sie wies aufs Bett.

Claire schüttelte stumm den Kopf und legte einen Finger über die Lippen. »Pst.« Sanft aber bestimmt drückte Claire auf Sashas Schultern, bis sie sich auf den Stuhl vor der Frisierkommode gesetzt hatte, dann begann sie geschickt, die nassen Strähnen zu bürsten.

»Die meisten Gäste tragen Perücken«, sagte Claire, »aber Sie haben so wunderschöne braune Haare, die darf man nicht unter einer Perücke verstecken.«

»Können Sie mir nicht wenigstens sagen, wer sonst noch eingeladen ist?«, fragte Sasha, aber als Claire wieder nur scheu lächelte und den Kopf schüttelte, gab Sasha auf und schloss die Augen. Sie wollte alle Gedanken ausschließen und die schlanken Finger der jungen Frau genießen, die jetzt ihre Schläfen und ihre Kopfhaut massierten. Die Blutzirkulation wurde dadurch angeregt, und Sasha fühlte sich entspannt wie selten und auch ein wenig erregt.

Während Claire die Haare trocknete und legte, wurde Sasha von einem sinnlichen Tagtraum eingelullt. Sie stellte sich das Gefühl von Samt und Seide auf ihrer Haut vor, und was sie wohl empfinden würde, wenn sie ohne Slip in einen Ballsaal mit lauter Fremden ginge. Nun ja, sagte sie sich, während Claire die Wickler herausnahm, Unterhosen waren zu Lady Ashers Zeit noch gar nicht erfunden.

»Da«, sagte Claire mit zufrieden klingender Stimme, »jetzt sind Sie fertig, Miss. Öffnen Sie die Augen und überzeugen Sie sich selbst.«

Sasha schlug die Augen auf und mochte es kaum glauben. Sie erkannte ihre eigenen Haare nicht wieder. Normal trug sie sie glatt, aber nun war ihre volle Mähne in leicht schwingenden Locken gebändigt, und einige zierliche Spiralen umrahmten ihr Gesicht. Claire hatte sogar das rote Samtband eingearbeitet, und es sah genauso aus wie in Lady Amelias Porträt.

Zaghaft hob Sasha eine Hand und berührte die kunstvollen Locken auf ihrem Kopf, was Claire stirnrunzelnd betrachtete.

Sie legte ihre Utensilien zurück auf den Wagen und ging rückwärts zur Tür.

»Seien Sie vorsichtig, Miss«, sagte sie, eine Hand auf dem Türknopf. »Achten Sie auf Ihre Kopfhaltung, sonst lösen sich die reizenden Locken wieder auf. Ich habe sie mit Lack besprüht, damit sie eine bestimmte Festigkeit haben, aber sie halten nicht ewig.«

Mit dieser knappen Anweisung wollte sie sich umdrehen und das Zimmer verlassen, aber Sasha stand rasch auf, ein bisschen unsicher vom ungewohnten Gewicht auf dem Kopf.

»Warten Sie!«, rief Sasha flehentlich. »Ich komme

allein mit den Kleidern nicht zurecht!« Unglücklich wies sie auf das Korsett und das Kleid auf dem Bett.

Claire nickte, trat wieder ins Zimmer und sagte: »Okay, ich helfe Ihnen beim Anziehen, Miss.«

Sasha zögerte nur kurz, ehe sie den Bademantel von den Schultern rutschen ließ. Nackt trat sie ans Bett und bückte sich nach dem Korsett. Sie fummelte hilflos an den Verschlüssen herum.

Lächelnd nahm sich Claire das Korsett vor, öffnete die Haken und Schnallen und legte Sasha das Figur betonende Stück um. Sie rückte es zurecht, zupfte hier und zog dort, hob die Körbchen an, glättete den Stoff im Rücken und gab nicht Ruhe, bis Sashas Brüste, Bauch und Hüften vom roten Samt sanft eingeschnürt waren.

»Beugen Sie sich ein wenig vor«, flüsterte Claire, und Sasha erschauerte vor Lust, als Claires Finger – unabsichtlich oder nicht – über ihre nackten Hinterbacken strichen.

Geschickt zurrte Claire die Schnüre fest, aber dann rief Sasha: »Nicht zu fest, bitte! Ich mag nicht so eingeengt sein!«

»Natürlich nicht«, antwortete Claire besänftigend und zurrte weiter an den Schnüren, bis Sasha spürte, wie die Körbchen des Mieders sich zusammen drängten, und wieder spürte sie einen Schub an Erregung, ausgelöst von der samtenen Enge um ihre Brüste.

Ihr Gefühl der sinnlichen Erwartung wurde noch verstärkt, als Claire ohne Vorwarnung mit beiden Händen von hinten in das Mieder griff, Sashas Brüste umfasste und mit Daumen und Zeigefinger leichten Druck auf die Brustwarzen ausübte. Sobald Claire merkte, dass sie sich aufgerichtet hatten, zog sie die Hände langsam wieder heraus.

»Und jetzt die Strümpfe«, kündigte Claire an und

kniete sich vor Sasha hin, um ihr die hauchdünnen Seidenstrümpfe anzuziehen.

Sasha spürte einen Hauch von Verlegenheit, als Claires Kopf auf der Höhe ihres Geschlechts war, und nervös stammelte sie: »Vielleicht... sollte ich Unterwäsche anziehen.«

Claire schüttelte kurz den Kopf und legte einen Finger in die taufeuchte Spalte. Sie bewegte ihn langsam auf und ab. »Das wäre doch albern«, murmelte Claire, und dann wandte sie den Kopf und strich mit der Zunge über die Labien, die sofort anzuschwellen begannen.

Verblüfft bewegte sich Sasha hastig zu ihrem Bett, als suchte sie dort Halt. Sie wusste nicht, wie sie reagieren sollte. Ihr erster Gedanke war, viel mehr von der jungen Frau spüren zu wollen, sie wollte die Schenkel spreizen und Claire zum Kosen und Verwöhnen einladen. Ihre Klitoris wollte gesaugt werden, die winzige schützende Kapuze hatte sich schon zurückgezogen und gab den Blick auf die bebende Knospe frei, die sich nach Lippen und Zunge sehnte.

Aber sie fühlte sich nicht wohl dabei, sexuelle Ansprüche an eine Frau zu stellen, die sie kaum kannte, und sie war nicht in der Stimmung, sich bei ihr zu revanchieren. Deshalb griff sie nach dem zweiten Strumpf, zog ihn das Bein hoch und fummelte mit den Schnallen am Strumpfhalter. Sie versuchte, sich ganz lässig zu geben.

»So ist es gut«, sagte Claire lachend und richtete sich wieder auf, um Sasha ins Kleid zu helfen. »Man möchte angenehm erregt sein, wenn man auf einen Ball dieser Art geht, nicht schon gesättigt.«

Sasha hob eine Augenbraue, aber sie konnte Claires Blick nicht auffangen, weil sich die junge Frau bemühte, die Spitze zu glätten, die den Ausschnitt bis zu den Schultern säumte. Wie hatte Claire diese Bemerkung gemeint?

Die junge Frau schüttelte den Kopf, als hätte Sasha ihre Frage laut gestellt. Claire zupfte den Kleidrücken zurecht, dann trat sie schweigend zurück und betrachtete das Ergebnis. Sie schien zufrieden zu sein und reichte Sasha die Schuhe.

»Können Sie nicht bleiben, bis ich mich geschminkt habe, und können Sie mich dann nicht zum Ball begleiten?«, fragte Sasha und sah Claire bittend an.

Die Hotelangestellte schüttelte wieder den Kopf und wandte sich zur Tür. »Sie sehen liebreizend aus«, sagte sie nur. »Jede Frau wird sie beneiden.«

Sasha betrachtete sich im Spiegel und wusste, dass Claire die Wahrheit sprach.

Claire schaute sie wieder an, als fiele es ihr nicht leicht, sich von Sashas Anblick loszureißen. »Sorgen Sie sich nicht, Miss, Sie werden mich auf dem Ball sehen.« Dann warf sie Sasha zum Abschied eine Kusshand zu, schob den Wagen hinaus und schloss die Tür hinter sich.

Sasha schlüpfte in die Schuhe und bemerkte, dass sie – wie alles andere auch – genau passten. Woher hatte man ihre Maße? Sie setzte sich vor die Frisierkommode und begann sich zurechtzumachen.

Sie hoffte, dass man von ihr nicht die Schminkmode der damaligen Zeit erwartete, eine dicke weiße Puderschicht und einige rosige Punkte, sogenannte Schönheitsmale, die ihr bei Schauspielerinnen in Theateraufführungen historischer Stücke aufgefallen waren.

Sie konzentrierte sich auf ein zeitgenössisches Make-up und trug das Rouge auch im Dekolleté auf. Sie schminkte Lippen und Lider kräftiger als sonst, irgendwie hatte sie im Gefühl, dass man das von ihr erwartete.

Als sie damit fertig war, trat sie zurück und betrachtete sich im Spiegel. Was sie sah, war ein höchst unvertrautes Bild. Die Frisur, das Kleid und ihr übertriebenes Make-up verstärkten ihren Eindruck der Unwirklichkeit, als ob sie nicht glauben konnte, dass ihr dies alles widerfuhr.

Während sie sich die langen weißen Handschuhe überstreifte, lächelte sie sich wehmütig im Spiegel an und fragte sich, worauf sie sich eingelassen hatte. Ihr Herz raste. War es nicht gefährlich, allein einen Maskenball zu besuchen?

Sie verbannte solche zweifelnden Gedanken. Sie war gekommen, um etwas zu erleben, das sie Lady Amelia näher brachte. Und ein Maskenball mit einer Einladung in einer altertümlichen Schrift konnte ein Erlebnis werden, das sie ihrem Ziel ein Stück näher brachte. Sie reckte den Kopf, drückte die Schultern durch, steckte das winzige Taschentuch in ihren tiefen Ausschnitt, nahm die schwarze Augenmaske und verließ ihr Zimmer.

Neuntes Kapitel

Der Flur lag in unheimlicher Stille vor ihr, als Sasha nervös zum Aufzug schritt. Die Schuhe passten nicht ganz so gut, wie sie zuerst gedacht hatte. Auch das Kleid war nicht so leicht zu tragen, der schwere Samt wischte hinter ihr den Boden, während er vorne gerade ihre Knöchel bedeckte, so dass man ihre schmucken silbernen Schuhe sehen konnte.

Sasha zog und zupfte am einengenden Mieder

unter dem Kleid und fragte sich wieder, wem die Kleider gehörten oder gehört hatten, und ob es der Besitzerin Recht war, dass Sasha sie heute zum Ball angezogen hatte. Während sie darüber grübelte, fiel ihr ein, dass sie wegen der fehlenden Unterwäsche froh war, auch wenn sie einen Slip in der weißen Schachtel gefunden hätte, hätte sie ihn nicht angezogen – sie mochte nicht die Wäsche einer anderen Frau an ihrer intimsten Stelle tragen.

Was ihre intime Stelle betraf – seit dem kurzen Augenblick, in dem Claire mit der Zunge über Sashas Labien geglitten war, befand sie sich in einem Zustand mittlerer Erregung. Bevor sie weiter darüber nachdenken konnte, kündigte sich knarrend und quietschend die Aufzugkabine an. Dabei hatte Sasha noch gar nicht auf den Knopf gedrückt.

Es war, als wollte das Innere der Kabine sie umarmen, jedenfalls fühlte Sasha so. Als ob der Aufzug sich an sie erinnerte. Sasha schüttelte sich, aber seit ihrer Ankunft am Morgen schien das Asher Hotel auf unerklärliche Weise irgendwie lebendig zu sein, einfühlsam und aufmerksam.

Und als sich jetzt die Türen schlossen und die Kabine langsam abwärts ruckelte, wieder ohne einen Knopfdruck von Sasha, sah sie mit einem Lächeln eine elegante Kristallflöte mit perlendem Champagner auf dem Bücherregal stehen, direkt unter dem Spiegel an der Wand. Vor dem Glas stand eine Karte, auf der in der eleganten, geschwungenen Handschrift, die Sasha schon von der Einladung her kannte, nur zwei Wörter standen:

Herzlich willkommen

Sasha nippte dankbar am köstlichen Trank und spürte, wie die erfrischenden Perlen durch ihre Kehle purzelten. Sie hatte das Glas fast ausgetrunken, als die Kabine ratternd anhielt.

Die Türen knarrten beim Öffnen laut, Sasha trat aus dem Lift und stand in einem schwach beleuchteten, aber verschwenderisch ausgestatteten Flur. Es musste sich um ein Kellergeschoss der Hotelanlage handeln, von dessen Existenz Sasha bisher nichts gewusst hatte. Verdutzt schaute sie hinter sich auf die Rufknöpfe des Aufzugs, um zu sehen, welche beleuchtet waren – sie blieben alle dunkel, was Sasha noch mehr verwunderte. Sie sah auf die Maske in ihrer Hand und hielt sie vor ihr Gesicht, als ob sie damit die Gefahr verringern könnte.

Nervös bewegte sie sich nach links, über einen schwach pinkfarbenen Teppich, über den der Samt geräuschvoll raschelte. Sasha schritt auf eine mit Gold umrandete Doppeltür am Ende des Flurs zu. Hinter sich hörte sie die Türen des Aufzugs, der offenbar von oben gerufen worden war.

An den Seiten des Flurs hingen in exakten Linien zahlreiche Ölgemälde alter Herrschaften, aber Sasha kannte niemanden von ihnen. Im Flur schien es kein elektrisches Licht zu geben, aber es brannten viele Kerzen auf prächtigen Wandhaltern, und im Flackern der Kerzen wurden die porträtierten Gesichter mal angestrahlt, mal im Schatten gelassen.

Als sich Sasha den Doppeltüren näherte, angezogen vom goldenen Schimmer, der durch die Öffnung fiel, hörte sie die Klänge eines Streicherquartetts, das sich, was die Lautstärke anging, mit dem munteren Schwatzen und dem Gelächter im Saal im Wettbewerb befand.

Dann hatte sie die Doppeltüren schließlich erreicht,

und jetzt blieb ihr nur die Wahl, hineinzugehen oder zum Aufzug zurückzukehren. Hinter der schwarzen Maske schloss sie ganz fest die Augen, sie streckte eine verschwitzte Hand nach dem Türknopf aus und zog die Tür ein Stück weiter auf, gerade so weit, dass sie hineinschlüpfen konnte. Sie hatte die Augen immer noch geschlossen und erwartete, dass jemand mit sonorer Stimme ihren Namen in den Saal rief.

Enttäuscht öffnete sie die Augen und nahm die Maske vom Gesicht. Niemand schien sich um sie zu kümmern. Staunend sah sie sich in dem großen, wunderschönen Ballsaal um, aber sie wusste kaum, wohin sie zuerst schauen sollte.

Der Saal hätte aus einem aufwendigen Kostümfilm stammen können. Von der gewölbten Decke hingen schwere Kronleuchter mit einer schier unüberschaubaren Anzahl von dicken weißen Kerzen.

Die Decke selbst war eine Augenweide, sehr schwungvoll gewölbt und üppig mit Goldumrandungen versehen, dazu kunstvolle Holzschnitzarbeiten mit den verschiedensten Motiven, exotische Früchte und Blumen, lächelnde, pausbäckige Putten, sowie dunkel gefärbte lebhafte Szenen aus der Mythologie.

An den Wänden hingen kostbare Teppiche in kräftigen Farben sowie Gemälde, die eine Vielzahl nackter Leiber zeigten, Frauen, Männer und Personen unbestimmten Geschlechts, und alle in anatomisch unmöglichen Stellungen und Verrenkungen miteinander verbunden.

Aber erst die Gäste!

Sasha wich hastig zur Seite und fand sich unter den hängenden Genitalien einer Marmorstatue wieder, die einen unglaublich gut aussehenden nackten Mann oder Gott darstellte – Merkur vielleicht? Er stand einsam in einer Ecke und ragte so weit über die Gäste hinaus, als wollte er mit seinen Schultern die Decke stemmen.

Sasha verdrückte sich noch tiefer in die Ecke und starrte auf die erstaunlichste Ansammlung von Individuen, die sie je in ihrem Leben gesehen hatte.

Da gab es Frauen und Männer in hoch aufgetürmten Perücken, gekleidet ähnlich wie sie. Breeches, Schnallenschuhe, Seidenstrümpfe und gewagte Dekolletés bestimmten das Bild, aber dann gab es auch noch einige andere seltsame Stilrichtungen, die Sasha nicht identifizieren konnte. Sie sah einige Charleston-Kostüme aus den Zwanzigern, viktorianische Herren mit Vatermördern und Zylindern, römische Gladiatoren mit furchterregend aussehenden Schwertern, mittelalterliche Damen in gesteppten Roben, und sogar einige Nonnen und Priester in ihren Gewändern.

Sasha stellte auch fest, dass nicht alle, die ein Kostüm aus ›ihrer‹ Zeit trugen, mit Perücken ausgestattet waren, und es trugen auch nicht alle ihre Masken. Manche aber hatten sich für Anonymität entschieden und versteckten ihre Gesichter hinter reich verzierten Vollmasken, mal menschlich, mal tierisch: Neben Harlekin- und Clownsmasken gab es auch Eulen- oder Fledermausköpfe, und wieder andere hatten sich für schockierende Gesichter von Dämonen oder Teufeln entschieden, Fratzen wie die der Wasserspeier, die Sasha auf den Zinnen des Asher Hotels gesehen hatte.

Mutig geworden durch das augenscheinliche Desinteresse an ihr schlenderte Sasha tiefer in den Saal hinein und entdeckte die vier Musiker, die schwitzend über ihre Instrumente strichen. Sasha bewunderte die Anmut einiger Gäste, die sich zu einer Quadrille mit komplizierten Schrittfolgen gefunden hatten und zur Musik tanzten.

Die meisten Gäste machte Sasha entlang einer Wand aus, und sie brauchte nicht lange zu raten, warum es dort so dicht gedrängt zuging: An der Wand waren Tische mit dem Büfett aufgebaut, und erst jetzt wurde Sasha bewusst, wie hungrig sie war. Sie trat näher an die Tische heran.

Es gab hoch beladene Platten mit Fleisch von Enten, Gänsen und Hühnern, dazu weiteres Geflügel, das sie nicht auf Anhieb identifizieren konnte. Einige Platten enthielten Fleisch, das seltsam geschnitten war und nicht sonderlich appetitlich auf sie wirkte, ebenso auch das Spanferkel, komplett mit einem Apfel im Maul. Ein Koch stand hinter dem Tisch und war fleißig damit beschäftigt, Stück um Stück abzuschneiden.

Auf einem Tisch standen die verschiedensten Gemüseplatten, und auch dort gab es einige Gemüse, die Sasha fremd waren. Ein weiterer Tisch war mit kandierten Früchten beladen, ein anderer mit verschiedenen Suppentöpfen. Daneben waren die Brotsorten ausgelegt, und schließlich boten die Gastgeber zwei Tische mit den phantasiereichsten Pasteten, Kuchen und anderen Süßigkeiten an.

Es gab so viel zu essen, Bekanntes und Unbekanntes, dass Sasha zu ihrer Verwunderung feststellte, dass sie gar keinen Hunger mehr hatte – ihr war von den Anblicken beinahe schlecht geworden. Dazu trug auch die Esskultur einiger Gäste bei – vor allem derjenigen Gäste, die Kostüme aus längst vergangenen Tagen trugen. Sie schlangen Berge von Fleisch in sich hinein, rupften es mit den Fingern auseinander und ließen die Soßen auf ihre Kleidung tropfen. Andere fütterten kleine Hunde, die sie mit sich führten, oder Katzen und andere Tiere, die ihnen folgten.

Puh! Dies war irritierender als jede Halloween-Party, die Sasha bis heute besucht hatte, und da hatte es einige wilde Partys gegeben. Sie fühlte sich erschöpft, aufgeregt und ein wenig überwältigt und schob sich von den Tischen mit den Speisen wieder weg. Sie zwängte sich an den anderen Gästen vorbei, von denen immer noch niemand Notiz von ihr nahm.

Während Sasha weiter ging, bemerkte sie kleine, durch Vorhänge abgetrennte Alkoven in zwei Mauern. Im Vorbeigehen hörte sie einige verräterische Laute hinter den Vorhängen. Vor einigen Alkoven hatten sich Menschentrauben gebildet, die neugierig das laute Geschehen hinter den Vorhängen verfolgten.

Sasha spürte ein sinnliches Flattern in der Magengegend, sie lüpfte ihre Röcke und bewegte sich näher an einen Alkoven heran, auf zwei Frauen zu, die in griechischen Kostümen zum Ball gekommen waren, sich jetzt umfasst hielten und in einen Alkoven schauten, dessen schwarzer Samtvorhang ein wenig beiseite gezogen worden war.

Die beiden Frauen hatten kaum einen Blick für Sasha übrig, als sie sich zu ihnen gesellte, um an dem Geschehen im Alkoven teilzuhaben, aber sie bewegten sich ein wenig seitwärts, um ihr Platz zu machen, damit auch sie durch die schmale Öffnung im Vorhang lugen konnte.

Das war tatsächlich eine Szene, der sich zuzuschauen lohnte! Sasha hielt den Atem an und hätte beinahe ihre Maske aus der Hand gleiten lassen. Sie stand dicht neben den beiden anderen Frauen und starrte auf das Paar auf dem Boden des Alkovens, es war nackt und in glückseliger Umarmung verbunden – und beide waren Frauen, die offensichtlich nichts von ihrer Umwelt wahrnahmen und sich in purer Sinnlichkeit wiegten.

Sie hatten ihre Köpfe zwischen den Schenkeln der anderen, und hitzig näherten sie sich ihren Orgasmen.

Eine Frau lag auf dem Rücken, ihr Gesicht war kaum zu sehen, denn es wurde von den Schenkeln der anderen Frau verdeckt.

Sasha konnte das Gesicht der Frau, die oben lag, besser erkennen, denn sie hatte sich auf Händen und Knien aufgestützt. Sie hatte die Augen geschlossen, während sie das Gesicht gegen das Dreieck der Partnerin drückte. Bald schon begann ihr Körper wild zu zucken, und die neugierigen Zuschauerinnen wurden Zeugen eines überwältigenden Orgasmus, der die oben liegende Frau erfasste.

Puh! Sasha brauchte eine Pause nach diesem Szenario der gleichgeschlechtlichen Lust. Sie wollte sich gerade abwenden, als die Frau, deren Haut vom Orgasmus noch mit einem rötlichen Schimmer überzogen war, sich aufrichtete und – in voller Absicht, glaubte Sasha – ihr ins Gesicht schaute.

Sasha blinzelte und wich unwillkürlich einen Schritt zurück, die Augen weit aufgerissen vom Schock der direkten Konfrontation.

Die Frau stieß rhythmisch zwei Finger in die Scheide der Partnerin und hörte damit auch nicht auf, als sie Sasha zulächelte, mit der Zunge über die vollen Lippen fuhr und Sasha mit einer leichten, aber bestimmenden Kopfbewegung heranwinkte. Dabei huschte ihr Blick von Sashas Gesicht zum Schoß, in dem Sasha ein heftiges Ziehen spürte.

Die Botschaft war nicht misszuverstehen, aber Sasha fühlte sich nicht in der Lage, das Angebot anzunehmen. Hastig wandte sie sich ab und ging unsicheren Schrittes zurück zur Mitte des Saals. Sie versuchte, das Pochen zwischen den Schenkeln zu ignorieren, aber sie wusste, dass sie damit überfordert war. Ihr warmes, nacktes Geschlecht strahlte eine Hitze aus, die sich über den ganzen Körper verbreitete.

Was war das überhaupt für eine Party? Unter Herbstball hatte sie sich etwas ganz anderes vorgestellt. Was für ein Kontrast zu ihrem Leben, das sie noch vor vierundzwanzig Stunden in New York geführt hatte!

Als sie sich den Tischen näherte, auf denen die Getränke standen, schwand das Bild der modernen Karrierefrau aus Manhattan immer mehr, und ihre Anwesenheit auf diesem bizarren Maskenball schien plötzlich die einzige Wirklichkeit zu sein, in der sie lebte.

Sie streckte eine Hand aus und nahm vom Tablett eines vorbeigehenden Kellners eine Kristallflöte mit Champagner. Sie blieb stehen, nippte an der perlenden Flüssigkeit und betrachtete die wogende Menge, die tanzende, lachende, schwatzende Menge. Dann entdeckte sie einen kleinen Bogengang, der in die linke Wand eingelassen war. Eine dicke Menschentraube drängte sich vor dem Eingang.

Sie wollte sich ihnen gerade anschließen, als sie den kräftigen Griff um ihren Unterarm spürte, und eine tiefe, heisere Stimme flüsterte in ihr Ohr: »Lady, sind Sie wirklich bereit, dort hineinzugehen?«

Sasha hätte sich beinahe an ihrem Champagner verschluckt, als sie zur Seite schaute und den hinreißend aussehenden Mann entdeckte, der scheinbar aus dem Nichts neben ihr aufgetaucht war. Wie sie war er unmaskiert, etwa in ihrem Alter, und auch er trug die Kleidung aus der Zeit, aus der sie zu kommen vorgab.

Seine Haare waren weder gepudert noch unter einer Perücke versteckt. Im Nacken waren sie zu einem Zopf zusammengefasst, der mit einer kunstvollen blauen Samtschleife verziert war. Sie bildete einen starken Kontrast zu seinen braunen Haaren, passte aber farblich zum blau bestickten Frack, der fast bis zu den Knien reichte. Das verschwenderisch mit Rüschen versehene weiße Hemd konnte nicht über den stählernen männlichen Brustkorb hinwegtäuschen.

Seine hellbraunen Breeches aus Hirschleder schmiegten sich um seine muskulösen Schenkel, und die weißen Strümpfe von den Knien zu den schwarzen Schnallenschuhen zeigten seine kräftigen Waden.

Aber es war sein Gesicht, das Sasha am meisten anzog. Himmel, sah dieser Mann gut aus! Die Augen vom dunkelsten Blau, sanft gewölbte Brauen, und einen so weichen Teint – und dann dieser Mund! Sasha sah sehnsüchtig nach den schwungvollen Bögen seiner Lippen, nicht zu voll und nicht zu dünn, und sie konnte beinahe fühlen, wie sie sich auf ihren Mund drückten, und unbewusst legte sie den Kopf schief, und ihre Lippen teilten sich.

Sie schämte sich, als sie gewahr wurde, dass sie in Erwartung seines Kusses die Lippen schon gespitzt hatte, denn der Mann verbeugte sich lachend vor ihr und sagte mit ausgesuchter Höflichkeit: »Ich küsse nie eine Lady, die noch kein Wort mit mir gewechselt hat!«

»Was? Oh, es tut mir leid!«, platzte Sasha heraus, und erschrocken und beschämt wich sie zurück, löste sich auch von der Hand, die ihren Arm immer noch gepackt hatte. »Es ist nur«, sagte sie hastig, »dass Sie der erste Gast sind, der mich anspricht, seit ich hier bin.« Sie nahm rasch einen Schluck, um ihre Verlegenheit zu bekämpfen.

Der Mann verbeugte sich wieder. »Eine so charmante Lady darf nicht ignoriert werden«, raunte er und nahm das leere Glas aus ihrer Hand. »Erlauben Sie mir, dass ich heute Abend Ihr Führer bin und Ihnen die Freuden dieser Nacht zeige?« Er sah sie freundlich lächelnd an und fügte hinzu, nachdem er von einem Tablett eines Kellners ein frisches Glas Champagner für sie besorgt hatte: »Wenn ich mir die Bemerkung erlauben darf – Sie scheinen nicht unbedingt vertraut zu sein mit den Ritualen eines Herbstballs.«

Der Mann gefiel ihr immer besser, dachte Sasha, und dann gestattete sie ihm, sie am Ellenbogen anzufassen und auf die gewölbte Holztür zuzusteuern, die in den eben noch so belagerten Bogengang führte.

»Wohin führen Sie mich?«, fragte sie ein wenig zu schroff, und der Mann gluckste tief in der Kehle, als er antwortete: »Wohin Sie wollen, Lady.«

Sie bemerkte, dass er vielen anderen Gästen zunickte, als ob fast jeder der anderen Gäste ihn kannte.

»Warten Sie einen Augenblick!« rief sie. »Ich weiß nicht einmal Ihren Namen!«

Der Mann lächelte dunkel und legte einen Finger über ihre Lippen. »Pst«, raunte er leise. »Hier braucht man keinen Namen.« Mit einer kühlen, sinnlichen Geste fuhr er mit dem Finger die Linien von Sashas Lippen nach, und er lächelte wissend, als er bemerkte, wie ihre Lippen bebten, bevor sie sich ein wenig öffneten und er mit dem Finger über ihre Zungenspitze strich.

»Ah«, sagte der Mann, die Augen halb geschlossen. Er zog den Finger aus Sashas Mund und leckte die Spitze ab, als wollte er ihre Zunge mit seiner schmecken. Als er die Augen wieder öffnete und sie ansah, war es Sasha, als könnte sie seine Zunge zwischen ihren feuchten Labien spüren, so sehr hatte er sie in seinen Bann geschlagen. Sie versuchte verzweifelt, sich dagegen zu wehren.

»Und wohin, glauben Sie, möchte ich gehen?«, fragte sie so scharf sie konnte. Dabei fühlte sie sich wohl bei diesem Mann, und sie wollte nicht wieder allein sein.

»Ich habe gesehen, wie Sie zu diesem Bogengang geschaut haben«, antwortete er, als sie die Tür erreicht hatten. Es standen immer noch viele Leute dort, die hinein wollten. »Uneingeladen darf man nicht hinein, und Sie, meine Süße«, fügte er spöttisch hinzu, »brauchen offensichtlich jemanden, der sie unter seine Fittiche nimmt.«

Sie hatte schon wieder eine scharfe Replik auf der Zunge, aber sie schluckte sie hinab. Sie bemerkte, dass die Tür, die sie schon von weitem gesehen hatte, von zwei mittelalterlichen Rittern bewacht wurde, komplett mit Rüstung und Schild, und sie verwehrten vielen Gästen, die sich angestellt hatten, den Zutritt. Als sie aber Sasha und ihren Begleiter erkannten, traten sie rasch zur Seite, verbeugten sich respektvoll, berührten ihre Visiere mit den Händen und öffneten ihnen die schwere Holztür, damit sie eintreten konnten.

»Was ist das für ein Ort, zu dem wir gehen?«, flüsterte Sasha, jetzt doch ängstlich geworden. Aber der Mann schüttelte den Kopf und raunte: »Pst! Alles ergibt sich von selbst.« Er warnte sie rechtzeitig, den Kopf einzuziehen, als sie durch eine niedrige, schmale Tür traten.

Nicht noch ein geheimnisvoller Gang, dachte Sasha. Die Tür fiel hinter ihnen ins Schloss, und Sasha fand sich in Dunkelheit wieder. Sie lehnte sich schutzheischend an ihren Begleiter, wenn ihr auch nicht klar war, wovor sie beschützt werden wollte. Der Mann nahm sie an die Hand.

»Kommen Sie«, sagte er, und sie folgte ihm stolpernd einen schmalen Flur entlang, an dessen Ende sie ein schwaches Licht ausmachen konnte, das mit jedem Schritt ein wenig heller wurde. Auch die Geräusche wurden lauter, es waren eigenartige, fast mechanische Geräusche, die Sasha nicht deuten konnte, und dann standen sie vor einer Treppe.

»Gehen Sie hinunter«, raunte er und drückte Sasha kurz an sich. »Gehen Sie. Ich helfe Ihnen.«

»Wohin gehen wir? Erwartet mich da unten ein Labyrinth? Oder eine Grabkammer?«, fragte Sasha. Der Mann schob sie die Stufen hinunter. »Halten Sie die Maske bereit, sobald wir unten sind. Vielleicht wollen Sie sie anziehen.«

Als Sasha sich dem Ende der Treppe näherte, sah sie das Spektakel, das sie dort unten erwartete. Während sie auf der drittletzten Stufe stand und starrte, fragte sie sich, ob sie sich noch im Gebäude des Hotels befand oder ob sie durch irgendeinen unterirdischen Tunnel in ein Verlies der perversen Lüste im Londoner Untergrund gelangt war. Wenn sie sich vorstellte, dass hier unten solche Orgien stattfanden, während sie vor ein paar Monaten mit ihren Kollegen und den Rollit-Leuten ahnungslos über schwierigen Vertragsformulierungen geschwitzt hatte...

Wo immer sie hinschaute, sah sie Paare und Gruppen, die mit den verschiedenen Sexualpraktiken beschäftigt waren. Sie sah Gerüste und Böcke, Ketten und Fesseln, Klammern und Kapuzen und viele Geräte, deren Anwendungen Sasha lieber nicht erleben wollte. Da war es tröstlich für sie, dass sie auch Szenen sah, die ihr vertrauter waren, Frauen und Männer, Männer und Männer, Frauen und Frauen. Paar- und gruppenweise. Sasha wusste kaum, wohin sie zuerst schauen sollte.

»Kommen Sie«, sagte der Mann wieder und griff ihre Hand. »Beginnen wir mit den gewöhnlichen Dingen.«

Er zog sie mit sich, um einem nackten Paar zuzuschauen, Mann und Frau, wobei der Mann rücklings auf einer Bank lag und die Frau ihn ritt. Beider Gesichter waren lustverzerrt, und die Hüften des Mannes ruckten auf und ab. Er hatte die Frau an den Hüften gepackt und beschleunigte ihre hüpfenden Bewegungen.

Sasha schaute dem Paar eine Weile schweigend zu, bevor sie sich abwandte und eine Szene in der Mitte des Raums ihre Aufmerksamkeit in Anspruch nahm. Da waren zwei Männer, der eine völlig nackt, bäuchlings auf einen derben Bock gespannt, Arme und Beine gefesselt, den Kopf zur Seite gewandt, die Augen fest geschlossen; der andere, ein Furcht einflößender Mann mit Peitsche, stand hinter ihm.

Sasha zuckte bei seinem Anblick zusammen und schaute Hilfe suchend zu ihrem Begleiter auf, aber der lächelte nur und schüttelte den Kopf.

Sasha hielt sich die Maske vors Gesicht, auch wenn keiner der Umstehenden die geringste Notiz von ihr nahm.

Der Mann mit der Peitsche strahlte Bösartigkeit aus. Er hatte eine Glatze, und sein ledernes Soldatenkleid würde Sasha bei einem Mann, der weniger groß und nicht so beeindruckend gewesen wäre, als lächerlich empfunden haben. Aber bei ihm passte es, es passte zur Glatze, zu den behaarten Beinen und zu den muskulösen Armen.

Sasha schaute in das Gesicht des Opfers, aber dieses Gesicht sah alles andere als verängstigt aus. Der Mann schien sich in einem Zustand erhöhter sexueller Erregung zu befinden, obwohl Sasha seinen Penis nicht sehen konnte. Die Backen spannten sich in der Erwartung des nächsten Schlags mit der Peitsche, der auch prompt kam.

Es klatschte, und Sasha klammerte sich instinktiv an ihren Begleiter. »Ich mag das nicht sehen«, murmelte sie. »Gehen wir weiter?«

Der Mann nickte. »Sie müssen diesen Raum als öffentliche Arena für das Privatvergnügen spezieller Menschen betrachten«, riet er ihr. »Einige kommen, weil sie zuschauen wollen, andere möchten selbst aktiv werden. Es gibt keine Hemmungen. Deshalb auch die Wächter am Eingang.«

Sasha war schon zu einer anderen Gruppe unterwegs. Das ist eher mein Ding, dachte sie, als sie in sicherer Entfernung dem Tableau zuschaute. Eine Frau saß auf einer Art Thron aus Samt, den Kopf in ekstatischer Glückseligkeit zurückgeworfen.

Um die Hüften hatte sie ihre weißen Petticoats und ein raschelndes jadegrünes Kleid zusammengerafft. Ein Mann kniete zwischen ihren gespreizten Schenkeln, ein anderer Mann beugte sich über ihre nackten Brüste – ihr Mieder und das Oberteil des Kleids waren auf ihren Bauch geschoben worden, so dass die vollen Brüste und die hübschen pinkfarbenen Nippel den Fingern und Lippen ihres Geliebten zur Verfügung standen. In einer Hand hielt die Frau ein Weinglas, in der anderen eine Peitsche aus blauem Wildleder, die sie gedankenverloren über den Rücken des Mannes gleiten ließ, der ihre nackten Brüste verwöhnte.

Daran könnte ich mich auch gewöhnen, dachte Sasha und empfand so etwas wie Neid auf die Frau, die gleichzeitig von zwei devoten Liebhabern bedient wurde. Neugierig trat sie näher heran, und dann dachte sie: Die Frau kommt mir bekannt vor ... sie sieht aus wie ... sie ist Claire!

Ihr Neid verflog und verwandelte sich in Freude darüber, dass die Hotelangestellte eine Gelegenheit erhielt, auch einmal bedient zu werden.

»Sehen Sie irgend etwas, was Ihnen zusagt?«, flüsterte ihr Begleiter.

Sasha drehte sich zu ihm um und wurde von seinem verführerischen Mund magisch angezogen.

»Gehen wir«, murmelte sie und fuhr mit ihren Fingern die Konturen seiner Lippen nach. »Vielleicht finden wir einen etwas intimeren Raum.«

Der Mann schaute ihr einen Moment lang in die Augen. Die Andeutung eines Lächelns umspielte seine Mundwinkel, als er die Spitze eines Fingers in den Mund nahm und kurz einsaugte. Dann nahm er ihre andere Hand und führte sie aus dem Verlies der Lüste hinaus.

Sasha bewunderte die Sicherheit, mit der er sich in diesem unterirdischen Labyrinth aus Räumen und Gängen bewegte, und folgte ihm. Ihr langes Samtkleid fegte über den Boden. Es war Sasha, als befände sie sich tief in einem Traum.

Der Mann führte sie nicht den Weg zurück, den sie gekommen waren, sondern benutzte eine verwirrende Vielzahl von dunklen Gängen und Korridoren, ehe sie sich in einem Teil des Hotels befanden, der Sasha irgendwie vertraut vorkam.

»Wo sind wir?«, flüsterte sie ängstlich und strengte ihre Augen an, um etwas erkennen zu können.

»Pst«, machte ihr Führer wieder und legte einen Finger über ihre Lippen. »Du brauchst mir nur zu folgen.«

Das Gefühl, irgendwo zu sein, wo sie schon einmal gewesen war, beschlich sie immer stärker. Sie folgte dem Mann eine Treppe hoch. Die dunklen hohen Wände waren feucht und voller Schmutz und rochen modrig, und sie liefen über einen alten, ausgetretenen Teppich.

Und dann wusste Sasha plötzlich, wo sie waren. Sie

würden bald vor dem Porträt der Amelia Asher stehen.

Der Gedanke war noch nicht zu Ende, als sie schon die Lady sah – genauso, wie Sasha sie in Erinnerung behalten hatte. Und das Kleid, das sie trug, schien identisch mit dem zu sein, das Lady Amelia getragen hatte, als sie dem Maler für das Porträt Modell gesessen hatte.

Ihr Begleiter schob sie gegen die Wand und hielt sie mit seinem Körper fest, während er die Lippen auf ihren Mund drückte. Sasha schaute über seine Schulter hinweg auf das verschwommene Bild von John Blakeley. Je länger sie auf die Umrisse der Gestalt starrte und sich nur auf sie konzentrierte, desto klarer war John Blakeley zu erkennen.

Sie schaute auch noch verträumt auf das Porträt, als sie die Lippen ihres Begleiters auf ihren spürte, den Druck seiner Zunge gegen ihre. Sie schloss die Augen und öffnete das Band im Nacken des Mannes. Sie fuhr mit einer Hand liebevoll durch seine Haare und seufzte, als sein Mund von den Lippen auf ihre Schulter glitt.

So gut dieser Mann auch aussah, mit Johnny Blakeley konnte er es nicht aufnehmen, aber er würde ihr genügen, befand Sasha. Sein Mund fuhr den ganzen Arm entlang, er schob den Ärmel des Kleids hinunter und betrachtete den hübschen schwarzen Schwan, den sie sich auf die Schulter hatte tätowieren lassen. Dann schob er die langen weißen Handschuh nach unten, und gleichzeitig mit dem Handschuhe ließ sie auch die Maske, die sie in der Hand gehalten hatte, auf den Boden fallen.

Er trat einen Schritt zurück, sein Blick eins mit ihrem, und zog auch den anderen Handschuh aus. Dann hob er die Hand an seinen Mund und fuhr mit der Zunge zwischen ihre Finger. Sasha schloss die Augen und lehnte sich mit den Schultern gegen die Wand. Es war, als flatterten winzige Schmetterlinge in ihrem Bauch, das Lecken ihrer Finger war so erotisch, als streichelte er die Falten ihres Geschlechts.

Langsam küsste ihr der Mann den Arm zurück zur Schulter, bis zum Puls am Hals, und als er ihn gefunden hatte, drückte er den Mund darauf. Lange glückselige Momente durchlebte Sasha, und am liebsten hätte sie die Augen nie wieder geöffnet.

Schließlich bewegte sich sein Mund zu ihrem verführerisch tiefen Ausschnitt, ins Tal der hoch gedrückten Brüste. Er fand das winzige Taschentuch, das Sasha dort versteckt hatte, und zog es mit den Zähnen heraus. Er ließ es achtlos auf den Boden fallen und kehrte dann wieder zu ihrem Busen zurück.

Sasha griff mit den Händen in seine Schultern und war froh, dass sie Halt an der Wand gefunden hatte, denn ihre Gier war so groß, dass sie ganz schwach in den Knien wurde. Sie zupfte ungeduldig am schweren Frack des Mannes, bis sie es geschafft hatte, ihn von seinen Schultern zu streifen. Als nächstes nahm sie sich die unmöglichen Verknotungen der Krawatte und das fest geschnürte Hemd vor.

Er schien mit den Haken ihrer Kleidung weit weniger Mühe zu haben, denn während er einen geschwollenen pinkfarbenen Nippel zwischen die Lippen nahm, langte er mit einer Hand auf ihren Rücken und öffnete geschickt die winzig kleinen Haken ihres Kleids.

Als Sasha spürte, wie sich die Falten ihres Kleids lockerten und von ihr abfielen, verdoppelte sie ihre Bemühungen mit seinem Hemd. Sie lechzte danach, warme Haut unter ihren Fingern zu spüren.

Lächelnd ließ er ihren Nippel los, er richtete sich auf

und öffnete sein Hemd, behielt es aber an. Brust und Schultern waren nackt, und Sasha konnte nicht länger warten, warf sich an seine Brust und schabte mit den Zähnen über die kleinen harten Brustwarzen, ehe sie mit der Zungenspitze darüber streichelte. Sie trat aus ihrem weiten Kleid und stand jetzt in ihrem Korsett vor ihm, im schwarzen Strumpfhalter, den roten Seidenstrümpfen und natürlich den silbernen Schuhen.

»Wie entzückend, dass du heute Abend keinen Slip trägst«, murmelte der Mann, und im nächsten Augenblick spürte Sasha, wie er mit seinen Fingern durch die feuchte Spalte ihres Geschlechts strich. Er fuhr an den Lippen entlang, sanft und wissend, umkreiste die harte Knospe der Klitoris und schob dann zwei Finger in ihre zuckende Vagina.

Er fuhr so hart in sie hinein, dass Sasha gegen die Wand gepresst wurde, wobei ihr Kopf gegen die alte Holzvertäfelung rieb. Einen Moment lang sorgte sie sich um ihre kunstvolle Frisur, um die sich Claire so lange bemüht hatte.

Sie schloss die Augen und hielt sich an dem Mann fest, während ihre Finger noch vergeblich am Schritt seiner Breeches fummelten. Es gelang ihr nicht, die Knöpfe zu öffnen, aber durch die Reibung ihrer Finger zuckte der harte Penis unter dem Stoff der Hose.

Mit einem dumpfen Stöhnen schob er ihre Hand weg und befreite den Penis selbst aus der Einengung der Breeches. Er griff ihre Hand und drückte sie ungeduldig um den harten, dicken und zuckenden Schaft.

»Ah, ja, meine Liebe«, seufzte er in die Locken ihrer Haare, als sie leicht seinen Penis zu reiben begann. »Lady, ja, das ist es«, seufzte er wieder, denn sie hatte Daumen und Zeigefinger um die Eichel gelegt und machte kurze, schnelle Bewegungen auf und ab. Dabei strich sie einmal mit dem Daumen über die

Spitze, auf der sich ein kristallener Tropfen aus der Öffnung drückte. Sie verrieb die Feuchtigkeit über die Eichel und spürte ein verstärktes Zucken im Schaft.

Sie musste ihn schmecken! Sie ging ein paar Treppenstufen hinunter, während der Mann auf dem Treppenabsatz stehen blieb, so dass sie mit dem Kopf auf einer Höhe mit seinem Schaft war. Bevor sie den Kopf beugte, um den Mund über den Penis zu stülpen, schaute sie zu dem Mann hoch und sah, wie er in gespannter Erwartung auf sie hinabblickte. Deutlich konnte sie die Begierde in seinem Gesicht lesen.

»Ja«, presste er hervor und wartete geduldig auf ihren Kuss. Sasha ließ ihn nicht länger warten. Sie sog die Eichel mit den Lippen an, kniete sich auf die Treppe und nahm mehr von dem Schaft im Mund auf. Ah, es war eine Lust, ihn zu saugen! Sie strich mit den Fingern über den behaarten Beutel und drückte ihn sanft. Sie nahm den Kopf ein wenig zurück, bis nur noch die Spitze im Mund war, und fuhr mit der Zunge an der Unterseite des Schafts entlang.

Er stöhnte laut auf und zog sich ganz aus ihr zurück. Enttäuscht schaute sie zu ihm auf.

»Ich will nicht so rasch kommen«, murmelte er, aber Sasha hörte kaum zu und drückte ihn mit sanfter Gewalt hinunter auf die Stufen.

Sie presste ihre Lippen auf seinen Mund und stieß mit den Händen gegen seine Schultern, bis er auf dem Rücken lag. Sie legte sich auf ihn, rieb ihr samtenes Mieder gegen seine Brust, schlang ihre Beine um seine Hüften und ging über seinem zuckenden Schaft in eine hockende Position.

»Schau mich an«, stieß Sasha hervor, hob sich ein wenig an und ließ sich dann langsam nach unten gleiten. Die Öffnung ihres Geschlechts nahm die pralle Eichel seines Penis auf, und Sasha sah, wie sich die

Augen des Mannes weiteten, aber er sagte nichts. Um sie herum war es unheimlich still. Man hörte nur den Atem der beiden Menschen, der rasselnder kam, als Sasha sich tiefer sinken ließ und langsam und genüsslich den ganzen Schaft in sich aufnahm, bis die Wurzel gegen ihre pochende Klitoris rieb und die Schamhaare sich verfingen.

Sie verharrten eine Weile so, er tief in ihr, und sie mit angehaltenem Atem. Sie schauten sich in die Augen und genossen das Ausfüllen und das Ausgefülltsein. Schließlich bewegte sich Sasha mit quälender Langsamkeit, glitt an der Länge des Schafts entlang, bis nur die Eichel noch in ihr steckte. Nur widerwillig verzichtete sie auf die intensive Fülle in sich, aber sie wusste, dass sie bald wieder in ihr sein würde. Als sie sich langsam sinken ließ, stieß sie einen befriedigten Seufzer aus.

Mit jeder Bewegung entlang des Schafts des Mannes beschleunigte sie das Tempo, sie konnte sich nicht länger quälen. Er ruckte von unten dagegen, und ihre Körper prallten gegeneinander.

Sasha beugte sich vor und barg ihr Gesicht in der Schulterbeuge des Mannes und spürte die Kraft seiner Hände, als sie ihren Rücken massierten. Der Fremde drückte jetzt machtvoller von unten in Sashas Geschlecht, und sie hielt dagegen.

Mitten in ihren Bewegungen spürte sie plötzlich eine warme Nässe auf ihrer Schulter. Während ihr Geliebter und sie gemeinsam dem Höhepunkt entgegen trieben und die ekstatischen Zuckungen begannen, spürte Sasha wieder die Nässe. Ihr Orgasmus setzte ein, sie wurde wie von fremder Hand geschüttelt, und als sie die Augen aufschlug, sah sie, dass das Porträt von Amelia Asher weinte. Es waren Tränen, die Sashas Schultern und Rücken benetzt hatten.

Zehntes Kapitel

Sasha wachte am anderen Morgen auf und fühlte sich verwirrt und gleichzeitig seltsam euphorisch. Es dauerte einige Minuten, in denen sie ausgiebig blinzelte, ehe sie einen klaren Gedanken fassen konnte, und dann fluteten die Erinnerungen an die vergangene Nacht zurück in ihr Gedächtnis, und sie spürte sofort, wie ihr die Röte ins Gesicht schoss. Sie sah sich in ihrem Zimmer um, ob dort ein fassbarer Beweis für das Geschehen der Nacht zu finden war.

Ja – das Kostüm, das sie getragen hatte, lag in seiner ganzen kostbaren Schönheit auf dem Sessel ausgebreitet. Es strahlte auch etwas Unheimliches aus, als ob eine gespenstisch-dünne Frau in dem Kleid steckte.

Sasha starrte eine Weile auf das Kleid, dann fasste sie mit einer Hand in ihre Haare. Die Locken, die Claire so geschickt mit Lack besprüht hatte, waren im Schlaf der üblichen wirren Morgenmähne gewichen. Sasha erinnerte sich dunkel, dass sie die Haarnadeln herausgezogen hatte, ehe sie sich zum Schlafen hingelegt hatte, denn sie hätte unmöglich mit der kunstfertig aufgebauten Lockenpracht und den dazu gehörenden Nadeln ins Bett gehen können.

Nackt schwang sich Sasha aus dem Bett und strich einmal liebevoll über das Kostüm, ehe sie sich nach den anderen Kleidungsstücken bückte, die sie achtlos auf den Boden geworfen hatte: Die silbernen Schuhe, die Seidenstrümpfe, den Strumpfhalter, das Korsett, die weißen langen Handschuhe und die schwarze Maske.

Sie sammelte alles auf, dann presste sie ihr Gesicht gegen die Kleider. Sie konnte noch ihr Parfüm und den Rauch riechen, und ein wenig hingen auch der Geruch aus dem Verlies der Lüste und der Moder aus dem Treppenaufgang in den verschiedenen Geweben. Sie sog tief ein und nahm den Geruch des gut aussehenden Fremden wahr, ebenso wie ihren eigenen honigsüßen Moschus.

Sasha schmiegte ihr Gesicht noch tiefer in den schweren Samt des Kostüms, das sie in den Armen hielt, und mit geschlossenen Augen versuchte sie, sich an den chronologischen Ablauf des Abends zu erinnern – bis zu der eigenartigen Paarung auf der Treppe.

Sie konnte immer noch nicht glauben, dass die Feuchtigkeit auf ihrer Haut von den Tränen herrührte, die über das gemalte Gesicht der Amelia Asher gelaufen waren, aber sie erinnerte sich noch gut an ihren letzten schockierten Blick auf das weinende Porträt.

Sie erinnerte sich auch noch daran, dass sie darauf bestanden hatte, sofort auf ihr Zimmer zu gehen, denn sie hatte Angst, der fremde Mann auf der Treppe neben ihr könnte das traurige Gesicht an der Wand wahrnehmen – als ob es irgendwie ein Einbruch in die Privatsphäre von Amelia Asher gewesen wäre, wenn er das Geheimnis der weinenden Frau hätte bezeugen können.

Sasha wusste noch, dass ihr namenloser Geliebter sie zum Aufzug begleitet hatte. Der Fremde kannte sich auch in diesem Teil des Gebäudes aus, er fand den Aufzug mit schlafwandlerischer Sicherheit. Er trug galant Sashas Kostüm, Maske und Handschuhe durch das Labyrinth der dunklen Gänge, und sie lief hinter oder neben ihm, nur mit Schuhen und Wäsche bekleidet.

Als sie schließlich den Hoteltrakt wieder betraten, stand die Aufzugskabine in der Hotelhalle, die Türen geöffnet, als hätte sie geduldig auf Sashas Rückkehr gewartet. Der Fremde drückte seine Lippen auf Sashas Handrücken, lächelte sie an, führte sie in die Kabine und blieb draußen stehen. Er sah zu, wie sich die Türen schlossen. Sasha wurde nach oben gefahren, obwohl sie auf keinen Knopf gedrückt hatte, und im dritten Stock hielt der Aufzug an.

Widerstrebend legte Sasha das kostbare Bündel der Kleider wieder auf den Sessel, und während sie unter der Dusche stand, fragte sie sich, ob sie die feinen Sachen behalten könnte, oder ob jemand – Claire vielleicht? – sie abholen würde.

Für den Augenblick wurde diese Frage durch den Hunger verdrängt, der sich dringlich meldete. Immer noch hatte sie seit dem Frühstück im Flugzeug am gestrigen Morgen kaum etwas gegessen. Es dauerte ihr zu lange, auf den Zimmer-Service zu warten, deshalb beschloss sie, den Frühstücksraum aufzusuchen. Sie warf sich bequeme Klamotten über, Jeans und Pullover, und lief die breite Treppe hinunter ins Erdgeschoss. Als Sasha an ihrem Tisch in einer Ecke des hübsch eingerichteten Restaurants saß, vollauf gesättigt von dem üppigen englischen Frühstück – komplett mit *porridge* und geräuchertem Hering –, nippte sie an der dritten Tasse des ausgezeichneten Kaffees und betrachtete unauffällig die anderen Gäste. Die meisten saßen hinter ihren Zeitungen, andere unterhielten sich mit gedämpften Stimmen.

Sie entdeckte niemanden, den sie gestern Abend auf dem Ball gesehen hatte. Da war keiner, der ihr vertraut vorkam. Selbst Claire war nirgendwo zu sehen. Sasha hob die Schultern, schob den Teller von sich und nahm sich vor, auch auf dem Weg zurück aufs Zimmer wieder die Treppe zu nehmen, wenn auch deutlich langsamer, weil die Last des Frühstücks in ihrem Magen schwer zu tragen war.

Es war erst, als sie den Fuß auf die erste Treppenstufe gesetzt hatte, dass sie sich verdutzt zum Eingang wandte, wo sie einen braunen Pferdeschwanz sah, der teilweise den Kragen des maßgeschneiderten dunkelblauen Anzugs verdeckte. Sasha kam von der Treppe zurück und ging dem Mann nach. Vielleicht konnte sie ihn unter einem Vorwand einen Moment lang aufhalten, bevor er das Hotel verließ und von einem wartenden Taxi geschluckt wurde.

Er drehte sich um und warf ihr ein wissendes Lächeln zu. Ihr Herz schlug bis zum Hals. Sie blieb stehen und sah, wie ihr Geliebter der vergangenen Nacht – wenn er es denn tatsächlich war – sich an die anderen Männer in dunklen Anzügen wandte, und dann gingen sie im Pulk aus dem Hotel und waren verschwunden.

Sasha kicherte wie ein junges Mädchen vor sich hin, machte kehrt und ging die Treppe hoch. Als sie außer Atem von der Anstrengung in ihr Zimmer trat, blieb sie enttäuscht in der Tür stehen. Sie sah sich rasch um.

Oh, nein, jammerte sie stumm. Nicht das Kleid!

Aber es war leider wahr. Kleid, Schuhe, Korsett, selbst das alberne winzige Taschentuch und das Band für ihre Haare waren verschwunden, und natürlich auch die silbernen Schuhe und die schwarze Augenmaske.

Niedergeschlagen starrte Sasha auf den leeren Sessel, in den sie die geborgten Kleider gelegt hatte. Sie registrierte kaum, dass ihr Bett schon gemacht und das Zimmer gelüftet worden war. Auf der Frisierkommode stand auf einem Stapel neuer Handtücher ein kleines Körbchen mit Schokolade und frischem Obst.

Nicht mal die Schuhe haben sie mir gelassen, bedauerte Sasha sich selbst. Hätten sie mir nicht wenigstens die Schuhe lassen können? Wer wird mir jetzt glauben, wenn ich davon erzählen will, was mir auf dem Ball widerfahren ist? Ich kann mit nichts beweisen, dass ich wirklich dort war.

Hastig begab sie sich auf die Suche nach der Einladung mit der geschwungenen Schrift, aber sie konnte sich nicht mehr erinnern, ob sie die Karte mit zum Ball genommen oder im Zimmer zurückgelassen hatte.

Ihre ungestüme Suche verlief ergebnislos, und so verließ Sasha nach einer halben Stunde traurig ihr Zimmer und ging zum Aufzug. Sie wollte das Hotel auf eigene Faust erforschen, um den geheimnisvollen Ballsaal wiederzufinden.

Sie drückte auf den untersten Knopf in der Aufzugskabine, und der Lift brachte sie hinunter ins Basement des Gebäudes. Aber als sie ein paar Minuten später aus der Kabine trat, die mit einem Krachen aufgesetzt hatte, war sie wütend – wenn auch nicht überrascht –, dass sie im Keller des Hotels gelandet war. Keine Spur von der Eleganz des Flurs, in dem der Aufzug sie gestern abgesetzt hatte.

Dies war offenkundig der Bereich des Hotels, den die Gäste nicht zu sehen bekommen sollten; ein vorbei laufender Kellner beäugte Sasha misstrauisch und schüttete den Inhalt eines Eimers in den großen Müllcontainer. Sasha konnte die scharfen Reinigungsmittel aus der Wäscherei riechen und hörte das Dröhnen von Maschinen.

Enttäuscht fuhr sie mit dem Aufzug wieder hoch. Aber sie würde nicht so leicht aufgeben. Sie schritt durch die Hotelhalle, schaute sich um und hatte plötzlich *die* Idee. Sie hatte noch nicht in der Hotelbibliothek gestöbert, hatte auf dem Weg zum Frühstück aber mal kurz hineingeschaut. Das wäre ein geeigneter Ort, um ihre Nachforschungen fortzusetzen, dachte Sasha.

Sie betrat den Raum, in dem es nach Holz und Leder roch, und schaute sich um. Die Wände waren mit dunklen Eichenpaneelen verkleidet, vor den Fenstern hingen schwere Damastvorhänge, und ein halbes Dutzend Ledersessel, Sitzflächen und Rücken speckig geworden, lud zum Lesen ein – aber es gab keinen Leser. Dabei hatten die vollgefüllten Regale rundum eine Menge zu bieten.

Entschlossen schritt Sasha an den Regalen vorbei, obwohl sie nicht wusste, wonach sie suchen sollte. Aber wenn sie es sah, würde sie es erkennen.

Ein Teil einer Regalwand war offensichtlich nur Attrappe. Die Bücher waren innerhalb des Regals befestigt und konnten nicht herausgenommen werden, genau wie im Aufzug, dachte Sasha aufgeregt.

Während es im Aufzug noch eine Erklärung dafür geben mochte (da dienten die Bücher eher als origineller Wandschmuck, und außerdem sollte niemand verleitet werden, auf preiswerte Art ein Buch mit nach Hause zu nehmen), schien eine solche Erfindung in einer Bibliothek geradezu absurd zu sein, denn dort standen Bücher, damit man sie lesen konnte.

Der Attrappenteil der Regalwand stand weiter zurück, fiel Sasha jetzt auf. Sie nahm an, dass die meisten Besucher nur Augen für die Einrichtung und die vielen Bücher hatten, ohne sich um die unterbrochene Linie der Regalwand zu kümmern, aber Sasha war auf der Suche nach Auffälligkeiten.

Versuchsweise fuhr sie mit den Fingern über die Buchrücken und stellte dabei fest, dass die Umschläge für sich standen – ohne Inhalt. Verblüfft klopfte sie gegen alle Buchrücken und wollte heraushören, ob dahinter die Wand hohl war. Sie ertappte sich bei diesem Gedanken und musste lachen: Woher wollte sie wissen, wie eine hohle Wand klang?

»Miss? Kann ich Ihnen helfen?«

Sasha fuhr herum. Ein streng aussehender Page stand vor ihr, den Blick prüfend auf die Regalwand gerichtet, die nur Attrappe war. »Kann ich Ihnen mit irgendwas behilflich sein?«, fragte er wieder.

Sasha wusste, dass sie von ihm keine Hilfe erwarten konnte. Sie lächelte und murmelte: »Nein, danke. Ich bewundere nur diese Wand hier.«

Der Page trat zur Seite, um sie vorbeigehen zu lassen. Sasha verließ lächelnd die Bibliothek und verschwand auf der Damentoilette. Er würde sich nicht trauen, ihr an diesen Ort zu folgen. Sie wartete ein paar Minuten im Toilettenraum, und ihr fiel ein, dass Valerie und sie sich vor ein paar Monaten hier vor dem Abschlussessen mit den Leuten von Rollit zurechtgemacht hatten. War das erst ein paar Monate her? Ihr kam es wie ein ganzes Leben vor.

Sie wartete, bis sie sicher sein konnte, dass der verdammte Page mit einer anderen Aufgabe beschäftigt war, dann schlüpfte sie wieder in die Bibliothek und drückte die Reihen der falschen Bücher in dem Attrappenregal. Sie war sicher, dass dort irgend etwas verborgen sein musste.

Aber ihre Finger stießen auf keinen Hebel, keinen Haken, keine Feder, womit sie insgeheim gerechnet hatte. Enttäuscht trat sie einen Schritt zurück und betrachtete die Wand, bis es in ihrem Kopf ›klick‹ machte.

Mit einem spitzbübischen Lächeln trat sie wieder vors Regal und streckte die Hand nach einer alten Ausgabe von Horace Walpoles *Das Schloss von Otranto* aus und griff in die leere Hülle zwischen den beiden Buchdeckeln – sie konnte kaum glauben, dass es wirklich geschah und schrieb auch dies hier eher den zahlreichen geheimnisvollen Dingen zu, die ihr in letzter

Zeit widerfuhren –, aber ihre Finger schlossen sich um einen kalten, metallenen Ring.

Sie zitterte vor Erregung und betete, das nicht wieder jemand den Raum betrat und sie bei dieser Entdeckung störte. Sasha schloss die Augen und zog an dem Ring. Nichts geschah. Sie wartete, atmete tief ein und versuchte es noch einmal, und diesmal hatte sie das Gefühl, dass die Wand ein winziges Stück nachgegeben hatte.

Komm schon, spornte sie sich und die Wand gleichermaßen an. Sie glaubte, dass der Ring an einem Seil oder an einer Kette befestigt war, und wenn sie zu heftig zog, konnte die Verbindung reißen.

Sie zog wieder an dem Ring, und dann spürte Sasha, dass die Wand, an der sie lehnte, langsam nach innen schwang, und es entstand ein schmaler Durchlass, gerade breit genug, dass sie hindurchschlüpfen konnte. Sie achtete darauf, dass die falsche Wand nicht wieder ganz zurück schwang, sonst hätte sie sich selbst ausgeschlossen.

Sasha befand sich in einem schmalen, kurzen Mauergang, in den nur der blasse Lichtstreifen aus der Öffnung zur Bibliothek fiel. Vor ihr lag eine alte, schwere Holztür. Klopfenden Herzens ging Sasha darauf zu und griff mit einer verschwitzten Hand auf den kalten Metallriegel.

Sie zog daran, aber der Riegel bewegte sich nicht. Sasha wandte mehr Kraft auf, rieb sich die Knöchel an dem rauen Holz auf und erreichte nichts. Nach fünf Minuten Mühen war sie außer Atem, sackte hilflos gegen die Tür und musste die Tränen der Frustration zurückdrängen.

»Amelia«, flüsterte sie, kaum bewusst, was sie sagte. »Bitte, Amelia, hilf mir.«

Sie schalt sich selbst töricht und schämte sich ihrer

Einfalt wegen, aber sie
einmal. Sie atmete tief
gel mit beiden Händen
Fast wären die Träner
dann wären es Freudent
gel gab nach, und die
langsam nach draußen.
Sasha trat in die k
schüttelte sich. Kein W
geschlossen blieb, dacht
wohin man treten konnt
ten Friedhof, gesäumt
Gebüsch, und um die
uralte Kapelle sehen, d
stand.
Gebannt schritt Sasha
Inschriften waren nicht
lesen, aber bei einigen
geblieben. Die Gräber st
Jahrhundert, einige aus
dert. Auf einigen Grab
Heilige, viele waren au
Schlichtheit der Kreuze.
Es war Sasha, als müss
nichts anderes gewünsch
tes über einen privaten
hinter einen geheimen T
gaß ihre Suche nach dem
sehr wurde sie von der s
in den Bann gezogen.
Aber warum war si
kurzem glaubte Sasha fes
Kräfte ihr halfen, und di
gewesen sein, die sie auf
ten.

trug. »Johnnys Großeltern, Samuel und Maria Blakeley, kamen Anfang des achtzehnten Jahrhunderts nach London, weil ein Feuer ihre Schaffarm im Norden zerstört hatte. Nachdem Johnny vom Gut der Ashers verbannt wurde«, fuhr Claire so leise fort, dass Sasha Mühe hatte, sie zu verstehen, »soll Johnny zum zerstörten Anwesen der Großeltern zurückgegangen sein, um es wieder aufzubauen. Aber hier in London hat man nie wieder von ihm gehört. Kann also sein, dass es sich nur um dummes Geschwätz handelt, Miss.«

Claire hob die Schultern und sah Sasha erwartungsvoll an, als wollte sie nun ihrerseits hören, was Sasha über die unglückliche Liebesaffäre erfahren hatte – und warum Sasha ins Asher Hotel zurückgekehrt war.

Sasha überlegte noch, ob sie Claire alles erzählen sollte, aber dann schaute die Hotelangestellte schuldbewusst auf ihre Schuhspitzen. »Ich muss arbeiten«, sagte sie. »Ich wollte mich nur bei Ihnen melden.«

Sie lächelte verlegen und sah so verletzlich aus, dass Sasha sie am liebsten in die Arme genommen hätte. Aber dann sagte sie nur: »Ich freue mich, dass wir uns noch einmal darüber unterhalten konnten, Claire.«

Claire errötete, und bevor sie ging, drückte sie Sashas Hand und murmelte: »Viel Glück auf Ihrer Reise, Miss. Ich hoffe, Sie finden, was Sie suchen.«

Nachdem sie gegangen war, dachte Sasha: ›Viel Glück auf Ihrer Reise‹? Hatte Claire damit den Rückflug in die Staaten gemeint? Je länger sie darüber nachdachte, desto klarer wurde Sasha, dass Claire ihr damit raten wollte, nach Hopewell zu reisen – falls es diesen kleinen Ort in Yorkshire überhaupt noch gab.

Vielleicht, dachte sie, wurde ich deshalb auf den Friedhof geführt. Vielleicht habe ich deshalb Johnny am Grab seiner Großmutter stehen sehen.

Nun, sie hatte nichts zu verlieren.

Auf der Autokarte war kein Ort namens Hopewell eingetragen, weder in Yorkshire noch sonstwo in England. Aber Sasha glaubte, wenn sie erst einmal in Yorkshire war, würde sie fündig werden – notfalls durch die übersinnliche Hilfe, die ihr auch bisher den Weg gewiesen hatte.

Ich muss diesen Kräften eben noch ein wenig länger vertrauen, dachte Sasha.

Sie ging zurück auf ihr Zimmer und beschloss, die Reise in den Norden sofort anzutreten. Sie packte ihre Sachen, überprüfte, ob Amelias Tagebuch noch in der Reisetasche war, und stellte fest, dass sie es mit ihrem Gepäck übertrieben hatte – Himmel, warum hatte sie zwei Kostüme eingepackt?

Sie wollte gerade hinunter gehen und ihre Rechnung zahlen, als sie die silbernen Schuhe entdeckte, die sie gestern Abend auf dem Ball getragen hatte. Sie standen unter dem Sessel. Sie war entzückt, dass man sie ihr doch gelassen hatte. Sasha strich liebevoll mit einer Hand über die Absätze und verstaute sie in ihrer Reisetasche, als hätte sie Angst, sonst könnte jemand kommen und sie zurückverlangen.

Es kam niemand, und Sasha ging hinunter zur Kasse. Sie bedauerte, vorzeitig abreisen zu müssen, aber die junge Hotelangestellte lächelte gewinnend. »Wir hoffen, dass es Ihnen bei uns gefallen hat, Miss Hayward, und wir würden uns freuen, Sie bald wieder begrüßen zu dürfen.« Während sie darauf wartete, dass man ihr den Mietwagen brachte, schaute sie zu den Zinnen und Wasserspeiern hoch, und sie fragte sich, welche Abenteuer auf der nächsten Etappe ihrer Nachforschungen auf sie warteten.

Nervös war sie nicht, eher aufgeregt, und als sie sich hinters Steuer setzte, flüsterte sie: »Weine nicht mehr, Amelia, ich werde Johnny für dich finden.«

Den Rest des Tages verbrachte Sasha hinter dem Steuer. Sie fuhr auf der M 1 Richtung Norden, und als sie London hinter sich gelassen hatte, konnte sie das Gaspedal durchdrücken. Sie hatte sich einen Zettel mit bestimmten Ortsnamen und Straßenbezeichnungen erstellt, der ihr hilfreich war, als sie auf die A 1 wechselte. In Leeds musste sie tanken, und am frühen Abend hatte sie die Moorlandschaft erreicht, deren geheimnisvolle, düstere Stimmung Sasha an die Bücher der Geschwister Brontë erinnerten.

Als sie in einer kleinen Stadt namens Helmsley eintraf, begann es dunkel zu werden, und Sasha wurde nervös – allein als Frau mit einem Mietwagen unterwegs in einem fremden Land, das waren keine guten Voraussetzungen für ein entspanntes Autofahren. Sie fuhr einige Gasthäuser an und erkundigte sich nach Hopewell.

Sie hatte kein Glück. Niemand hatte je von einem solchen Ort gehört. Entmutigt fuhr sie weiter, tiefer ins Moor hinein, allmählich hungrig und beunruhigt. Sie nahm sich vor, noch eine Viertelstunde zu fahren, dann würde sie die erstbeste Gelegenheit zum Übernachten wahrnehmen.

Sie hatte kaum diesen Beschluss gefasst, als ihre Scheinwerfer ein kleines weißes Schild, versteckt hinter den herabhängenden Ästen eines Baumes, aus der Dunkelheit rissen – *Hopewell 5 Meilen.*

Sasha konnte ihr Glück kaum fassen, sie drückte das Gaspedal durch und wäre in der Dunkelheit um ein Haar in eine Schafherde gerast, die gemütlich quer über eine Straße trottete. Sie fluchte, weil sie Zeit verlor, denn sie konnte es kaum erwarten, endlich in Hopewell zu sein. Dann las sie auf einem großen Plakat die Ankündigung eines Dorffestes in Hopewell, und sie spürte, wie ihr Herz schneller schlug.

Sasha fuhr vorsichtig über die gewundene, schmale Straße, die steil bergan führte. Die ersten Häuser standen dicht am Weg. Sie war seit mehr als sechs Stunden unterwegs, ihr Hintern war wund, ihre Knochen waren steif, und sie hatte Hunger. Sie lechzte nach einer heißen Suppe und einem kalten Bier.

Sie sah das Schild des Gasthauses, riss das Steuer herum und fuhr darauf zu. Swan and Rose hieß der Pub, und auf einem anderen Schild neben dem Parkplatz hieß es, dass Zimmer frei waren. Ungeduldig parkte sie ihr Auto und rannte fast zum Eingang.

Der erste Raum, in den sie trat, war voller Rauch, die Musik spielte laut, und in der Mitte stand ein Billardtisch. Sie ging weiter in den Pub und sah eine junge, rothaarige Frau hinter der Theke stehen. Sie zapfte Bier, zählte Wechselgeld ab und unterhielt sich gleichzeitig munter mit der Handvoll Gäste am Tresen.

»Entschuldigen Sie.« Sasha hüstelte, um auf sich aufmerksam zu machen. Als die Frau sie fragend ansah, wollte Sasha wissen: »Haben Sie ein Zimmer für mich?«

Die Wirtin hielt in der Bewegung inne und starrte sie einen Moment an, und auch die Gäste wandten sich Sasha zu und starrten, wahrscheinlich, weil sie eine Frau war – und dann auch noch eine mit amerikanischem Akzent.

»Fünfundzwanzig Dollar die Nacht, einschließlich Steuer und Frühstück«, sagte die Wirtin prompt. »Wie viele Nächte wollen Sie bleiben?«

»Nur diese eine«, antwortete Sasha rasch. Sie fühlte sich nicht sehr behaglich in diesem Pub. Sie spürte, dass sie nicht hierhin gehörte.

Einsamkeit überkam sie, während sie darauf wartete, dass die Frau ihr den Schlüssel für ihr Zimmer brachte. Sie hielt sich noch keine achtundvierzig Stunden in diesem Land auf, und nun war sie irgendwo in der Wildnis, in einem Dorf, das auf keiner Karte verzeichnet war und das man in einer halben Stunde Entfernung nicht einmal kannte.

Und was wollte sie hier? Sie folgte der klagenden Bitte einer jungen Frau, die vor über 250 Jahren gestorben war – und warum sie das tat, hätte sie selbst nicht sagen können.

Das Absurde an dieser Situation trieb ihr fast die Tränen in die Augen, aber dann stellte die Wirtin ihr einen halben Liter mit einer übel aussehenden Brühe hin und sagte mit rauer Stimme: »Hier, trinken Sie das. Sie sehen so aus, als könnten Sie es gebrauchen.«

Zögernd griff Sasha nach dem Glas und zog es zu sich, und ihr fiel gerade noch ein, »danke« zu murmeln, bevor sie es zaghaft an die Lippen setzte.

»Nun trinken Sie schon, Mädchen«, sagte einer der älteren Männer am Tresen und nickte ihr ermutigend zu. »Das ist gutes Yorkshire Ale. Das hilft Ihnen rasch wieder auf die Beine, sage ich Ihnen.«

Sie nahm wahr, dass alle Augen auf sie gerichtet waren, und nahm einen Schluck in den Mund, bevor sie die herbe Flüssigkeit schluckte. Dann öffnete sie den Mund weiter und nahm einen kräftigeren Schluck.

»Es schmeckt gut«, sagte sie überrascht, legte den Kopf in den Nacken und trank vom goldbraunen Bier. Sie wischte sich den Schaum von der Oberlippe und setzte das Glas zurück auf den Tresen. Sie konnte ein Rülpsen nicht vermeiden. »Danke sehr«, sagte sie. »Sie haben Recht, ich kann es wirklich gebrauchen. Es geht mir schon besser.«

Die Wirtin lächelte ihr freundlich zu und reichte ihr den Schlüssel. »Sie gehen die Treppe hoch und halten sich links«, sagte sie. »Nummer drei. Es ist das einzige Zimmer mit einem anschließenden Bad.« Sie zeigte auf die schwarze Tafel an der Wand. »Ein warmes Abendessen können Sie bis neun Uhr bestellen, danach gibt es nur noch Sandwichs.«

Mit einem dankbaren Lächeln nahm Sasha den Schlüssel, griff ihr Gepäck und drehte sich zur Treppe um. Einer der jüngeren Männer vom Tresen war sofort an ihrer Seite und bot seine Hilfe an.

Sasha nahm dankbar an und folgte ihm die Treppe hoch. Vor ihrer Tür mit der Nummer drei nickte er kurz, stellte die Taschen hin und verschwand wieder.

Sasha drückte die Stirn gegen die kühle Tür und seufzte. Morgen, schwor sie sich. Morgen werde ich endlich finden, wonach ich suche.

Elftes Kapitel

Trotz ihres festen Vorsatzes vom gestrigen Abend wachte Sasha am nächsten Morgen in ihrem Bett im Swan and Rose auf und wartete immer noch auf die Inspiration, was sie als nächstes tun sollte. Sie hatte gut geschlafen, kein Wunder nach einem wohlschmeckenden Abendessen, nach der heißen Dusche und einem vorgewärmten Bett, denn eine gute Fee hatte ihr eine altmodische Wärmflasche unter die Bettdecke gelegt.

Jetzt aber streckte sie sich und starrte ratlos an die Zimmerdecke. Sie wünschte, sie hätte sich gestern Abend länger im Pub aufgehalten, um etwas über die Gesprächsthemen im Dorf zu erfahren.

Nun, das würde sie vielleicht nach dem Frühstück unternehmen, dachte Sasha und schwang sich aus dem Bett. Sie würde durchs Dorf schlendern und versuchen, irgend etwas über die Blakeleys in Erfahrung zu bringen. Sie stellte sich unter die kräftigen Duschstrahlen, die den Rest ihrer Müdigkeit wegprasselten. Dann zog sie sich an und entschied sich für einen knielangen schwarzen Wildlederrock und einen cremefarbenen Baumwollpullover, der die Hüften umschmiegte. Sie schlüpfte mit den Füßen in warme Stiefel mit klobigen Absätzen, trug ein wenig Rouge auf, Mascara und Lippenstift und ging hinunter in den leeren Gastraum.

Die rothaarige Wirtin stand hinter dem Tresen und polierte Gläser. Sie erwiderte Sashas fröhlichen Morgengruß und fragte. »Haben Sie gut geschlafen?«

»Ja, danke.« Sasha setzte sich auf einen Hocker am Tresen und fragte: »Bin ich zu spät fürs Frühstück?«

Die rothaarige Frau hörte auf zu polieren und sah Sasha lächelnd an. »Natürlich nicht.« Sie griff nach Notizblock und Bleistift. »Was möchten Sie?«

»Wurst, Schinken, Rühreier, Champignons, Grapefruitsaft, braunen Toast und Tee, bitte«, zählte Sasha auf und fügte hinzu: »Und ein örtliches Telefonbuch noch.«

Bei der letzten Bitte hob die Wirtin eine Augenbraue, sagte aber nichts. Sie ging in die Küche und kehrte ein paar Minuten später mit einem beeindruckend vollen Tablett und mit einem winzigen Telefonbuch zurück.

Sasha ließ ihr Essen stehen und blätterte rasch das kleine Buch durch. Sie wusste nicht, wonach sie suchte, nachdem sie festgestellt hatte, dass es keinen Blakeley in Hopewell gab. Und einen Asher gab es hier natürlich auch nicht. Enttäuscht schlug sie das

Büchlein zu, und mit frustrierter Miene widmete sie sich dem Frühstück. Seltsam, irgendwie war ihr plötzlich der Hunger vergangen.

»Haben Sie nicht gefunden, wonach Sie suchten?«, fragte die Wirtin. Sie konnte ihre Neugier nur schwer verbergen, und als Sasha den Kopf schüttelte, sagte die rothaarige Frau mit einem Achselzucken: »Hören Sie, meine Liebe, ich weiß ja nicht, wen Sie suchen, aber warum gehen Sie nicht mal unsere Zeitung durch?«

Sasha konnte sich nicht vorstellen, was sie aus der Zeitung erfahren sollte, aber sie war zu höflich, um nicht auf den Vorschlag einzugehen. Sie biss lustlos ins Toastbrot. »Haben Sie eine Zeitung?«

Es war kaum eine Minute später, dass sie sich am Toastbrot beinahe verschluckt hätte. Sie wusste, dass sie genau das gefunden hatte, was sie suchte, als sie im schon zerknitterten *Hopewell Herald* eine Anzeige fand. Sasha stolperte darüber, weil eine elegante Kommode ihr Augenmerk fand.

Hiesiges Familien-Unternehmen
Handgearbeitete Möbel nach Ihren Wünschen
J. Blakeley, Schreiner

»Ist etwas nicht in Ordnung?«, fragte die Wirtin besorgt, denn Sasha musste sich mit einer Hand am Tresen festhalten, weil sich in ihrem Kopf alles zu drehen schien. Sie war kreidebleich geworden. Ein Stück Toast fiel aus der anderen Hand. Sie zitterte so sehr, dass der Teller zu Boden fiel, als sie ihn von sich wegschieben wollte. Er krachte laut auf den Teppichboden.

»Oh, nein, das tut mir leid«, stammelte sie und versuchte aufzustehen, aber ihre Beine versagten den Dienst, und Sasha sackte kraftlos zu Boden.

Sie musste ohnmächtig geworden sein, denn als sie wieder zu sich kam, lag ihr Kopf an der vollen Brust der jungen Wirtin, die sich neben sie auf den Fußboden gesetzt hatte.

Ein paar Minuten lang blieb Sasha reglos liegen. Ihre Sinne kehrten zurück, und sie genoss die frauliche Weichheit und Wärme, die sie umgab. Schließlich wollte sie sich aus der fürsorglichen Umarmung der Wirtin ziehen.

»Langsam, Mädchen«, mahnte die Frau, als Sasha sich erheben wollte und prompt wieder zu schwanken begann. In ihrem Kopf drehte sich immer noch alles, und gehorsam ließ sie sich von der Frau stützen. Sie setzte sich und lehnte mit dem Rücken gegen den Tresen, die Augen geschlossen und die Beine auf undamenhafte Weise weit gespreizt.

»Das wird helfen«, sagte die Wirtin zuversichtlich und rieb ein feuchtes Tuch durch Sashas blasses, verschwitztes Gesicht.

»Tut mir leid, dass ich Ihnen alles beschmutzt habe«, murmelte Sasha, die Augen immer noch geschlossen. Sie hielt still, als die Frau das Tuch auch über ihren Hals rieb. Ein paar Minuten blieb Sasha still sitzen, dann öffnete sie die Augen, schob die Hand der Frau zur Seite und machte Anstalten, sich aufzurichten.

»Danke, ich glaube, jetzt geht es wieder«, sagte Sasha. Vorsichtig erhob sie sich, beide Hände auf den Tresen gestützt. Sie verzog das Gesicht, als sie die Essensreste verstreut auf Bar und Boden sah. »Welche Schweinerei!«, rief sie entsetzt. »Ich möchte Ihnen helfen, das aufzuwischen.«

Die Frau hielt Sasha mit einer Hand zurück und zog sie dann sanft zum Hocker. »Sie setzen sich hin, und ich bringe Ihnen eine Tasse Tee. Zwei Zucker nehmen

Sie, nicht wahr?« Als sie die Tasse mit dem dampfenden Getränk brachte, murmelte sie: »Irgendwas muss Ihnen einen gewaltigen Schrecken eingejagt haben.«

Die Wirtin kniete auf dem Boden und begann mit der Säuberung. Sie schaute zu Sasha hoch, die beide Hände um die warme Tasse gelegt hatte. Sasha antwortete nicht, sie schaute weg. Was sollte sie auch sagen? Sie wäre sich albern vorgekommen, wenn sie jetzt eine abstruse Geschichte mit Geistern und Gespenstern und einem weinenden Porträt erzählte. Diese junge Frau schien mit beiden Beinen auf dem Boden zu stehen, und sie hatte bestimmt nichts übrig für solche Phantastereien.

»Meine Name ist Rosie«, sagte die Frau nach einer Weile des unbehaglichen Schweigens, dann streckte sie eine kräftige Hand aus. »Geht es Ihnen jetzt schon etwas besser, meine Liebe?«

»Ja, viel besser, danke«, antwortete Sasha, und der Händedruck tat ihr gut. »Ich bin Sasha.« Sie schaute in die hellen blauen Augen der Frau. »Rose – wie im Namen des Pubs?«

»Nein, Rosie«, sagte die rothaarige Frau. Sie schenkte Sasha noch etwas Tee ein und lachte. »Aber meine Mutter hat gebeichtet, dass sie mich vor fünfundzwanzig Jahren im Garten hinter dem Pub empfangen hat, deshalb hat sie mir diesen Namen gegeben. Als Erinnerung an einen schönen Moment.«

Irgendwie löste der Name Rosie auch bei Sasha eine Erinnerung aus, aber sie wusste nicht mehr, in welchem Zusammenhang der Name ihr etwas sagen sollte. Sie hob die Schultern und zeigte der Wirtin die Anzeige aus der Zeitung. Immer noch spürte Sasha, wie ihr Herzschlag stark in ihren Ohren klopfte.

Heiser fragte sie: »Können Sie mir sagen, wo diese Schreinerei liegt?«

Für einen flüchtigen Augenblick erkannte Sasha einen wundersamen Ausdruck auf Rosies Gesicht – war es Besorgnis, Neugier oder gar verdeckte Freude? Aber dann zeigte sie wieder ihr normales, freundliches Gesicht und nickte eifrig, dass ihre roten Locken tanzten. »Ja, natürlich kann ich Ihnen das sagen«, antwortete sie und zeichnete ein paar Striche und Punkte auf ihren Notizblock. »Vom Parkplatz biegen Sie links ab, an der Tankstelle wieder links, dann etwa eine Meile geradeaus, und wo sich die Straße gabelt, fahren Sie nach rechts.«

Sie riss den Zettel ab und reichte ihn Sasha. »Die Schreinerei liegt auf der linken Seite«, fügte sie noch hinzu, und diesmal klang die Neugier durch. »Sie können sie nicht verfehlen.« Sie trat vom Tresen zurück, drehte sich um, blieb auf dem Weg zur Küche aber noch einmal stehen. »Kann ich Ihnen ein neues Frühstück bringen?«

»Nein, danke, das ist lieb gemeint von Ihnen«, sagte Sasha rasch. Der Gedanke ans Essen verursachte ihr schon Übelkeit. »Ich trinke noch meinen Tee, dann können Sie sich wieder um Ihre Arbeit kümmern.«

Sie trank den Tee und stand auf, um in ihr Zimmer zu gehen. Die Tür zur Küche stand offen. »Rosie«, begann sie und wusste nicht so recht weiter, »ich danke Ihnen für ... nun ja, was Sie für mich getan haben«, sagte sie lahm. Sie errötete leicht, als sie sich daran erinnerte, wie sie mit dem Kopf an Rosies Brüsten gelegen und wie wohl sie sich dabei gefühlt hatte.

»Keine Ursache«, gab Rosie lässig zurück. Sie sah Sasha durchdringend an und wollte wohl auch noch etwas sagen, aber dann schüttelte sie den Kopf und wurde geschäftlich. »Brauchen Sie das Zimmer für eine weitere Nacht?«

»Ich weiß nicht«, erwiderte Sasha, aber etwas in den Augen der Frau ließ sie nicken. »Ja, doch, ich würde gern noch bleiben, wenn es Ihnen Recht ist.«

»Natürlich«, sagte Rosie und nickte kurz. »Dann sehen wir uns später.«

Nachdem Sasha ihr Make-up aufgefrisch hattet, was ihr gar nicht leicht fiel, weil ihr der Schreiner J. Blakeley nicht aus dem Kopf ging, spürte sie, wie Panik in ihr aufstieg. Am liebsten würde sie nicht zur Schreinerei fahren. Oder ob es ihr gelingen würde, Rosie zu überreden, sie zu begleiten?

Aber das war töricht, schalt sich Sasha. Wie sollte sie Rosie plausibel machen, dass sie Angst hatte? Wovor? Warum? Sie schüttelte den Kopf über sich selbst, zog die Strumpfhose gerade und überprüfte ihr Gesicht im Spiegel, ehe sie die Treppe hinunter ging. Sie hielt nach Rosie Ausschau, aber von der Wirtin war nichts zu sehen.

Rosies Zeichnung war akkurat und leicht zu folgen, und so dauerte es nur fünf oder sechs Minuten, bis sie den kleinen Möbelladen ganz allein an der verlassenen Straße liegen sah. An einem schmiedeeisernen Gestell schwankte ein Holzschild im Wind, und auf dem Schild stand in geschwungenen schwarzen Buchstaben: J. BLAKELEY, SCHREINER.

Sasha schaute sich um. Der Parkplatz lag verlassen da, abgesehen von einem sehr altersschwach aussehenden Pick-up. Sie stellte ihren Mietwagen daneben, zwang sich dazu, den Motor abzustellen, und mit weichen Knien und einem nervösen Magen stieg sie aus dem Auto.

Sie sah die offenstehende Ladentür und ging darauf zu, in ihrem Kopf ein Wirrwarr der Gefühle, der aus Hoffnung, Freude und Furcht zusammengesetzt schien.

Vor der Tür blieb sie noch einmal stehen, nicht nur ihrer Nerven wegen, sagte sie sich, sondern auch, weil sie sich das Haus genauer anschauen wollte. Es war ein kleines zweistöckiges Gebäude. Oben gab es nur zwei Fenster, deren Vorhänge zugezogen waren.

Durch das Fenster unten konnte man kaum in den Laden sehen, denn es war vollgestopft mit Mobiliar. Sasha trat näher, um die Stücke aus Eiche, Kirschbaum, Buche und Mahagoni besser sehen zu können. Sie sah eine wunderschöne, klassische Kommode mit Schubladen, die sich nach oben verjüngten, einen hübschen kleinen Tisch mit wertvoller Intarsienarbeit, ein rot lackiertes Schaukelpferd sowie einen prächtigen Schreibtisch aus dunklem Holz.

Zaghaft schaute sie hinein. Es schienen keine Menschen im Laden zu sein, vor lauter Möbelstücken in den verschiedensten Fertigungsstadien wäre auch kaum Platz für sie gewesen. Das Innere sah irgendwie schaurig aus, daran änderte auch die späte Septembersonne nichts, die durch das Schaufenster und durch ein Seitenfenster fiel. Die unlackierten Tische, die gestapelten Stuhlsitze, an denen die Beine fehlten, die Einzelteile von Kommoden, das alles wirkte gespenstisch. Die unfertigen Einzelteile und die amputierten Formen jagten Sasha eine Reihe von Schauern über den Rücken.

»Kann ich Ihnen helfen?«

Sobald sie die Stimme hörte, wusste Sasha, dass sie gefunden hatte, was sie suchte. Sie zwang sich zu einem tiefen Atemzug, presste ihre Hände zu Fäusten, pumpte sie auf und zu, und dann drehte sie sich um, dem Mann zu, wegen dem sie die weite Reise auf sich genommen hatte.

Ja, er war genau der Mann, den sie sich vorgestellt hatte, vielleicht mit einer kleinen Einschränkung: Er schien jünger als sie zu sein, gerade mal dreißig, schätzte sie. Aber sonst stimmte alles – das schwarze gelockte Haar, die volle Stimme, die schlanke, große Gestalt und diese wunderbar geschwungenen Lippen. So hatte sie ihn auf dem Porträt gesehen, am Grab seiner Großmutter, in den Fensterscheiben, im Sessel ihres Büros in New York und in ihren Träumen.

Und dann gab es doch noch einen Unterschied, und den nahm Sasha fast mit Entsetzen wahr: Seine Augen waren nicht dunkel, sondern strahlten intensiv blau, es waren große, sprühende Augen mit langen Wimpern, und als er sie jetzt anstarrte, spürte Sasha, wie sie ganz schwach in den Beinen wurde.

»Johnny?«, war alles, was sie heraus brachte, sie stieß seinen Namen zwar nur gehaucht heraus, aber sie war sicher, dass man sie bis ins Dorf gehört hatte.

Er stand da, starrte sie an und nickte. »Aye.« Er hatte die Arme – nackt trotz der herbstlichen Kühle – vor der Brust verschränkt, die Hände gegen die Ellenbogen gelegt. Das kurzärmelige T-Shirt, das er trug, konnte die kräftigen Muskeln von Brust und Bauch nicht verdecken. Die verstaubte Jeans schmiegte sich eng um die Hüften.

Sasha schaute in zitterndem Schweigen zu dem Mann hoch, dann trat sie einen Schritt näher auf ihn zu und flüsterte laut, während ihre Finger sich auf seinen nackten Unterarm legten: »Du verfolgst mich schon so lange.«

Die Berührung der Finger brach den Bann. Schnell, aber nicht unhöflich, wich der Mann einen Schritt zurück, und erst jetzt wurde Sasha bewusst, was sie getan hatte. Natürlich ahnte der Mann nicht, wer sie war. Sie zog die Hand zurück und räusperte sich laut, dann versuchte sie ein Lachen, um ihre Verlegenheit zu kaschieren.

»Puh«, stieß sie hervor und wünschte, sie könnte sich in ein Mauseloch verkriechen, »entschuldigen Sie.« Sie lächelte ihn an. »Ich dachte für einen Augenblick, dass Sie jemand sind, den ich kenne.«

Er reagierte nicht auf ihren Versuch, die Situation zu retten. Er rieb sich über die Wange, ignorierte ihren erregten Zustand, der an ihrem geröteten Gesicht zu erkennen war, und fragte: »Kann ich Ihnen mit irgendwas helfen?«

Sasha musste seinen Namen aussprechen. »Sind Sie ... John Blakeley?«, fragte sie mit heiserer Stimme, und sie spürte, dass sie wieder am ganzen Körper zitterte, als sie seinen Namen laut aussprach.

»Aye«, sagte er wieder.

Sasha überlegte verzweifelt, wie sie es schaffen könnte, länger in seiner Nähe zu bleiben. Sie war davon überzeugt, dass übersinnliche Kräfte ihr jetzt nicht helfen würden. »Ja, bitte, ich möchte das da«, sagte sie laut und hoffte, dass ihre Stimme fest klang, aber statt dessen überfiel sie ein Reizhusten. Als der Anfall vorüber war, sah sie, dass Mr. Blakeleys Blicke ihrem ausgestreckten Finger folgten. In einer Ecke, versteckt hinter einem Sessel, stand ein hoher Drehspiegel in einem wunderschön gedrechselten Holzrahmen auf einem imposanten Sockel.

»Das hier meinen Sie? Den Spiegel?«, fragte er brüsk, ging darauf zu und stellte sich daneben. Sasha fürchtete, er hätte ihre Wahl zum Anlass genommen, mehr Distanz zwischen sie zu bringen.

Sie nickte entschieden und sah, wie sich John Blakeleys Gestalt streckte. Er schüttelte den Kopf. »Tut mir leid, aber das ist völlig unmöglich. Das ist die Auftragsarbeit für einen guten Kunden von mir.«

»Dann machen Sie mir einen anderen«, platzte es aus Sasha heraus.

Wieder schüttelte er den Kopf. »Es tut mir leid, Miss, aber auch das ist unmöglich. Ich habe Aufträge bis weit ins nächste Jahr hinein, deshalb kann ich zur Zeit keine neuen Aufträge annehmen.«

»Bitte«, hörte sich Sasha sagen und trat näher an den Mann heran. Es beunruhigte sie, dass er wieder vor ihr zurückzuweichen schien. »Ich bin einen weiten Weg gekommen, und ich kann auch nicht lange bleiben. Und ich habe viel zu viel erlebt, um es so enden zu lassen.«

Er sah sie verwirrt an. »Entschuldigen Sie?«, sagte er knurrend, aber gleichzeitig meinte Sasha, in seinem Gesicht eine Regung bemerkt zu haben, die ein wenig Wärme ausstrahlte. »Was haben Sie gesagt?«

»Hören Sie«, begann Sasha von vorn, jetzt ruhiger geworden, und sie zwang sich dazu, langsamer und deutlicher zu sprechen. Himmel, sie war Profi und wusste, wie man auftreten musste, um etwas zu erreichen. »Ich komme aus New York – Sie haben das bestimmt schon wegen meines Akzents vermutet –, und ich suche ein besonderes Stück für eine Freundin. Ich habe viel von Ihnen gehört... über Ihre Arbeit, meine ich, und ich wäre auch bereit, den vollen Betrag für den Spiegel im Voraus zu zahlen. Jetzt sofort, in bar, wenn Sie wollen.« Sie hielt den Atem an und wartete auf seine Antwort.

Vielleicht war es das verlockende Angebot, vielleicht lag es auch an der beeindruckenden Gelassenheit, mit der sie ihr Anliegen vorgetragen hatte, jedenfalls schien John Blakeley deutlich entspannter zu sein und betrachtete sie nachdenklich und schweigend.

»Also gut«, sagte er schließlich und kehrte in die Mitte des Ladens zurück, wo Sasha stand. »Ich werde Ihnen sagen, was ich tun kann. Ich kann Ihnen diesen da« – er zeigte auf den Spiegel hinter dem Sessel –

»nicht verkaufen, aber ich kann Ihnen einen anderen in, sagen wir, einer Woche machen. Er wird vielleicht nicht so gelungen sein wie der eine, weil ich nicht so viel Zeit habe, denn Sie sagen ja, dass Sie nicht lange bleiben können, aber ich werde mich bemühen, Sie zufrieden zu stellen. Würde Ihnen das zusagen?«

Als Sasha begeistert nickte, schien sich die Spannung in der Luft aufzulösen, und nun hatte sie sich auch wieder unter Kontrolle. Sie wollte in ihre Tasche nach der Geldbörse greifen, obwohl sie sicher war, nicht annähernd genug Geld bei sich zu haben, um den Spiegel in bar zu bezahlen, aber er lächelte freundlich und wies auf die Geldbörse.

»Mädchen, Sie brauchen mich nicht schon jetzt zu bezahlen. Die Rechnung kriegen Sie erst, wenn der Auftrag zu Ihrer Zufriedenheit ausgeführt ist.«

Eigentlich war alles gesagt. Sasha starrte töricht auf den Mann vor ihr, und ihr wurde schmerzlich bewusst, dass sie keinen Vorwand mehr hatte, in seiner Nähe zu bleiben. Dabei meinte sie, in seinem Gesicht erkannt zu haben, dass er noch auf irgend etwas wartete. Ihr fiel nichts ein.

Schließlich sagte er: »Sie müssen mir aber sagen, wo Sie untergekommen sind. Damit ich weiß, wohin ich Ihnen die Rechnung schicken kann«, fügte er hinzu, als er das Unverständnis in ihrem Gesicht sah.

»Oh.« Sie brauchte einen Moment, um zu begreifen, was er gesagt hatte. Hastig schrieb sie ihre New Yorker Adresse auf einen Zettel und fügte ihren Namen dazu. »Ich möchte, dass Sie mir den Spiegel nach Hause schicken.« Sie sah ihn unsicher an. »Sie verschicken doch auch nach Übersee?«

Er lächelte sie nachsichtig an. »Ich weiß, wir leben in einem kleinen Nest, Miss, aber wir wissen, wie man Pakete verschickt.« Dann sagte er wieder: »Ich brauche trotzdem Ihre Adresse, wo ich Sie erreichen kann, damit ich Ihnen sagen kann, wann der Spiegel fertig ist.«

»Ja, natürlich. Ich wohne im Swan and Rose.«

Es zuckte nur ganz kurz in seinem Gesicht, als sie den Namen des Gasthauses nannte, aber er nickte nur. »Nun, dann weiß ich, wo ich Sie finden kann, Miss ... Mrs?... Hayward.«

»Bitte, Mr. Blakeley, nennen Sie mich Sasha«, sagte sie und streckte ihre Hand aus.

»John«, sagte er und drückte ihre Hand kurz und kräftig. Ihre Blicke trafen sich. Klopfenden Herzens schaute Sasha in das Gesicht des Mannes mit der wundersamen, unheimlichen Ähnlichkeit seines Vorfahren im Porträt der Lady Amelia. Ah, aber dieser Mann war kein Gespenst, er war lebendig, und Sasha spürte noch die Wärme seiner Hand, als er sie ihr schon lange entzogen hatte.

Sasha wusste, wie fragwürdig die Echtheit der bisherigen Auftritte der verschiedenen Versionen des Johnny Blakeley waren, aber an der Realität dieses Mannes konnte niemand zweifeln.

»Nun«, sagte sie, wieder völlig gelassen, »ich freue mich, von Ihnen zu hören, wenn der Spiegel fertig ist.«

»Sie werden von mir hören, Sasha«, sagte er mit Bestimmtheit, und Sasha fragte sich, ob er den Pfeil des Entzückens sehen konnte, der durch ihren Leib schoss, als er ihren Namen aussprach.

Sie warf ihm einen letzten fast schmachtenden Blick zu, bevor sie sich zögerlich zur Tür wandte. Warum fiel ihr nichts ein, was sie noch sagen konnte? Warum kam sie nicht auf irgendeinen Vorwand, der es ihr ermöglichte, noch etwas länger in seiner Nähe zu bleiben?

Ihr Kopf war wie ausgehöhlt, und so ging sie hinaus, immer noch mit zitternden Beinen. Es lag etwas Zauberisches über ihr, wusste sie, etwas Übernatürliches hatte sie hierhin und zu diesem Mann geführt.

Sie verließ das Geschäft von J. Blakeley, Schreiner, und schwebte zurück zu ihrem Mietwagen.

Sasha hatte keine Lust, jetzt schon auf ihr Zimmer im Pub zurückzukehren und beschloss, eine Weile durch die Gegend zu fahren. Vielleicht fand sie eine Stelle, die sie zu einem Spaziergang durchs Moor verführte, denn sie brauchte Ruhe, um über das nachzudenken, was sich in der letzten Stunde ereignet hatte.

Nachdem sie eine knappe Viertelstunde herumgefahren war, hielt sie auf einem einsamen Parkplatz an. Sie stieg aus und betrachtete die eigenwillige Landschaft mit ihrer charakteristischen Kargheit, dem flachen, sanft blühenden Heidekraut und den vereinzelten Sträuchern und Bäumen. Sie folgte einem Pfad, wurde von Vögeln aufgeschreckt, die sich, von ihr gestört, plötzlich kreischend in die Luft schwangen.

Vorsichtig schritt sie über die kleinen Hügel; sie versuchte, die Pfade nicht zu verlassen, aber manchmal waren sie nicht zu erkennen, und dann stellte sie sich vor, sich zu verirren und nie wieder zurückzufinden.

Sie lächelte. Wenn sie nicht mehr zurückfand, würde ihre Geschichte die ideale Grundlage für einen melodramatischen Roman oder Film sein. Sie wanderte weiter, zitternd und kalt, in einer unvertrauten Landschaft, in einem fremden Land. Sie schüttelte sich und erwartete, dass es jeden Augenblick zu regnen anfing, denn die Wolken hingen schon den ganzen Morgen schwer am Himmel.

Sie wusste nicht, wie lange sie gegangen war, als sie plötzlich einen wärmenden Sonnenstrahl spürte. Sie schaute verdutzt zum Himmel – die Wolken hatten sich verzogen, vertrieben von der Kraft der Sonne. Sasha lächelte und fragte sich, wie sie je wieder in New York würde leben können. Der wundersame Klimawechsel im Moor war erstaunlicher als alles, was Sasha bisher erlebt hatte, und schien die Distanz zu veranschaulichen, die Sasha zu der Frau aufgebaut hatte, für die sie sich bisher gehalten hatte.

Hier, im unebenen Gelände der Moore von Yorkshire, gab es keinen Platz für die alte Sasha, die im Umfeld von Aktien, Marktanteilen, Vielfliegerrabatten und Fettreduktionsdiäten und all den unnützen Sorgen lebte, die zum Alltag in New York gehörten.

Ihr war, als würde sie an einem anderen Leben teilnehmen, als hätte ihr jemand die Chance eines zweiten Lebens inmitten einer ganz anderen Kultur gegeben. Dieses kleine Dorf im ländlichen Norden Englands zeigte Sasha die verführerische Version eines anderen Lebens, eine verlockende Alternative zu dem Zwang zu Hause, der ihr jetzt bedeutungslos schien.

Sie überlegte, Xenia anzurufen, den einzigen Menschen in New York, den sie vermisste, aber sie verwarf diesen Gedanken wieder; sie wollte erst einmal abwarten, wohin dieses Abenteuer sie führte.

Lange nach Einbruch der Dunkelheit kehrte sie in den Pub zurück. Sie war nach dem Spaziergang in eine kleine Stadt gefahren, deren Name sie schon wieder vergessen hatte, dort hatte sie sich gestärkt, und dann hatte sie einen ausgedehnten Einkaufsbummel unternommen.

Als sie ihre Einkäufe aus dem Kofferraum nahm und mit Tüten und Schachteln die Treppe zu ihrem Zimmer hinauf stolperte, einige hundert Pfund leichter, aber viele Kilo schwerer, ging sie in Gedanken noch einmal alles durch, was sie eingekauft hatte.

Da war zunächst der knöchellange Wollrock, dann

der Mantel im Leopardenmuster mit passendem Hut und passenden Handschuhen, eine hübsche kakaofarbene Handtasche mit kurzen Doppelgriffen, eine enge schwarze Stretchhose, die sie wahrscheinlich nie tragen würde, weil sie den Nerv nicht dazu hatte: Sie schmiegte sich so sehr an, dass man jede Falte und jeden Wulst deutlich sehen konnte.

In ihrem Zimmer breitete sie alle Stücke auf ihrem Bett aus, dann griff sie in eine Tüte mit der neuen Duschlotion und mit mehreren Duftkerzen mit verschiedenen Aromarichtungen. Sie griff zu der Schachtel mit belgischen Trüffeln, öffnete sie und ließ sich eine Köstlichkeit auf der Zunge zergehen.

Schließlich die exklusive Schachtel mit der nicht weniger exklusiven Wäsche. Ein wunderbar leichter, raffiniert geschnittener BH in schwarzer Spitze, dann eine durchsichtige Garnitur aus BH, Slip und Strumpfhalter.

Sasha schaute zur Uhr, dann wieder zu den Errungenschaften auf dem Bett. Sie hob ihr liebstes Stück auf: Ein schwarzes Samtkleid, das die Figur umschmiegte und bis zur Mitte der Oberschenkel reichte, ausgestattet mit einem tiefen Ausschnitt und mit langen Ärmeln, die am Handgelenk in blütenartigen Rüschen endeten. Sehr cool, sehr hip. Ganz anders als alles, was Sasha bis heute getragen hatte.

Sie holte die silbernen Schuhe aus dem Hotel aus ihrer Tasche und hielt sie an das Kleid. Ja, sie passten dazu. Ein augenfälliger Kontrast.

Mit einem zufriedenen Seufzer legte sie das Kleid aufs Bett, nahm die neue Duschlotion an sich und ging ins Bad.

Als sie zum Abendessen hinunter in den Pub ging, wurde ihr sofort bewusst, dass sie im Vergleich zu allen anderen Gästen reichlich *overdressed* war. Die meisten Pubbesucher sahen aus, als wären sie gleich von der Arbeit auf ein Bier in den Swan and Rose gekommen, und diese Arbeit fand offenbar nicht im Büro statt.

Sie hatte sich eigentlich an einen Tisch setzen wollen, aber dort hätte sie nicht verhindern können, wie auf dem Präsentierteller von allen angestarrt zu werden. Deshalb setzte sie sich auf einen Hocker am Ende des Tresens, da wandte sie den Gästen an den Tischen den Rücken zu.

Ihr Kleid rutschte provozierend die Schenkel hoch, als sie sich auf den Barhocker schwang. Sie wartete geduldig, bis Rosie die Biere für einige lautstarke Burschen am anderen Ende des Tresens gezapft hatte, dann bestellte sie ihr Essen.

»Und? Wie war Ihr Tag?«, fragte die rothaarige Wirtin freundlich und deutete auf Sashas elegantes Kleid. »Haben Sie gefunden, wonach Sie gesucht haben?«

Sasha nickte und errötete leicht, und während des Essens, als Rosie eine Weile kaum beschäftigt war, öffnete sich Sasha der jungen Frau, die ihr so viel Freundlichkeit und Sympathie entgegenbrachte, nur zu gern.

»Ich habe eine komplette Närrin aus mir gemacht«, sagte sie schließlich, während sie eine gebackene Kartoffel zerteilte. »Ich bin den langen Weg gekommen, um einen Mann zu treffen, von dem ich noch nie gehört hatte, und habe mich dann so albern benommen, dass er wahrscheinlich für immer die Nase voll hat von mir.«

Sie schob sich ein paar Bohnen in den Mund und schüttelte den Kopf. »Entschuldigen Sie, ich weiß, dass sich das alles ganz seltsam anhören muss, aber glauben Sie mir, es ist wirklich eine unwahrscheinliche Geschichte.«

Die Wirtin seufzte. »Oh, dieser Johnny Blakeley«, sagte sie, und es klang fast wie ein Wehklagen. »Er ist ein Herzensbrecher, wie er im Buche steht.«

Sasha sah sie scharf an. »Woher wissen Sie …?«, fragte sie staunend und trank ihr Bier aus.

Rosie lächelte. »Sie haben mich heute morgen nach dem Weg zur Schreinerei gefragt, erinnern Sie sich?«, fragte sie fröhlich und nahm Sashas leeres Glas.

»Ja, natürlich«, murmelte Sasha und sagte rasch: »Lassen Sie gleich ein großes Ale für mich laufen, ja?« Sie schaute der jungen Frau ins Gesicht. »Wie gut kennen Sie John Blakeley?«, fragte sie, denn in ihrem Kopf hatte sich ein Verdacht eingenistet. Natürlich! Kein Wunder, dass sie beide ein wenig sonderbar reagiert hatten – Rosie, als Sasha nach dem Weg zur Schreinerei des Johnny Blakeley gefragt hatte, nachdem sie sich von ihrer Ohnmacht erholt hatte, und John, als er gehört hatte, wo Sasha untergekommen war.

Diese hübsche junge Frau und der gut aussehende Mann waren ein Paar!

»Oh, Johnny und ich kennen uns schon seit unseren Kindertagen«, sagte Rosie und ließ zwei Brandy laufen, Bestellung zweier junger Frauen, die plappernd am Tresen standen. Als sie mit ihren Getränken zurück an den Tisch gegangen waren, fuhr Rosie fort: »Wir sind zusammen aufgewachsen … und erwachsen geworden, kann man wohl sagen.«

Sie stützte sich mit den Ellenbogen auf dem Tresen auf und kam Sasha mit dem Gesicht so nahe, wie es eben ging. »Machen Sie sich wegen mir keine Gedanken«, raunte sie. »Wenn John Blakeley der Mann ist, den Sie wollen, ich meine, wenn Sie seinetwegen zu uns gekommen sind, dann tun Sie, was Sie nicht lassen können. Er ist ein Mann, der sich nicht an eine Frau binden wird. Er hat schon viele Mädchenherzen in dieser Gegend gebrochen, das kann ich Ihnen sagen.«

Sasha war von der Großzügigkeit der jungen Frau überrascht. »Sie und er ... Sie sind ein Paar«, murmelte sie. »Und dann stört es Sie nicht, dass er sich mit anderen Frauen abgibt?«

Rosie lächelte. Es war ein trauriges Lächeln, dachte Sasha. »Wir haben eine Art Abmachung«, sagte sie und hob die Schultern. »Er kommt immer wieder zu mir zurück. Gewöhnlich lässt er sich alle paar Abende hier sehen.«

Aber an diesem Abend kam er nicht, obwohl Sasha immer wieder verstohlen zum Eingang schaute. Dann bemerkte sie, dass Rosie ihr unverwandte Aufmerksamkeit schenkte. Während Sasha ihr Abendessen einnahm und dabei Yorkshire Ale trank, schien plötzlich nichts anderes mehr von Bedeutung zu sein als ihre Freundschaft zu Rosie, erst recht nicht, ob John Blakeley nun auftauchte oder nicht.

Sasha spürte, dass die junge rothaarige Frau sie immer mehr faszinierte, teils, weil sie nun wusste, dass Rosie und Johnny sich kannten, teils aber auch wegen etwas ganz anderem. Etwas Neuem.

Sie betrachtete Rosie, wie sie noch keine Frau zuvor betrachtet hatte, wenn sie auch einen Anflug dieses Gefühls wahrgenommen hatte, damals im Asher Hotel, als Claire sie frisiert und angekleidet hatte.

Jetzt, während sie ihr Bier trank und die Figur der Frau hinter dem Tresen betrachtete, begann Sasha sich vorzustellen, wie Rosie wohl aussehen würde, wenn sie mit John Blakeley im Bett war; sie stellte sich seine

Hände und Lippen auf ihren vollen Brüsten vor, auf den ausladenden Hüften und den kräftigen Pobacken, und dann wurden ihre Gedanken gewagter, und sie stellte sich ihre eigenen Hände und Lippen dort vor, wo eben noch Johnnys gewesen waren, und Sasha wusste plötzlich genau, wie sich Rosies Körper auf ihrem anfühlen würde.

Sie beobachtete, wie sich Rosie ein paar rote Locken aus dem Gesicht strich. Das dunkelblaue Top spannte sich über die vollen Brüste, als Rosie die Arme zum Zapfhahn ausstreckte. Ihr Körper bog sich auf eine erotische Weise, und dann blickte Rosie auf und sah Sashas verharrenden, bewundernden, neugierigen Blick auf ihrem Körper.

Sasha errötete und schaute in Rosies Gesicht und sah sie lächeln. Es war ein offenes, einladendes Lächeln, wie Sasha es von Männern kannte. Von Männern, die ihr offen zu verstehen geben wollten, dass sie mit ihr schlafen wollten.

War es bei einer Frau nicht anders? Sasha blinzelte überrascht. Bisher wäre sie nie darauf gekommen, sich den Körper einer Frau vorzustellen, wie er sich gegen ihren presste, Haut an Haut. Sie senkte den Blick und nahm einen kräftigen Schluck Bier. Sie hoffte, der bittere, salzige Geschmack würde ihren steigenden Trieb dämpfen.

Wiederholt schielte sie zu Rosie, wenn sie ihr den Rücken zugewandt hatte, um für einen Gast Chips aus dem obersten Regal zu holen. Wenn Rosie sich streckte, spannten sich Beine und Po an, was man unter der dünnen Jeans deutlich verfolgen konnte, und zu ihrer Schande musste sich Sasha eingestehen, dass sie schwüle Phantasien entwickelte, in denen sie den Druck dieser Schenkel am eigenen Körper spürte.

Sasha brannte vor Verlegenheit, aber sie war nicht

länger bereit, ihr wildes Verlangen zu ignorieren, das sich in ihr ausbreitete. Sie starrte auf Rosies geschwungenen Mund, und sie fragte sich, ob sich das Küssen einer Frau so anfühlte wie das Küssen eines Mannes. Und wie würde es sich erst anfühlen, den heißen Mund auf die feuchte Spalte einer Frau zu pressen?

Entsetzt stellte Sasha fest, dass Rosie sie anstarrte und jetzt auf sie zu kam. »Woran denken Sie, meine Liebe? Sie haben einen merkwürdigen Blick drauf, muss ich Ihnen sagen.«

Als Sasha in die klaren blauen Augen der Frau vor ihr schaute, begriff sie, dass die Begierde nicht nur in ihrem Blick zu lesen war, er spiegelte sich auch in Rosies Augen.

»Wie lange ist der Pub noch geöffnet?«, raunte Sasha. Sie traute sich, mit einer Fingerspitze über Rosies Handrücken zu streicheln.

Rosie lächelte Sasha vielsagend an. »Nicht mehr lange«, murmelte sie, nahm Sashas Finger und hob ihn an ihre Lippen, ehe sie ihn sinnlich in den Mund gleiten ließ. Als sie schließlich Sashas Hand freigab, lächelte sie wissend. Im nächsten Augenblick war sie weg, weil sie sich um einen anderen Gast kümmern musste.

Sasha spürte, dass sie vor Leidenschaft zitterte. Sie fragte sich, ob Rosie wusste, worauf sie sich einließ.

Kurz darauf rief Rosie die letzte Runde auf, und ein paar Minuten später gingen die Lichter aus und wieder an, um die Gäste daran zu erinnern, dass es an der Zeit war zu gehen.

Sasha hatte an diesem Abend so viel Bier getrunken wie lange nicht mehr. Aber das aufgeregte Flattern in ihrem Bauch hatte weniger mit Alkohol zu tun und war eher hervorgerufen durch die Ungewissheit, was wohl zwischen ihr und Rosie geschehen würde.

Als Rosie endlich die Tür hinter dem letzten Gast schloss, sicherte sie die Kasse und wandte sich mit einem fragenden Blick an Sasha, und als sich ihre Blicke trafen, schaute Rosie, die Augenbrauen gehoben, zur Treppe.

»Gehen Sie jetzt ins Bett, meine Liebe?«, fragte sie leise. Sie kam hinter dem Tresen hervor und trat neben Sasha, die sich vor Aufregung kaum noch auf dem Hocker halten konnte.

»Nur wenn du mit mir kommst«, flüsterte Sasha und errötete über ihre eigene Courage. Sie wusste nicht genau, was sie wollte, aber sie hätte wahnsinnig gern die helle, sanfte Haut der rothaarigen Frau berührt.

»Bist du dir sicher, meine Liebe?«, murmelte Rosie, und als Sasha daraufhin nickte, ging sie noch etwas näher an Sasha heran, schlang die Arme um ihre Hüften und zog Sasha sanft vom Hocker. So standen die beiden Frauen da, umschlungen, die Körper aneinander gepresst.

Sie waren fast gleich groß, Rosie vielleicht zwei, drei Zentimeter größer. Sasha legte zögernd den Kopf zurück, eine Einladung zum Kuss. In dem Moment, bevor die Lippen der anderen Frau ihren Mund berührten, verharrte Sasha einen Wimpernschlag lang, um sich bewusst zu machen, dass sie jetzt den Punkt überschritt, von dem an es kein Zurück mehr gab, dass sie alles erleben und auskosten wollte, was dieser Kuss versprechen würde.

Und so erschauerte sie vor Wonne und drückte ihre Lippen auf Rosies, und dann waren alle Gedanken nur auf diesen Augenblick gerichtet, auf die weiche Wärme eines Frauenmundes.

Zuerst waren es nur ihre Lippen, die sich trafen und mit sanftem Druck aufeinander rieben, aber dann wollte Sasha mehr, sie öffnete ein wenig den Mund, und im nächsten Moment strich ihre Zungenspitze langsam und scheu über Rosies Lippen und leckte sie ab.

Die Zungen trafen sich, und Sasha verstärkte den Griff um ihre Geliebte, sie spreizte die Finger und strich über Rosies Schultern, über ihren Rücken und die weichen Hüften. Sasha beugte den Kopf so weit zurück, wie es ging, und Rosies Mund wurde immer fordernder, immer forscher. Die beiden Frauen erkundeten gleichzeitig den Körper der anderen, machten sich mit den Kurven vertraut, mit dem Gefühl für die Haut.

Es war Sasha, die sich schließlich löste und sich aus Rosies enger Umarmung befreite. Sie schaute der rothaarigen Frau in die blauen Augen und murmelte in einer Stimme, die aus der tiefsten Lage ihrer Kehle zu kommen schien: »Komm nach oben. Ich will dich überall küssen.«

Sie ließen nur zögernd voneinander los und berührten sich auch noch, als sie die Treppenstufen hinauf gingen. Sasha drückte die Zimmertür hinter sich zu und schloss ab. Sie lehnte sich mit dem Rücken gegen die Tür und starrte sehnsüchtig auf die Frau, die erwartungsvoll vor ihr stand.

»Zieh dich für mich aus, Rosie«, flüsterte Sasha heiser. Seltsam, sie fühlte sich nicht mehr schüchtern oder nervös. »Ich will dich nackt sehen.«

Rosie erwiderte nichts, sie lächelte nur und wandte ihrer Zuschauerin neckend den Rücken zu. Sie schaute kokett über eine Schulter und strich mit den Händen provozierend von den Brüsten zu den Hüften, und dort griffen die Hände unter das dunkelblaue Top und zogen es quälend langsam über den Kopf, Sasha immer noch den Rücken zugewandt.

Sasha hielt den Atem an, als sie die weichen elfenbeinfarbenen Kurven von Rosies Rücken sah, der nur von der dünnen Linie des BH-Streifens unterbrochen wurde. Nach einem weiteren herausfordernden Blick über die Schulter langte Rosie mit beiden Händen auf den Rücken und hakte den blauen BH aus feiner Spitze auf, dann beugte sie sich ein wenig vor und streifte die Träger von den Schultern.

Sasha wusste nun, dass Rosies Brüste nackt waren, aber sie konnte sie noch nicht sehen. Mit einer kecken Geste warf Rosie das zarte Gewebe ihres BHs über die linke Schulter und zielte so gut, dass Sasha ihn aufschnappen konnte.

Sie presste den BH zuerst gegen den Mund, dann atmete sie tief den Geruch von Rosies Haut ein. Es war der süßeste Duft, den man sich vorstellen konnte, er roch nach Rosen und Moschus.

Sasha rieb sich das weiche Gewebe über Wangen, Lippen und Hals, während sie Rosies nackten Rücken bewunderte und atemlos darauf wartete, mehr zu sehen.

Die Arme schüchtern über die Brüste gekreuzt, drehte sich Rosie um, aber unter ihren Armen sah Sasha das Versprechen üppiger Kurven.

»Lass deine Arme sinken, Rosie«, wies Sasha sie mit heiserer Stimme an. »Zeig mir deine Brüste.«

Mit einem unsicheren Lachen hob Rosie die überkreuzten Arme über den Kopf, und dabei hoben sich auch die kleinen scharlachroten Kreise, die provozierend auf Sasha gerichtet waren. Aber sie gönnte Sasha den Anblick der bloßen Brüste nur für einen Augenblick, dann ließ sie die Arme sinken und drehte sich wieder um.

Langsam und sinnlich zog Rosie den Reißverschluss der Jeans auf, wobei sie ihre Hüften verführerisch mahlend bewegte, bis sie sich die Jeans abgestreift hatte und schlanke, weiße Schenkel enthüllte. Sasha hielt den Atem an, als sie auf Rosies üppigen Hintern starrte, und schwer schluckend verfolgte sie, wie Rosie ihre Schuhe abstreifte und elegant aus der Jeans schlüpfte. Dann richtete sie sich wieder auf und trug nur noch ein dünnes blaues Höschen.

Mit der spielerischen Leichtigkeit und Anmut einer Balletttänzerin streckte sie die Arme aus und bückte sich. Das Spiel ihrer Muskeln in Schenkeln und Hüften war für Sasha deutlich zu sehen.

Sasha sehnte sich danach, auf Rosie zuzustürmen, vor ihr auf die Knie zu fallen und die Lippen auf die verlockenden Pobacken zu drücken, aber sie zwang sich zur Zurückhaltung. Rosie kam hoch, legte ihre Hände in die Seiten und streifte sich den Hauch ihres Slips von Hüften und Schenkeln.

Während die Schönheit ihrer nackten Rückseite Zentimeter um Zentimeter enthüllt wurde, ließ Rosie langsam die Hüften kreisen, dann stieg sie aus dem Höschen. Erst dann drehte sie sich um, jetzt ganz nackt, und gestattete Sasha, das verlockende Bild in sich aufzunehmen.

Sasha fühlte sich inzwischen, als ob sie innerlich zerfließe. Sie presste sich mit dem Rücken gegen die Tür, einen Träger von Rosies BH immer noch um einen Finger gewickelt, während sie in gebanntem Schweigen zusah, wie die nackte Frau vor sie trat, Brust gegen Brust, Hüfte gegen Hüfte.

»Jetzt du«, flüsterte Rosie in Sashas Ohr. Sie griff an den Reißverschluss von Sashas Samtkleid und zog ihn hinunter. Sasha erschauerte lustvoll, als das Kleid von ihren Schultern glitt, und im nächsten Moment lag es auch schon zu ihren Füßen. Sie schloss die Augen und stellte sich vor, wie sich Rosies feuchter, offener Mund im Tal ihrer Brüste anfühlen würde. Kleine zarte Schauer liefen ihr über den Rücken, als sie sich vorstellte, wie Rosie einen Nippel in den Mund nahm, ihn mit den Lippen verwöhnte und in ihrem Speichel badete.

Rosie öffnete Sashas zarten BH und ließ ihn aufs Kleid fallen, dann sank sie auf die Knie und zog die silbernen Schnallenschuhe von Sashas Füßen. Sie hatten zu kneifen begonnen, und Rosie musste das irgendwie gespürt haben, denn jetzt presste sie ihren Mund zuerst auf den einen, dann auf den anderen Fuß, als wollte sie die roten Druckstellen wegküssen.

Sie richtete sich ein wenig auf, löste die Strümpfe von den Strapsen und rollte mit langsamen, sinnlichen Bewegungen die schwarzen Seidenstrümpfe hinunter.

Sasha war, bis auf das durchsichtige Höschen, nackt. Sie stand zitternd da und lechzte danach, Rosies Finger wieder auf ihrer Haut zu spüren, aber Rosie rührte sich nicht mehr, und als Sasha die Augen öffnete, sah sie, dass Rosie immer noch vor ihr kniete und sie angrinste.

»Sag ›bitte‹«, forderte sie Sasha mit heiserer Stimme auf.

»Bitte«, raunte Sasha und schloss wieder die Augen. »Oh, ja, bitte.«

Endlich fühlte sie Rosies Finger, die sie streichelten, während sie das Höschen nach unten zogen, und jetzt war Sasha so nackt wie die rothaarige Frau.

Rosie stand auf und drückte ihren ganzen Körper gegen Sasha, drückte sie noch fester gegen die Tür, küsste sie auf den Mund, während die Finger in die feuchten Falten von Sashas Geschlecht tauchten. Sie öffnete die Labien und fuhr mit den Fingerspitzen darüber.

Sasha brach den Kuss ab und flüsterte in Rosies Ohr: »Oh, bitte... tu's, ich kann es nicht länger aushalten.«

Sie griff mit einer Hand hinunter, um Rosies Daumen zur Knospe ihrer Klitoris zu führen. Der kleine harte Kopf war so gereizt, dass Rosie nur zwei-, dreimal darüber streichen musste, und schon ging Sasha ab wie eine Rakete. Ihr Körper wurde von heftigen Zuckungen geschüttelt.

Schließlich stieß sich Sasha von der Tür ab, und mit schwankenden Schritten ging sie hinüber zum Bett und setzte sich. »Puh«, machte sie und blinzelte ein paarmal, »das war eine echte Premiere für mich.«

Rosie sah sie besorgt an. »Ich habe dich doch nicht überrumpelt, hoffe ich.« Sie setzte sich neben Sasha aufs Bett. »Ich habe mir gedacht, dass es für dich das erste Mal mit einer Frau war.«

Sasha sah sie überrascht an. »Und für dich war es nicht das erste Mal?«

Als Rosie den Kopf schüttelte, empfand Sasha so etwas wie Enttäuschung, gleichzeitig aber auch eine starke Erregung. Sie wandte sich der anderen Frau zu, betrachtete ihre schöne Nacktheit und fuhr mit einem Finger behutsam über Rosies schlanken Bauch.

»Ich hoffe, ich werde dich nicht enttäuschen«, murmelte sie und schob Rosie mit sanftem Druck auf den Rücken. Dann schwang sie sich über sie und legte sich auf den Frauenkörper. Sie kostete das ungewohnte Gefühl aus, schloss die Augen und genoss die fremde, samtene Haut auf ihrer.

Harte Nippel drückten gegen ihre, die Hüften pressten aufeinander, und die feinen Härchen ihrer Scham verfingen sich. Lange hielt Sasha die Reglosigkeit nicht aus. Sie begann, ihre Hüften langsam gegen Rosies Hüften kreisen zu lassen, und dabei rieben sich auch die Scheiden aneinander. Rosie hielt dagegen, und Sasha spürte, dass sich die Gefühle in ihrer Vulva intensivierten. Sie wollte nicht schon wieder kommen, und sie schätzte auch Rosie so ein, dass sie ihre Lust lange hinauszögern wollte.

Sasha rollte sich von ihr und legte sich neben sie. Mit ihren Fingern streichelte sie zögernd über die pinkfarbene Härte der gespannten Nippel.

»Mmm«, stöhnte Rosie und rutschte ein bisschen höher, um sich auf Sashas Kissen aufzurichten, wodurch ihre vollen Brüste besser zur Geltung kamen. »Das ist ein schönes Gefühl.«

Sasha streifte ihre Scheu ab, sie beugte sich über Rosie und schloss die Lippen um einen aufgeregt zitternden Nippel. Sie umspielte ihn mit der Zunge, saugte ihn tief in den Mund und speichelte ihn ein, ehe sie wieder mit der Zungenspitze gegen die Zitze stieß.

Sie nahm sich die andere Brust vor, öffnete den Mund weit und saugte soviel ein, wie sie aufnehmen konnte. Sie leckte mit der Zunge, verteilte den Speichel und widmete sich dann dem Nippel, während sie den anderen Nippel zwischen Daumen und Zeigefinger zwirbelte.

Ihr eigenes Geschlecht fühlte sich schwer und feucht vor Verlangen an, und Sasha war sicher, dass Rosie nichts anderes empfand. Sie legte eine Hand auf die Innenseite von Rosies Schenkel, und während sie weiter mit den Brüsten spielte, kroch die Hand höher, bis sie mitten im Schritt lag. Sasha konnte es unter ihrer Hand pulsieren fühlen.

Da waren die geschwollenen, samtenen äußeren Labien, die kleinen seidigen inneren Lippen, die tiefe Schlucht der Lust, in die Sasha jetzt einen, dann zwei Finger versenkte. Sie spürte, wie sich die nassen

Wände um ihre Finger spannten, wie sich Rosies Hitze auf sie übertrug. Sie bewegte die Finger versuchsweise hin und her, ganz langsam, um Rosies Reaktionen einschätzen zu können. Sie wechselte das Tempo, stieß mal sanft und mal härter zu, tat alles, was sie auch einsetzte, wenn sie sich selbst Lust bereitete. Jetzt drückte sie bei jedem Einfahren der Finger mit dem Daumenballen gegen den Kitzler, und Rosies Stöhnen wurde lauter. Sasha rutschte langsam an Rosies Körper entlang, der Mund strich von den Brüsten über Rosies gespannten Bauch, und dann tauchte die Zunge in den kleinen süßen Nabel ein.

»Mmm, ja«, murmelte Rosie keuchend und schob Sashas Kopf mit beiden Händen tiefer. »Hör jetzt nicht auf.«

Sasha rutschte weiter hinunter, bis sie hinter dem Bett auf dem Boden kniete. Sie zog Rosie an den Beinen näher zu sich heran und öffnete sie weiter, bis die üppige Frucht ihres Geschlechts auf dem Bettrand lag, direkt vor Sashas Mund.

Sasha schaute fasziniert auf diesen Teil des Frauenkörpers, den sie so nahe noch nie gesehen hatte, und ein Gefühl des Stolzes, der Lust und der Freude wallte in ihr auf, weil ihr bewusst war, dass sie auch so aussah, wenn man sie aus dieser Perspektive betrachtete.

Und würde sie auch so schmecken?

Entschlossen beugte sie sich noch tiefer hinab und drückte ihren Mund auf die moschusartige Wärme von Rosies Geschlecht, das so vertrauend vor ihr geöffnet lag, und während sie sanft die rosige Vagina mit der Zunge abtastete und den salzig-süßen Geschmack aufnahm, den Rosies Lust produziert hatte, dachte Sasha, es ist, als ob man einen Mund küsst, nur viel, viel aufregender.

Sie spielte mit der Zunge, fuhr auf und ab, drang ein, stieß mit der Spitze zu, strich mit der ganzen Breite über das feuchte, geschwollene Gewebe, erforschte Senken und Erhebungen, und ihr war, als küsste Rosie zurück.

Sie stieß die Zunge so tief in die rosige Höhle, wie sie nur konnte, ließ sie dort drinnen rotieren, ehe sie langsam den Rückzug antrat, um dann den Kitzler tief in den Mund zu saugen. Sie spürte, wie der harte Kopf unter ihren Berührungen vibrierte, und sie verstärkte das Saugen, während sie gleichzeitig mit der Zungenspitze gegen den kleinen Schaft stieß.

Rosies Körper war in heller Aufruhr; ihre Orgasmen waren keine Vulkanausbrüche, sondern kleine Erschütterungen, die den ganzen Körper erfassten und in einem Zustand ständigen Zuckens hielten. Rosies Fähigkeit, Lust zu genießen, war offenbar komplexer, als Sasha dies bisher von sich wusste.

Und dann geschah etwas, was auch für Sasha neu und überraschend war: Während sie unermüdlich Zunge und Lippen einsetzte und sich in einen Rausch der Lust steigerte, fiel sie völlig unerwartet in das heftige Beben ein, das jetzt im Orgasmus Rosies hellen Körper schüttelte, und als Rosie schließlich von Sashas Mund wegrutschte, fühlte auch Sasha eine tiefe Sättigung ihrer Lust.

Bis in die frühen Stunden des Morgens setzten die Frauen ihre neu gefundene Liebe fort, und dann fielen sie, einander in den Armen liegend, in einen tiefen Schlaf – nachdem Sasha sich im Stillen bei Amelia Asher bedankte hatte, dass sie sie auf ihrer Reise so weit geführt hatte.

Zwölftes Kapitel

»Nun, meine Liebe, wie kriegen wir den gut aussehenden Johnny Blakeley in dein Bett?«

Sasha schaute Rosie an und blinzelte. Die beiden Frauen saßen am folgenden Morgen zu einer schamlos späten Stunde am Frühstückstisch, tranken Kaffee und schauten sich verträumt an, wie es Verliebte so oft am Morgen danach tun.

Über ihre lustvolle Erfahrung mit dem samtenen Körper Rosies hatte sie John Blakeley beinahe vergessen, obwohl sie während der Nacht immer wieder daran gedacht hatte, dass sie an Rosies Körper Stellen berührte, die vorher schon John gekost und geküsst hatte.

Jetzt aber zuckte sie schuldbewusst, als Rosie seinen Namen erwähnte, und sie fürchtete, Rosie könnte glauben, Sasha hätte sie nur ausgenutzt, um ihrem geheimnisvollen Schreiner näher zu kommen.

»Oh, Rosie, ich weiß nicht... ich bin mir nicht sicher...« Sasha kam aus dem Stammeln nicht heraus, und sie spürte, dass sie errötete. Konnte sie das großzügige Opfer der rothaarigen Freundin annehmen?

Ihre Besorgnis war unnötig. Rosie legte eine Hand auf Sashas Arm und drückte ihn leicht. »Hör zu, Mädchen«, sagte sie mit Wärme in der Stimme, »ich habe dir gestern Abend gesagt, dass ich kein Problem damit habe, wenn John Blakeley mit anderen Frauen ins Bett geht.« Sie grinste. »Nach dem, was wir zwei die ganze Nacht getrieben haben, kann ich wohl nichts sagen, wenn Johnny mal woanders seinen Spaß sucht.« Dann wurde sie ernster. »Aus irgendeinem

Grund, den du mir noch nicht erklärt hast, bedeutet dir dieser Mann sehr viel, und wenn es dich glücklich macht, mit ihm allein zu sein, dann will ich dir dabei helfen.«

Sasha sah Rosie dankbar an. »Ich würde nichts tun, was dich verletzten könnte, Rosie«, sagte sie mit zitternder Stimme. »Aber ich scheine ein unbändiges Verlangen nach diesem Mann zu haben.«

»Also gut«, sagte Rosie entschlossen, lehnte sich zurück und trank die Kaffeetasse leer, »dann lade ich euch beide in meine Wohnung ein. Heute Abend, nachdem ich den Pub geschlossen habe.«

»Nein, nein«, antwortete Sasha hastig, weil sie glaubte, sie könnte sich bei einem so geplanten Treffen zu unbehaglich fühlen. »Das ist nicht nötig. Hast du mir nicht erzählt, dass er oft in den Pub kommt?«

»Ja, stimmt«, bestätigte Rosie. »Er war jetzt schon eine Weile nicht hier, deshalb kann es sein, dass er heute Abend auftaucht.« Nachdenklich schaute sie Sasha an. »Du hast mir immer noch nicht erzählt, warum dieser Mann dir so viel bedeutet.«

Sasha hielt dem Blick der Freundin stand und überlegte. Sollte sie ihr die unglaubliche Geschichte erzählen? Der Drang, sie jemandem mitzuteilen, war zu groß, das Geheimnis trug sie schon zu lange mit sich herum.

»Hast du wirklich deinen freien Tag?«, fragte Sasha, und ihre Finger verkrampften sich um die Serviette.

»Ich muss erst um fünf hinter den Tresen«, bestätigte Rosie und wartete ungeduldig auf Sashas Bericht.

Sasha stand auf. »Weißt du was? Gehen wir ins Moor. Irgendwie scheint es nicht richtig zu sein, hier im Haus darüber zu reden.«

Rosie nickte. »Ich kenne eine wunderschöne Stelle, die bestimmt geeignet dafür ist.«

Sie fuhren in Rosies altmodisch-charmantem Käfer, dessen Auspuff ratterte und dessen Heizungssystem berüchtigterweise unzuverlässig war, was in den kalten Wintern in Yorkshire bestimmt keine Freude bereitete, dachte Sasha. Sie schaute bewundernd zu, wie Rosie das Auto geschickt durch die schmalen Gassen des Dorfs fuhr und dann auf eine seltsam verlassene Umgehung bog, auf der sie nach ein paar Minuten eine Parkbucht ansteuerte. Sie schaltete den Motor ab, lehnte sich über Sashas Schoß und drückte die Tür auf.

»Komm«, sagte sie fröhlich, »jetzt gehen wir zu meinem heimlichen Lieblingsplatz.«

Sasha hatte Mühe, ihr über den rauen Boden zu folgen. Rosie ging mit weit ausholenden Schritten, bis sie eine Stelle gefunden hatte, wo ein gelblicher Felsen etwa mannshoch aufragte. Rosie breitete eine karierte Decke aus und nahm eine Thermoskanne mit Kaffee und eine wollene Stola aus dem Rucksack.

»Setz dich«, lud sie Sasha ein und klopfte auf die Decke. »Und fang an zu erzählen.«

Sasha nahm die Stola, die Rosie ihr anbot, und legte sie über ihre Schultern. Sie dachte verwundert über ihre Position nach. Hier saß sie in der Tiefe der Moore von Yorkshire neben dieser Frau, deren angenehmen, erregenden Geruch sie noch in der Nase hatte, und die versprach, ihr zu helfen, ihren eigenen Geliebten an sie auszuleihen. Als Art Gegenleistung war Sasha dabei, freiwillig die Geschichte von nächtlichen gespenstischen Erscheinungen preiszugeben, vom Maskenball, einem geheimen Manuskript und einem weinenden Porträt zu erzählen, eine Geschichte, die selbst ihre beste Freundin nicht einmal zur Hälfte kannte, und den kleinen Teil, den sie kannte, hatte die gute Xenia eher mit Skepsis begleitet.

Trotzdem, dachte Sasha, es schien richtig zu sein, Rosie an der unglaublichen Geschichte teilhaben zu lassen, denn immer deutlicher wurde, dass Rosie keine bloße Außenstehende in dieser Erzählung war, sondern irgendwie mit der Geschichte verbunden.

Und so begann Sasha zu erzählen, während sie auf dem Fels im Moor saßen und in den grauen Tag schauten. Sie begann mit ihrer Ankunft im Asher Hotel, als sie wegen der Konferenz mit Rollit aus New York gekommen war, und setzte die Geschichte bis zum letzten Tag fort.

Als sie vom Auffinden des Manuskripts erzählte, öffnete sie ihre Tasche und reichte Rosie den dünnen Band mit Amelias Aufzeichnungen. Rosie begann sofort zu lesen, sie saß gebannt da, runzelte bei einigen Passagen die Stirn, atmete schwer, las weiter und gab schließlich die Seiten an Sasha zurück.

Sasha erzählte, wie das Manuskript in ihrer Wohnung herumgewandert war, wie sie die beiden geheimnisvollen Models in ihrem Büro kennen gelernt hatte. Sie berichtete über ihren Begleiter auf dem Maskenball und über die Vision des toten Johnny Blakeley am Grab seiner Großmutter.

Rosie hatte die ganze Zeit gebannt gelauscht, schweigend, voller Sympathie, wenn sie merkte, dass Sashas Stimme zu zittern begann. Einmal, als Sasha von ihren Gefühlen an Lady Amelias Grab erzählte, nahm Rosie die Hand der Freundin und hielt sie ganz fest.

Als Sasha mit ihrer Geschichte zu Ende war, meinte sie, sie fühlte sich nun in der Schuld von Lady Amelia, denn schließlich hatte der Geist der jungen Frau sie hierhin geführt, nicht nur zum John Blakeley von heute, sondern auch zu Rosie.

Die rothaarige Frau saß still da, nippte an ihrem Kaffee und schaute hinaus aufs Moor.

»Wau!«, stieß Rosie schließlich aus. »Was für eine Geschichte!« Dann war sie wieder eine Weile still, während Sasha, die sich fast heiser und trocken geredet hatte, die Stola enger um sich wand, an ihrem Kaffee nippte und die Schönheit des Moors an diesem kühlen Herbsttag bewunderte.

»Ich werde dir einige weitere Dinge sagen, die deine sonderbaren Erlebnisse noch ergänzen«, sagte Rosie bedächtig und vermied es, Sasha dabei anzuschauen. »Du hast doch diesen hübschen Schwan auf deiner Schulter eintätowiert. Und du hast gesagt, Johnny und Amelia hätten sich immer im Rosengarten getroffen.«

Sasha nickte.

»Ich will nicht sagen, dass es irgendeine Bedeutung hat«, fuhr Rosie fort, »es kann nur ein blöder Zufall sein, aber ich weiß, dass Johnny Blakeley – unser Johnny, der Schreiner – auf dem unteren Bauch eine schwarze Rose eintätowiert hat, etwa hier.«

Sasha sog die Luft ein und hielt den Atem fest, als Rosie sich über sie beugte und ihr zeigte, in welcher Höhe sich das Tattoo bei Johnny befand.

Rosie überging Sashas Reaktion und fügte hinzu, ohne ihre Enttäuschung zu verheimlichen: »Ich habe ihn nie gefragt, aber ich ging bisher davon aus, dass er sich für die Rose entschieden hatte, um … nun ja, ich meine, weil ich eben Rosie heiße …« Sie drehte sich um und schaute Sasha an. »Aber nach dem, was du mir jetzt erzählt hast, hat sie mehr mit dir und ihm zu tun, obwohl ich doch zu deiner Geschichte gehöre.«

Sasha sah sie verdutzt an.

Rosie seufzte. »Ich habe eben beim Überfliegen ihrer Aufzeichnungen gelesen, wie Amelia mit dem Dienstmädchen spricht, mit Rosie… Sie war es, die Zusammenkünfte von Amelia und Johnny ermöglicht hat, stimmt's?«

Auf Sashas verblüfftes, aufgeregtes Nicken fuhr Rosie fort: »Ist das nicht ein weiterer seltsamer Zufall? Und noch etwas« – ihre Stimme sank zu einem Flüstern – »man erzählt sich, dass Johnnys Ur-Ur-Urgroßvater gegen Ende des achtzehnten Jahrhunderts eine neue Rose gezüchtet hat, eine Rose, die es nur hier in Yorkshire gibt.«

Sasha sah Rosie verwundert an, aber Rosie ließ ihr kaum Zeit zum Luftholen.

»Du wirst nicht erraten, wie er seine neue Züchtung genannt hat.« Rosie schlug die Augen nieder, und den nächsten Satz hauchte sie nur: »Sie heißt Amelia Rose.«

Sasha konnte zunächst gar nichts sagen, dann lehnte sie sich zu Rosie und küsste sie auf den Mund. Sie rutschte näher an die Freundin heran, legte einen Arm um ihre Schulter und drückte sie an ihre Brust. Eine ganze Weile saßen die beiden Frauen so umschlungen auf dem Felsen, ehe Rosie sich mit einem verlegenen Lachen von Sasha löste.

»He«, sagte sie und strich eine Locke aus ihrem Gesicht. »Hier ist es eiskalt. Komm, wir gehen in einen Pub und trinken uns warm.«

»Weißt du, Rosie«, sagte Sasha, als sie über den mit Heide bewachsenen Boden zurück zum Auto gingen, »ich... kann es dir nicht genau erklären, aber ich glaube, dass es mir nicht bestimmt ist, noch viel länger hier zu bleiben.« Sie sah Rosie von der Seite an. »Was auch immer in den nächsten Tagen noch geschehen wird, es kann mein Leben nicht dramatisch verändern.«

Sie blieb stehen, fasste Rosie an der Schulter an und sah ihr ins Gesicht. »Der Schreiner macht mir einen Spiegel. Du könntest ihn mir in die Staaten schicken, wenn er es nicht selbst schafft. Dann kann ich schon früher zurückfliegen.«

Sie sah Rosies fragenden Blick und nickte. »Ja«, murmelte sie, »New York ist immer noch mein Zuhause. Ich bin nicht hierhin gekommen, um Dinge zu verändern – für niemanden.«

Es entstand ein längeres Schweigen, das Rosie schließlich brach. »Komm«, sagte sie und nahm Sashas Hand. »Ich habe Durst auf ein kräftiges Yorkshire Ale, dabei kannst du mir alles über New York erzählen.«

Als Sasha und Rosie zum Swan and Rose zurückkehrten, war es fast fünf Uhr nachmittags, und Rosie musste sich beeilen, um rechtzeitig zu öffnen. Sie versprach Sasha, zwischendurch Zeit zu finden, damit sie sich weiter unterhalten konnten.

Sasha fühlte sich plötzlich erschöpft und bewunderte die Tatkraft der Freundin nach einer fast schlaflosen Nacht, während sie die Treppe hinauf ging. Sie legte sich aufs Bett und konnte sich gerade noch rechtfertigen – der Zeitunterschied, schließlich war sie erst drei Nächte in England, und davon hatte sie zwei Nächte mit energiegeladenem Sex verbracht –, ehe sie in einen tiefen Schlaf fiel.

Es war fast neun Uhr, als sie nach einer heißen Dusche den Pub betrat. Sie lachte Rosie fröhlich zu, als sie sich zu ihr an den Tresen setzte. »Nur einen Salat und ein paar Sandwichs, bitte«, sagte sie.

Rosie erwiderte Sashas Lächeln und schaute kurz auf das samtene schwarze Top und die neue hautenge Hose, dann nickte sie anerkennend. Sasha war nicht sicher gewesen, ob sie die Hose anziehen sollte, sie saß wirklich wahnsinnig eng auf dem Po und im

Schritt, aber als sie sich im Spiegel sah, musste sie erkennen, dass sie ihrer Figur schmeichelte. Und sie wollte gut aussehen – für den Fall, dass John Blakeley an diesem Abend in den Pub kommen würde.

Rosies gespitzte Lippen wie bei einem lautlosen Pfiff bestätigten Sashas Einschätzung über die beabsichtigte Wirkung des neuen Kleidungsstücks.

Sasha hatte gerade den letzten Bissen gekaut und schob ihren Teller zur Seite, als Rosie zur Tür schaute. Sie lehnte sich über den Tresen und raunte Sasha lächelnd zu: »Da kommt er endlich!«

Sashas Blick huschte zur Tür. Er stand einen Moment da, schwarze Lederjacke und verwaschene Jeans, die schwarzen Locken bis vor die blauen Augen, die Wangen von der Kälte gerötet, und schaute sich im Pub um. Er nickte jemandem in der Ecke zu, die Sasha nicht einsehen konnte, und jetzt ging Blakeley zu dem Unbekannten hin.

Im Gehen sah er zu Rosie, lächelte und nickte kurz, ehe sein Blick Sasha streifte. Sie hielt den Atem an und erstarrte, zeigte dann ein strahlendes Lächeln, aber er sah sie nur an und runzelte die Stirn, als müsste er sich erst an sie erinnern, und ging weiter in die Ecke.

Rosie bemerkte den verzweifelten Blick auf Sashas Gesicht und lächelte mitfühlend.

»Keine Bange, mein Mädchen«, sagte sie leise, während sie ihr einen Whisky über den Tresen schob. »Unser Johnny kann gelegentlich ein ziemlicher Bastard sein.«

Sasha nippte dankbar an der goldgelben Flüssigkeit. In ihrem Bauch flatterte es, und ihre Handflächen begannen zu schwitzen. Nervös wandte sie sich hilfesuchend an Rosie. »Was soll ich denn jetzt tun?«, flüsterte sie. »Vielleicht sollte ich die ganze Sache lieber vergessen.«

Aber Rosie lehnte sich weit über den Tresen und rief lächelnd: »Hallo, John. Wir haben dich eine Zeitlang nicht mehr bei uns gesehen.«

John blickte zu Rosie und ging auf sie zu.

»Mann, wo bist du gewesen?«, fragte Rosie.

Sasha spürte das Kribbeln im Bauch, als der hoch aufgeschossene Mann sich neben sie stellte und Geld aus seiner Brieftasche nahm, um für seine Bestellung zu bezahlen.

»Wie immer für dich?«, fragte Rosie und griff schon an den Hebel, um ein Glas Bitter laufen zu lassen. »Sonst noch irgendwas?«

Die Augen des Mannes blickten kurz zur Seite, genau wie eben, als er zur Tür hereingekommen war, bedachte er Sasha nur mit einem kurzen Blick. »Zwei Glas, Rosie«, sagte er knurrig, »und dasselbe für Charley.«

Rosie gluckste. »Sag bloß, er will dich immer noch überreden, in seinen verrückten Plan zu investieren«, sagte sie.

Sasha saß unbehaglich da. Sie wurde ignoriert. Sie nippte am Whisky und hoffte, sie würde ihn so lange strecken können, wie die Unterhaltung zwischen Rosie und ihrem Freund dauerte. Aus den Augenwinkeln beobachtete sie die beiden, die über Leute redeten, die Sasha nicht kannte, und wieder einmal fragte sie sich, was sie hier zu suchen hatte.

Verdammt, sie kannte den Mann nicht einmal, der neben ihr in diesem Pub stand! Er war Rosies Freund, und an den Blicken, die sie tauschten, erkannte man ihre intime Bekanntschaft. Rosies Wangen zeigten eine rote Farbe, die ihr gut stand.

Und doch, selbst jetzt, da Sasha das Band zwischen den beiden sah, schrie ihr Körper nach diesem Mann. Ihre Schenkel zuckten, das Kribbeln in ihrem Bauch breitete sich aus und erfasste ihren Schoß, und die Brustwarzen wurden steif und zwickten gegen die Spitze des BHs. Ihr Herz schlug so laut, dass sie fürchtete, John könnte es hören.

Während der Puls klamm in Sashas Schoß klopfte, wandte sich der Schreiner ihr unverhofft zu und sagte mit einem freundlichen Lächeln: »Ihr Spiegel entwickelt sich prächtig. Morgen soll das Glas kommen, dann kann ich es in den Rahmen einbauen. Mit dem Sockel habe ich auch schon angefangen.«

Er erinnerte sich also an sie! Sashas Gesicht strahlte, aber der Moment hielt nicht an: Mit einem kurzen Nicken hob er das Tablett mit den vier Gläsern und trug es hinüber in die Ecke, wo sein Freund Charley wartete.

Rosie blickte ihm nach und ließ einen leisen Seufzer hören, und auf ihrem Gesicht lag ein sehnsuchtsvoller Ausdruck, den sie auch nicht zu verbergen versuchte, als sie sich an Sasha wandte. »Ja, er ist ein Herzensbrecher, dieser John.« Sie bemerkte den Ausdruck in Sashas Augen, der ihrem eigenen entsprach, und fuhr mit einer Hand über Sashas heiße Wangen.

»Du brauchst dir meinetwegen keine Gewissensbisse zu machen, meine Liebe«, sagte sie. »Wenn du diesen Mann da drüben willst, dann kriegst du ihn auch. Er wird schon bald allein sein, denn Charley bleibt nie lange. Zwei Glas, mehr trinkt er nicht. Dann geht er nach Hause und brütet wieder Pläne aus, wie er sein Geld verdoppeln kann. Bleib da sitzen und trink deinen Whisky, den Rest besorge ich.«

Tatsächlich sah Sasha kurze Zeit später, wie ein grauhaariger, ein wenig gebeugt gehender Mann von etwa sechzig Jahren an den Tresen trat und zwei leere Gläser abstellte.

»Hier, mein Mädchen«, sagte er zu Rosie und

wandte sich dann höflich an Sasha. »Und wie geht es Ihnen, meine Liebe? Schmeckt Ihnen noch unser Yorkshire Ale?«

Sasha erkannte in ihm einen der Männer, die an ihrem ersten Abend am Tresen gestanden hatten. Sie errötete leicht und nickte, während Rosie fröhlich sagte: »Und wir sehen uns morgen wieder, eh, Charley?«

Charley nickte und ging schlurfend zur Tür. »Er hat sein Haus und seine Frau verloren, als die letzte Zeche hier vor zwanzig Jahren geschlossen wurde«, raunte Rosie der Freundin zu, während sie Charley hinterher schauten. »Seitdem träumt er von dem todsicheren Plan, den großen Coup zu landen. Ich glaube, dieses Planen hält ihn am Leben.«

Rosie lächelte Sasha an, deren Qualen im Gesicht abzulesen waren, aber dann hellte sich das Gesicht auf, denn John Blakeley trat neben sie und stellte die beiden leeren Gläser ab. Er nickte kurz und zog den Reißverschluss der Lederjacke hoch, offenbar in der Absicht zu gehen.

Die Geste erfüllte Sasha mit Panik. Rosie fing ihren Blick auf und nickte beruhigend.

»Warte mal einen Augenblick, Johnny«, sagte Rosie plötzlich und wies auf den Hocker neben Sasha. »Meine Freundin sitzt ganz allein hier. Sie kennt niemanden, und ich muss für eine Weile ins Lager. Kannst du dich nicht ein paar Minuten um sie kümmern, während ich weg bin?«

Es kam Sasha so vor, als könnte er sich nur schwer überwinden, diese Bitte zu erfüllen, aber dann setzte sich John Blakeley neben sie. »Das wird aber teuer für dich, Rosie«, sagte er, »noch ein Glas für mich und dann einen Drink für die Lady, was immer sie möchte.«

»Oh, ich trinke auch ein Glas«, sagte Sasha rasch. Sie glühte vor Freude, diesem Mann mit den schwarzen Locken und den blauen Augen noch einmal so nahe zu sein. Himmel, sah er gut aus! Sie müsste auf den Händen sitzen, um der Versuchung nicht zu erliegen, ihn anzufassen.

He, reiß dich zusammen!, schalt sie sich und zwang sich, die inneren Zuckungen zu dämpfen. Ihre Hand zitterte nur leicht, als sie den halben Liter Bier hob und dem Mann ins Gesicht schaute. Sie wollte unbedingt ein Gespräch mit ihm anfangen. »Nun«, sagte sie, »wie lange arbeiten Sie schon als Schreiner?«

»Ah, Sie wollen wissen, ob ich Erfahrung habe«, sagte er lachend. »Dabei dachte ich, Sie hätten in New York schon von mir gehört.«

»Oh, das war … ich hatte …« Sasha geriet ins Stocken. Sie wusste nicht, welche Ausrede ihr jetzt helfen konnte. Aber es war Rosie, die ihr half.

»Nun beantworte doch schon die Frage des Mädchens«, wies sie Johnny an. »Erzähle ihr von deinem Betrieb.« Dann drehte sie sich um und verschwand im Vorratsraum. Die beiden blieben allein am Tresen zurück.

Danach entwickelte sich das Gespräch rasch. Sie wusste nichts über das Schreinerhandwerk, und sie hörte den Geschichten zu, die Johnny ihr über Hobeln und Leimen und Klemmen erzählte. Sie nippte an ihrem Bier und konnte nicht aufhören, in seine blauen Augen zu schauen, den fein geschwungenen Mund, die breiten Schultern und den muskulösen Brustkorb mit den Blicken abzutasten, die eleganten und doch kräftigen Finger zu bewundern.

Als er sie über ihre Arbeit in den Staaten befragte, sprach Sasha sehr lebhaft, weniger, weil ihr Job sie begeisterte, sondern weil die Gegenwart von Johnny sie mit einer so starken Leidenschaft und Erregung erfüllte. Sie war derart von seiner Nähe gebannt, dass sie es gar nicht bemerkte, als Rosie wieder hinter den Tresen trat, und ihr fiel auch nicht auf, dass ihr Glas frisch gefüllt wurde.

Sie tranken beide viel an diesem Abend, und Sasha bemerkte, dass John Blakeley immer mehr auftaute und immer freundlicher wurde. Ob das an ihr lag oder am Biergenuss, konnte sie nicht wissen. Dankbar nahm sie wahr, dass Rosie immer wieder einen Anlass fand, sie allein zu lassen, weil die Wirtin registrierte, dass Sasha ihre Hilfe nicht mehr benötigte.

Aber dann zuckte Sasha zusammen, als sie hörte, dass Rosie die letzte Runde einläutete. Kurz darauf ging das Licht aus und an, um die Gäste daran zu erinnern, dass es Zeit für den Heimweg war.

Oh, nein, jammerte Sasha still. Was sollte sie denn jetzt tun? Wie sollte sie den Mann überreden zu bleiben?

Sie hätte sich nicht sorgen müssen. Wieder einmal kam ihr Rosie zu Hilfe.

»Dann muss ich wohl auch nach Hause«, sagte John und stand vom Hocker auf. Er langte nach der Lederjacke. »Will zuerst aber noch mal für kleine Jungs.«

»Tut mir leid, Mann«, sagte Rosie rasch. »Unsere Toilette ist verstopft.«

Johnny starrte sie ungläubig an. »Alle beide?«

»Sie können die Treppe hinauf gehen und meine Toilette benutzen«, sagte Sasha, die Rosies Trick sofort begriffen hatte. Jetzt schaute sie Johnny an und harrte bei angehaltener Luft seiner Reaktion.

Er bedachte Rosie mit einem zweifelnden Blick, aber Rosie hob nur die Schultern und hob unschuldig die Hände. »Nun geh schon, Mann«, sagte sie. »Lauf die Treppe hoch, ehe du mir den Teppich versaust.«

Nun, es war nicht das romantischste Komplott, aber es funktionierte. Mit einer kurzen Kopfbewegung forderte Rosie ihre Freundin auf, Johnny zu folgen.

Sie lief hinter Johnny die Treppe hoch, schloss mit zitternden Händen ihr Zimmer auf und ließ ihn eintreten. Ein wenig verlegen hüstelte sie und sagte dann: »Ich bleibe hier draußen auf dem Flur, bis Sie fertig sind.«

»Seien Sie nicht albern, Frau«, knurrte John. »Es ist Ihr Zimmer. Ich bin in einer Minute fertig.«

Sie folgte ihm hinein, und während er in ihrem Bad war, konnte sie die Gedanken an seinen Penis nicht unterdrücken. Wie sah er aus? Ob er ein bisschen steif war? Hatte sie ihn erregt? Und was würde er tun, wenn sie plötzlich neben ihm stand und anbot, seinen Penis zu halten? Würde er das Angebot gern annehmen, oder würde er sie für pervers halten?

Weiter kam sie nicht mit ihren Gedanken, denn die Badezimmertür wurde geöffnet, und das Rauschen der Toilettenspülung war wahrscheinlich das unerotischste Geräusch in diesem Augenblick.

Sasha wandte sich dem Mann zu, schaute ihm in die Augen. Sie wusste, dass dies ihre Chance war.

»Warten Sie«, sagte sie, trat ihm in den Weg. »Gehen Sie nicht. Noch nicht.«

Seine blauen und ihre braunen Augen trafen sich, und für einen Moment blieben Sasha und John reglos stehen und schauten sich nur an. Ihr Atmen war der einzige Laut im Zimmer. Er ist so groß, dachte sie, er muss sich tief beugen, um mich küssen zu können.

Und er küsste sie, während Sashas Hände unter seine Lederjacke glitten. Sie schob sie von den Schultern und nahm kaum wahr, dass die Jacke auf den Boden rutschte. Ihre Hände kraulten in seinem Nacken, strichen über die schwarzen Locken und dann über das markante Kinn und die glatt rasierten Wangen. Sie umfasste sein Gesicht mit beiden Händen und brachte es näher an ihres.

Seine Hände lagen auf ihren Hüften, er hielt sie leicht an sich gedrückt, während seine Zunge ihren Mund erforschte, aber dann drang Sashas Zunge in seinen Mund ein, die Zungen berührten sich und spielten miteinander. In diesem Augenblick fühlte er sich so stark an, dass Sasha die Augen öffnete, um sich zu vergewissern, dass sie nicht träumte.

Sie sah, dass er auch die Augen offen hatte, er starrte sie mit dieser blauen Intensität an, während er sie enger an sich presste und seine Hände über ihren Rücken streichelten. Er schlüpfte unter ihr samtenes Top und fühlte ihre nackte Haut.

Dann, mit einer abrupten Bewegung, die Sasha fast den Atem nahm, ließ er sie los und trat zurück.

»Willst du es wirklich, Sasha?«, fragte er leise, und sie geriet ins Entzücken, als sie hörte, wie ihr Name über seine Lippen kam.

Als Antwort ging sie auf ihn zu, und ohne etwas zu sagen, schaute sie zu ihm auf und begann, sein raues Baumwollhemd aufzuknöpfen. Mit jedem geöffneten Knopf sah sie mehr vom hellen Braun seines kräftigen Brustkorbs, mit krausen schwarzen Härchen bedeckt, über die Sasha leicht die Fingerspitzen gleiten ließ, ehe sie fortfuhr, ihn auszuziehen.

Er stand schweigend da, bis sie den letzten Knopf geöffnet und das Hemd von seinen Schultern gestreift hatte. Sasha schaute auf den nackten Bauch und hielt den Atem an; sie sah die Spitze der eintätowierten Rose, von der Rosie gesprochen hatte. Sie konnte nur den Beginn der schwarzen Blütenblätter sehen, die über den Bund der Jeans hinaus ragten.

Sie hob den Blick und traf seinen, dann stellte sie

sich auf die Zehenspitzen und küsste ihn. Sie öffnete seine Lippen mit ihren und drückte die flachen Hände gegen seinen nackten Brustkorb. Sie spürte die kleinen harten Nippel unter den Händen.

»Jetzt du«, stöhnte er in ihren Mund. Er nahm den weichen Stoff des Tops in beide Hände und zog es über ihren Kopf. Er schlang die Arme um ihren Leib und bog ihren Oberkörper zurück, während er sich über sie beugte und mit dem Mund ihren Hals entlang glitt bis zum Ansatz ihrer Brüste, die noch vom BH bedeckt waren.

Johnny bog sie noch weiter nach hinten und drückte den Mund gegen die elfenbeinfarbene Spitze des BHs. Mit der Zunge bohrte er in die winzig kleinen Öffnungen des zarten Gewebes und neckte ihre Nippel, die sich steif gegen den Stoff drängten.

Als er sich wieder aufrichtete und auch Sasha aus ihrer nach hinten geneigten Lage half, öffnete er geschickt den kleinen Haken auf Sashas Rücken, und durch den Schleier ihrer Lust empfand Sasha ein wenig Eifersucht auf all die anderen Frauen, bei denen er seine Fingerfertigkeit, was das Öffnen von BH-Verschlüssen anging, gelernt hatte.

Aber als sie dann seinen nackten Bauch an ihrem spürte, wurden alle Gedanken in den Hintergrund gedrängt. Heiße Schauer liefen über ihren Körper. Sie schmiegte das Gesicht an seine Brust und schmeckte ihn mit Lippen und Zunge. Sie saugte leicht an einem Nippel und strich mit der Zunge darüber. Ihre Hände glitten zum Bund der Jeans und öffneten Knopf für Knopf.

Im nächsten Augenblick ließ sie sich vor ihm auf die Knie nieder, um die schwarze Rose aus der Nähe betrachten zu können. Die Tätowierung begann auf einer Seite in Lendenhöhe und zog sich fast bis zum

Nabel. Gebannt starrte Sasha auf die schöne Blume, dann zeichnete sie den dornigen Stängel und jedes einzelne Blatt nach, erst andächtig mit dem Finger, dann feucht mit der Zunge.

Während sie Hüften, Hintern und Schenkel von den Jeans befreite, stieß Sasha ihre Zunge in die süße Einbuchtung seines Nabels. Die Härchen kitzelten sie am Kinn, und der dicke Penis stieß ungeduldig zwischen ihre nackten Brüste, als wollte er auf ihren Mund zielen.

Sie nahm den Kopf zurück und blickte zu John hoch. Er sah auf sie hinab, seine Hände in ihren Haaren, seine Augen wie blaue Flammen.

Sie bückte sich, um seine klobigen Arbeitsschuhe aufzuschnüren, dann zog sie ihm die Schuhe aus, zog die Jeans bis auf die Füße und streifte ihm auch die Socken ab. Jetzt stand er nackt in seiner ganzen Glorie vor ihr.

Sie ging mit dem Kopf wieder näher heran und stülpte die Lippen über die dunkelrote Penisspitze. Sie fühlte sich wunderbar weich an. Zuerst saugte sie nur leicht an der Eichel, dann ließ sie die Zunge kreisen und fing entzückt den Tropfen auf, der sich aus der winzigen Öffnung zwängte. Sie nahm den Schaft tiefer in den Mund, bewegte den Kopf vor und zurück, während sie mit einer Hand über seine mit weichen Härchen bedeckten Hoden streichelte.

John stöhnte auf und stellte die Beine weiter auseinander, um Sashas Hand mehr Platz zu schaffen. Sie knetete die Hoden behutsam und verstärkte die Saugbewegungen des Mundes, und sie spürte ein erstes Zucken des Penis, während die Hoden aufgeregt auf und ab hüpften.

Wieder stöhnte John auf, diesmal schwerer, ächzender, und dann stieß er ihren Kopf zurück, bückte sich, zog sie hoch und hob sie in seine Arme, offenbar in der Absicht, sie zum Bett zu tragen.

Aber Sasha stieß mit einer Hand gegen seine Brust. »Kondom?«, fragte sie atemlos, während er sie nur lächelnd anstarrte und die Schultern hob. Ihre Blicke hakten sich fest. »Ach, schon gut«, sagte sie und sah ihre Tasche auf der Kommode stehen. »Ich habe welche in meiner Tasche.«

Vorsichtig setzte John sie vor der Kommode ab. Während Sasha in der Tasche hastig nach den kleinen Päckchen kramte, trat John hinter sie, öffnete ihre enge Hose und streifte sie, zusammen mit dem Slip und den Stiefeln, ab.

Sasha stand jetzt völlig nackt da, den Körper gegen das kühle Holz der Kommode gedrückt, das Päckchen mit den Kondomen in der Hand.

»Bewege dich nicht«, murmelte John irgendwo vom Boden hinter ihr.

Im nächsten Moment hielt sich Sasha mit einem unterdrückten Aufschrei an der Kommode fest, als sie spürte, wie seine Finger ihre Schenkel spreizten und zwischen ihre Labien drangen. Stöhnend ließ sie es geschehen, dass er über ihren geschwollenen Kitzler rieb, und im nächsten Moment spürte sie seine Zunge, die durch ihr Geschlecht furchte, das von seinen Fingern weit geöffnet wurde.

Sashas schnelle, heftige, orgiastische Zuckungen überraschten sie selbst, und noch bevor sie sich von ihnen erholen konnte, stieß John mehrere Finger in sie hinein.

»Komm jetzt in mich«, flüsterte sie. »Komm, John, ich brauche dich jetzt.«

Er nahm das Kondom aus Sashas fest geschlossener Hand, riss die Folie auf und streifte es über. Er ging ein wenig in die Knie, und Sasha griff zwischen ihren

Schenkeln durch nach seinem Schaft und führte ihn in die pochende Öffnung. »Ja, komm tief in mich«, bettelte sie.

Er küsste ihren Nacken, hielt sie an den Hüften fest und stieß tief in sie hinein.

»Ja«, hauchte sie, »und mehr, bitte.«

Er stieß kräftig zu, verzichtete auf jedes weitere Hinauszögern und gewann zusätzliche Lust aus ihren stöhnenden Anfeuerungen. Jeden Stoß beantwortete sie mit einem Zusammenziehen ihrer inneren Muskeln. Als sie schließlich vom Orgasmus gepackt wurde, stieß sie schamlos ihre Geilheit aus, und sie registrierte kaum, dass auch John seinen Höhepunkt erreichte.

Er löste sich behutsam von ihr, zog den schlaff gewordenen Schaft aus ihr heraus und ging ins Bad, um das Kondom zu entsorgen.

Panik stieg in ihr hoch. War es das? Würde er jetzt gehen und sie allein lassen?

Als John wieder ins Zimmer trat, schien er so unschlüssig zu sein, wie sie befürchtet hatte. Sie sahen sich an, gingen herum, schauten sich nur kurz an, ehe sie die Blicke abwandten. Schließlich musste Sasha etwas tun. Sie ging zum Bett und legte sich auf den Rücken.

»Komm zu mir, John«, flüsterte sie. »Komm her und lege dich neben mich.«

John ging langsam aufs Bett zu und legte sich zaghaft neben sie. Sasha legte den Kopf auf seine Brust, und nach einer Weile begann er ihr Haar zu streicheln.

Er räusperte sich. »Du weißt, dass Rosie und ich eine Abmachung haben«, begann er.

Sasha legte einen Finger über seine schönen Lippen. »Pst«, machte sie und küsste ihn. »Ich weiß.«

Wieder entstand Schweigen. Sasha fuhr mit einem

Finger über seine Brust und den Bauch, dann zeichnete sie wieder die schwarze Rose nach.

»Was hast du gemeint, als du in meinem Geschäft gesagt hast, ich würde dich in deinen Nächten heimsuchen?«, fragte John plötzlich.

Sie wandte sich ihm zu. Was konnte sie sagen? Ihr fiel nur eins ein: »Ich hatte die Vision eines Mannes, der aussah wie du«, murmelte sie leise. Er wollte etwas sagen, aber sie fuhr rasch fort: »Ich musste einfach herausfinden, ob er wirklich existierte. Mehr wollte ich nicht. Keine Angst, ich werde nichts Verrücktes tun, wie zum Beispiel New York aufgeben und in diese Gegend ziehen.«

Sie sah ihn lächelnd an. »Du und Rosie, ihr gehört zusammen, ich will mich nicht zwischen euch drängen.« Nach einer längeren Pause traute sie sich endlich, die Frage zu stellen, die sie ihm schon am ersten Tag hatte stellen wollen. »Hast du je von Amelia Asher gehört?«

Johns Hand in ihren Haaren bewegte sich nicht mehr. »Woher weißt du von ihr?«

Sie schaute ihn an und sagte nichts, dann seufzte er und sagte zögernd: »In meiner Familie hält sich hartnäckig die Legende, dass vor mehreren hundert Jahren ein Vorfahr den Garten eines einflussreichen Mannes in London pflegte.«

Er sah sie an, als wollte er abschätzen, ob er ihr trauen könnte. »Man erzählt sich, er hätte sich in die Tochter der Familie verliebt, aber ihr Vater hätte die Heirat nicht erlaubt und den armen Kerl sogar vom Hof verbannt. Er sei dann nach Yorkshire gegangen, wo er eine Schafzucht begründet haben soll. Irgendwann hat einer in der Familie mit dem Schreinerhandwerk begonnen.« Er hob die Schultern. »Ich schätze, hier bei uns gab es keinen Bedarf für einen Gärtner, deshalb musste er irgend etwas anderes tun. Er hat dann ein Mädchen aus der Gegend geheiratet, und sie haben ein paar Kinder bekommen.«

»Das ist alles? Mehr weißt du nicht?«, drängte Sasha. Sie war sicher, dass John mehr wusste.

John überlegte wieder. »Nun, ich sagte ja, dass diese Gegend nicht einträglich ist für Gärtner, aber offenbar war es dieser Vorfahr, der eine neue Rose züchtete. Er nannte sie...«

»Ich weiß«, unterbrach Sasha ihn. »Die Rose Amelia.«

John lächelte. »Deshalb habe ich auch die Tätowierung«, sagte er stolz, griff Sashas Hand und drückte sie gegen seinen Bauch. »Es gibt noch etwas«, fügte er hinzu und spielte wieder in Sashas Haaren. »Es gibt Gerüchte, dass ein Geist des toten Vorfahren ab und zu bestimmten Mitgliedern der Familie erscheint. Einige Leute behaupten, sie hätten gehört, wie er Amelias Namen gerufen hätte.«

Sasha starrte ihn an. »Hast du diesen ... diesen Geist schon mal gesehen oder gehört?«, fragte sie, und auf eine unerklärliche Weise war sie erleichtert, als John den Kopf schüttelte.

»Nein«, sagte er, fast ein wenig traurig, und nach einem kurzen inneren Kampf fügte er hinzu: »Mein Vater hat behauptet, er hätte ihn gesehen.«

Sasha betrachtete ihn schweigend und rang mit sich, ob sie ihm erzählen sollte, was sie wusste und gelesen und gehört hatte. Das war wahrscheinlich keine gute Idee, sagte sie sich, beugte sich über ihn und küsste ihn auf den Mund. Er braucht es nicht zu wissen, sagte sie sich und streichelte die Rose auf seinem Bauch, wobei ihre Fingerspitzen nicht ganz unbeabsichtigt gegen den wieder erwachten Penis stießen.

Und als John sie auf den Rücken drückte und sich mit seinem ganzen Körper auf sie legte, fand sie, dass dies alles war, was sie in diesem Augenblick brauchte. Ihr genügte es, dass es diesen Johnny Blakeley gab.

Sie fummelte mit einem Kondom und schob es mit sanfter Hand über seinen beeindruckenden Penis. Wortlos führte sie ihn an die Öffnung. Sie war so heiß und glitschig, dass der Schaft hineinglitt wie in warme Butter. Johnny verhielt sich still und reglos, presste nur die Hüften auf ihre, stützte sich dann mit den Ellenbogen auf und starrte Sasha ins Gesicht.

»Ah, Lady«, murmelte er, während sie sich unter ihm aufbäumte, um ihn zu stoßenden Bewegungen zu animieren, »wenn du noch lange hier bleibst, dann wirst du es sein, die mich in meinen Träumen heimsucht.«

Ja, sie könnte diesen Mann lieben, dachte Sasha, als sie Arme und Beine um seinen Körper schlang und seine Stöße erwiderte. Aber er würde nie ganz ihr gehören, ebenso wenig, wie er je ganz Rosie gehören würde.

Sie musste sich mit diesen Momenten der Glückseligkeit zufrieden geben. Sie lauschte, ob sie die weinende Amelia Asher hören konnte, aber da war nichts außer dem Keuchen der Liebenden.

Dreizehntes Kapitel

Sasha wachte am anderen Morgen früh auf, enttäuscht, aber nicht überrascht, sich allein im Bett zu finden. Sie hatte irgendwann in der Nacht bemerkt, dass der Mann neben ihr sich aus ihren Armen löste, aus dem Bett schlüpfte, sich rasch ankleidete und das Zimmer verließ. Die Bewegungen hatte sie nur im

Halbschlaf mitbekommen, aber sie waren ihr schon klar gewesen, und sie hatte sich dazu überreden können, nicht ganz aufzuwachen, denn sie wollte ihn nicht anbetteln, bei ihr zu bleiben.

Nachdem sich die erste Enttäuschung gelegt hatte, empfand sie eher Erleichterung darüber, dass sie nicht im ersten Licht des Tages mit ihm konfrontiert wurde. Sie wollte ihm nicht vorlügen müssen, dass ihre nächtliche Begegnung der Beginn einer neuen Leidenschaft war, ebenso wenig wollte sie ihm gestehen, dass dieses Kapitel für sie abgeschlossen war, kaum, dass es begonnen hatte.

Was Sasha schon gestern gespürt hatte, war ihr jetzt deutlich geworden: Sie hatte nicht die Absicht, länger im Norden Englands zu bleiben. Dies war nicht ihr Ding, sie gehörte in das Getriebe der Stadt New York. Sie fühlte sich nicht mehr als Hauptperson eines Romans aus dem achtzehnten Jahrhundert. Sie hatte eine Aufgabe übernommen, und irgendwie hatte sie einen Abschluss gefunden.

Sie hatte Amelia Ashers traurige Geschichte verfolgen wollen und war in den Armen des John Blakeley gelandet, und Lady Amelias Geist war stumm geblieben, Sasha hatte sie in der Nacht nicht weinen hören.

Die Aufgabe war beendet, es war Zeit, nach Hause zurückzukehren.

Aber sie durfte den Spiegel nicht vergessen. Und auch um Rosie musste sie sich noch kümmern. Sie summte fröhlich vor sich hin, als sie ins Bad ging und sich unter die Dusche stellte. Sie zog ihren Lieblingsrock aus schwarzem Leder an, dazu eine pfirsichfarbene Bluse. Ein wenig nervös ging sie die Treppe hinunter. Was würde Rosie wohl zu ihrem nächtlichen Abenteuer sagen?

Aber die Wirtin war nirgendwo zu sehen. Ein Sasha

nicht bekannter Mann polierte den Tresen und hob den Kopf, als er Sasha eintreten sah. Er nickte freundlich. »Was kann ich Ihnen zum Frühstück bringen, meine Liebe?«

Ihr war nicht nach Essen zumute. »Nur eine Kanne Tee, bitte«, sagte sie und schaute sich nach Rosie um.

Der Mann schaute sie zweifelnd an. »Sind Sie sicher?«, fragte er. »Keine Eier, kein Schinken? Nicht einmal eine Scheibe Toast?«

Sasha lächelte. »Nur Tee, bitte.« Ihre Finger spielten nervös mit der Serviette. Bevor der Mann in die Küche verschwinden konnte, fragte sie: »Ist Rosie nicht da?«

Der Mann schüttelte den Kopf. »Nein, sie ist schon früh in die Stadt gefahren, sie hat verschiedene Dinge einzukaufen.« Dann ging er in die Küche und kam kurze Zeit später mit einer Kanne Tee zurück, dazu brachte er einen Teller mit verschiedenen Sorten Shorebread und Obst.

Sasha schaute dankbar hoch zu ihm, und er lächelte freundlich und sagte: »An einem solchen Tag kann man nicht aus dem Haus gehen, wenn man nur Tee im Leib hat.«

Sasha blickte aus dem Fenster. Es war wieder ein grauer Yorkshiretag; im dicken weißen Nebel waren die fast entlaubten Bäume auf dem Parkplatz nur noch als Schemen zu sehen. Sasha schaute auf die Uhr und fragte sich, wie das Wetter jetzt in New York sein mochte. Sie biss in einen Apfel und machte sich Sorgen um Rosie.

Sie hatte ihr versichert, ihr nicht böse zu sein, wenn Sasha mit John Blakeley schlief. Aber hatte sie diese Großzügigkeit jetzt auch noch, nachdem es unter ihrem Dach geschehen war? Nun, redete sich Sasha ein, Rosie kannte die ganze Geschichte, sie wusste auch, dass es Sasha nicht so sehr um John gegangen war, sie wollte ihn eher nutzen, um eine größere Nähe zu Amelia Ashers Geschichte zu finden.

Es war die Geschichte, nicht John Blakeley als Mann, die Sasha in den Bann geschlagen hatte.

Das war zwar richtig, gestand sich Sasha ein, aber John Blakeley, der Mann, hatte ihr eine solche Nacht voller Lust und Leidenschaft beschert, dass sie sich unter anderen Umständen durchaus hätte vorstellen können, ihren Aufenthalt in Yorkshire zu verlängern oder die Rückreise gar auf unbestimmte Zeit zu verschieben.

Aber das konnte nicht sein. Sie musste zurück an die Arbeit und versuchen, ihrem Leben eine neue Richtung zu geben. Sie wollte ein neues Ziel finden, eins, das sie mit der Begeisterung erfüllte, die sie von dem Augenblick an empfunden hatte, als sie in ihrem Hotelzimmer das erste Mal Lady Amelias Stimme gehört hatte.

Aber es gab einige lose Fäden, die sie noch knüpfen musste, ehe sie abreisen konnte. Dazu gehörte auch, dass sie sich um den Spiegel kümmerte. Also würde sie zu John Blakeley, Schreiner, fahren. Sasha nahm einen letzten Schluck Tee, ging zurück auf ihr Zimmer, zog die Lippen nach und bereitete sich auf eine letzte Begegnung mit dem Mann vor, wegen dem sie die lange Reise angetreten hatte.

Als Sasha die kurze Strecke zu Johnnys Geschäft fuhr, versuchte sie, gegen das nervöse Flattern in ihrem Bauch anzukämpfen. Der Gedanke an das Wiedersehen nach der gestrigen Nacht löste Unruhe und Scheu in ihr aus. Was für ein Unterschied zu ihren Gefühlen gestern Morgen, als sie mit Rosie zusammen Kaffee getrunken hatte, eine natürliche Fortsetzung der intimen Nacht.

Aber als Sasha auf den Parkplatz fuhr und wusste,

dass sie ihm gleich so nahe sein würde, wich der nervöse Magen einer nicht zu unterdrückenden Erregung, einem Gefühl der gespannten Erwartung.

Sie stand in der offenen Tür und betrachtete ihn einen Moment lang. Er hatte ihr den Rücken zugewandt und arbeitete konzentriert mit einer Fräse an einem wunderschön geschnitzten Holzstück, und als sie näher hinschaute, erkannte sie aufgeregt den Sockel ihres Spiegels. Stumm schaute sie ihm zu und bewunderte die geschwungene Linie seines Hinterns. Das Muskelspiel seiner Arme faszinierte sie, als er das Stück drehte und Holzstaub wegpustete.

Sie hätte ihm noch eine Stunde zuschauen können. Sie stellte ihn sich ohne Kleider vor, wie sich seine gespannten Muskeln anfühlten, und heiße Schauer liefen ihr über den Rücken, als sie sich daran erinnerte, wie seine Haut schmeckte, wie hart seine Nippel unter ihrer Zunge geworden waren. Die krausen Haare seiner Brust. Der flache, gespannte Bauch. Der pochende Penis in ihrer Hand. In ihrem Mund. In ihrer Scheide. Ah, ja er könnte der Mann für immer sein, wenn nur die Umstände anders wären, dachte Sasha. Und wenn nicht ein Jahrhunderte altes Manuskript und der weinende Geist einer längst toten Frau sie zusammengebracht hätten. Und wenn Rosie nicht gewesen wäre...

Er legte die Fräse hin und drehte sich ein wenig zur Seite, und dabei nahm er aus den Augenwinkeln die Frau wahr, die in der Tür stand. Er richtete sich auf, schaute sie fragend an, dann trat er auf sie zu, keine Spur verlegen.

»Komm herein, Frau«, sagte er fast rau zur Begrüßung. Er drückte hinter ihr die Tür zu. »Am Morgen ist es noch verdammt kalt, und du trägst keinen Mantel.«

Es stimmte. In ihrer Eile, John zu sehen, bevor sie der Mut verließ, hatte Sasha vergessen, sich dem Wetter entsprechend zu kleiden. Aber ihr war alles andere als kalt; seine Gegenwart wärmte sie, als sie in Johnnys blaue Augen schaute, und spontan überlegte sie, wie es ihr gelingen könnte, ihn noch einmal in ihr Bett zu locken. Nur ein letztes Mal.

Aber er hatte sich schon wieder von ihr entfernt. »Wenn du gekommen bist, um zu schimpfen, weil ich mich in der Nacht davongestohlen habe, dann will ich dir sagen, dass ich die erste Nacht nie im Bett einer Lady bleibe.« Er grinste sie spöttisch an, bevor er ernster fortfuhr: »Ich dachte, es würde für alle ein bisschen peinlich sein, wenn ich am Morgen Rosie auf der Treppe begegnet wäre.«

Sasha nickte, trat näher und fuhr mit einer Hand über den Sockel, an dem er gearbeitet hatte. »Schon gut«, sagte sie versonnen und streichelte liebevoll über das polierte Holz. »Ich verstehe.« Sie schaute ihn an. »Das ist der Sockel meines Spiegels, nicht wahr? Aus Mahagoni.«

John lächelte. »Aye«, antwortete er und deutete auf eine Glasplatte an der Wand. »Die gehört auch dazu, sie ist heute Morgen ganz früh gekommen, wie man's mir versprochen hatte.« Er wies wieder zur Platte. »Ein Freund hat dafür gesorgt, dass sie so schnell geliefert wird. Auch deshalb musste ich dich in der Nacht verlassen, ich musste sicher gehen, rechtzeitig hier zu sein.«

Er legte seine Hand auf ihre, die immer noch über das Mahagoni strich. Seine Handfläche rieb verführerisch gegen ihre Knöchel. »Die Nacht mir dir hat mir gefallen«, sagte er leise und fing ihren Blick ein. »Es hat mir wirklich leid getan, dich zu verlassen.«

Sasha verschluckte sich fast, so erfreut war sie über

das, was er gesagt hatte. Das Gewicht seiner Hand auf ihrer ließ ihr Herz schneller schlagen. »Für mich war es viel mehr, als du ahnen kannst«, flüsterte sie, und es verlangte sie, seinen Körper wieder auf ihrem zu spüren. »Ich werde die Nacht bis zu meinem Lebensende nicht vergessen.«

Er schob sich noch näher an sie heran. »Aber Lady, du wirst doch jetzt nicht daran denken, schon wieder zu gehen? Ich meine, nach der vergangenen Nacht und was wir erlebt haben...« Sie spürte seinen warmen Atem im Nacken, und sie spürte auch, wie ihr Körper in seinen schmolz.

Sie könnte beinahe glauben, dass er etwas Besonderes für sie empfand, aber dann fiel ihr ein, was Rosie über seine Qualitäten als Herzensbrecher gesagt hatte. Seinem gefährlichen Charme war nicht zu trauen.

Trotzdem wurde sie von ihrem Körper gedrängt, und sie hörte eine Stimme in sich, die fragte, was sie sich denn vergab, wenn sie das Erlebnis der vergangenen Nacht noch einmal – ein letztes Mal – wiederholte? Denk an seine Lippen, die dich so erregt haben, sagte die innere Stimme. An seine Hände, die dich so geschickt gestreichelt haben. Du hast nichts zu verlieren, du wirst Yorkshire schon zwei Stunden später verlassen.

Sie hob den Kopf, damit sich ihre Lippen treffen konnten, und als sie sich berührten, stöhnte sie ungewollt auf. Es war ein exquisites Gefühl, seine Hände auf ihren Hüften zu spüren, ihre Körper rieben aneinander, ihre Zungen duellierten sich. Sie hielt sich mit den Händen an seinen Schultern fest, und Sasha konnte nur noch an den Zauber dieses Mannes denken.

Johnny hob sie an, und rasch schlang sie die Beine um seine Taille, wobei der Lederrock in den Nähten quietschend protestierte. Johnny ließ sie auf dem Podest des Spiegels nieder, zog den Kopf zurück und grinste sie an. Er schaute fragend zu ihrer Handtasche, und sie wusste sofort, was er meinte.

Sie nickte scheu, langte nach der Handtasche und kramte nach dem Päckchen mit den Kondomen, während Johnny sich damit beschäftigte, ihre Stiefel aufzuschnüren. Sasha rutschte aufgeregt auf dem polierten Holzstück herum, fasziniert vom Spiel seiner Hände an ihren Beinen.

Er richtete sich auf und zupfte an ihrer Strumpfhose. Sie hob den Po an, stützte sich mit den Händen auf dem Podest ab und sah, wie er ihren Rock bis zum Bund hoch schob, während er die Strumpfhose gleichmäßig nach unten zog.

Sie schlang ihre Arme um seinen Nacken und zog seinen Kopf heran, um ihn auf den Mund zu küssen. Ihre nackten Beine schlang sie um seine Hüften.

Johnny unterbrach den Kuss nicht, als er mit den Händen unter die pfirsichfarbene Seide ihrer Bluse glitt und über die nackte Haut streichelte. Er packte ihre Brüste, die noch vom BH bedeckt wurden, und drückte sie gefühlvoll.

Sasha spürte, wie ihre Knie zu zittern begannen, sie zog ihn näher zu sich heran und zog das weiße T-Shirt über seinen Kopf, gestattete die Unterbrechung des Kusses nur so lange, bis sie seinen Brustkorb entblößt hatte, dann beanspruchte sie seinen Mund wieder mit ihrem. Sie wollte mehr von ihm schmecken, und sie strich mit dem offenen Mund über seine Kehle, barg die Lippen in die kleine Grube zwischen Hals und Schulter und leckte dann mit der Breitseite der Zunge über seine Schulter. Er schmeckte so süß, und er roch so gut, dass Sasha vor Entzücken leise Jauchzer von sich gab.

Johnny schob sie ein wenig zurück, damit er sich bücken und den Mund in das schattige Tal ihrer Brüste drücken konnte. Er schob ihr Shirt ungeduldig zu ihren Schultern hoch, er hielt sich nicht damit auf, es ihr auszuziehen.

Mit dem Mund befreite er einen rosigen Nippel aus der Enge ihres BHs, und als seine Lippen sich über die steife Warze stülpten, stöhnte Sasha auf. Sie umfasste seinen Kopf mit beiden Händen und drückte ihn enger an ihren Körper.

Ihr schoss das Bild durch den Kopf, welchen Anblick sie einem zufälligen Kunden bieten mussten, der ahnungslos ins Geschäft kam: Sie auf dem Sockel eines Spiegels sitzend, fast liegend, Johnny zwischen ihren Schenkeln stehend, gebeugt, nackt bis zur Taille, ihre nackten Beine um seine Hüften geschlungen, sein Mund auf ihre entblößte Brust gepresst.

Johnny nahm jetzt so viel von der Brust in den Mund, wie er nur konnte. Er sog sie tief ein, und die lustvollen Blitze, die durch ihren Körper schossen, ließen sie alle Ablenkungen vergessen.

»Komm her«, raunte sie heiser, schob Johnnys Kopf von ihrer Brust und langte nach der vielversprechenden Schwellung, die in seiner Jeans pochte. »Ich will an dich ran kommen.« Mit entschlossenen Bewegungen knöpfte sie die Jeans auf, sie griff mit der halben Hand hinein und umfasste den steifen, zuckenden Schaft.

Sie fuhr mit der Hand auf und ab und drückte ihn leicht, dann griff sie mit der anderen Hand an seine Hoden und ließ sie auf ihre Handfläche baumeln, als wollte sie sie wiegen. Sie hörte, wie er ein Stöhnen unterdrückte, dann hielt er ihre Hand fest und bückte sich nach dem Kondom, das Sasha neben sich auf den Sockel gelegt hatte. Er riss hastig die Folie auf, streifte sich die hauchdünne Hülle über und stellte sich zwischen Sashas geöffnete Schenkel.

Er stöhnte dumpf und frustriert auf, als die Eichel gegen die feuchte Barriere von Sashas Seidenhöschen stieß. Er verharrte kurz, blickte fragend in Sashas Augen, während er mit beiden Händen in die Beinöffnungen des Höschens griff. Als sie aufgeregt nickte, packte er den zarten Stoff fester und zerriss ihn mit einer kurzen, ruckartigen Bewegung.

Sashas Atem ging schneller, fast hechelnd. Sie übte Druck mit den Füßen auf seinem Rücken aus und zog ihn näher heran, und wie von selbst flutschte sein Penis in ihre nasse Höhle.

Er hatte die Arme um sie geschlungen, ihre Körper waren eng aneinander gepresst, und er begann mit sanften Bewegungen. Er zog sich fast ganz aus ihr zurück, und ihr Inneres verkrampfte sich ob der plötzlichen Leere, aber dann kam er wieder, fuhr quälend langsam hinein und füllte sie wohlig aus.

Seine Hände schoben sich unter ihren Po, sie hob das Becken an und wollte ihn zu härteren, schnelleren Stößen zwingen. Sasha warf den Kopf zurück und öffnete die Augen, und plötzlich sah sie sich in dem Spiegelglas, das Johnny noch einbauen musste. Sie sah auch einen Teil von ihm, wie er sich über sie beugte, die Beine gespreizt, die Knie ein wenig eingeknickt.

Fasziniert starrte Sasha auf das Bild, und gleich darauf spürte sie den Beginn ihres Höhepunkts, und Johnny schien ihn ebenso zu spüren, er beschleunigte seine Stöße, packte ihre Backen noch fester und begann zu keuchen.

Johnnys Orgasmus kam zeitgleich mit ihrem, und sie wandte den Kopf und schaute ihn an, und ihre Blicke trafen sich, die Gesichter gerötet, die Augen glänzend. Er beugte sich tiefer hinunter und drückte den Mund auf ihre Lippen, ein Siegel ihrer gemeinsam erlebten Lust.

»Puh«, machte Sasha, als sie wieder zu Atem gekommen war und Johnny sich aus ihr zurückgezogen und das Kondom abgestreift hatte, »damit hätte ich gewiss nicht gerechnet, als ich vorbei kam, um mich von dir zu verabschieden.«

John knöpfte seine Jeans zu und schaute jetzt Sasha an. »Verabschieden?«, fragte er. »Willst du wirklich wieder gehen?«

Sasha begann mit der Ordnung ihrer Kleidung. Sie musste wie eine Schlampe aussehen, dachte sie mit schlechtem Gewissen. »Ich fahre heute nach London zurück, und morgen geht mein Flieger nach New York.«

Johnny starrte sie intensiv an, dann nickte er. »Aye, das ist wahrscheinlich das Beste«, sagte er leise. Sasha schaute ihn an, weil sie nicht wusste, wie er das meinte. Er hob die Schultern und lehnte sich gegen die Wand. »Nun ja, Rosie und so.« Er fügte nach einer Weile hinzu: »Aber ich werde dich vermissen, Mädchen.«

»Und ich habe den Spiegel, der mich an dich erinnern wird«, sagte Sasha. Sie wollte flippig klingen, aber sie hörte selbst, dass ihr das nicht gelang. Sie griff nach ihrer Handtasche. »Ich möchte ihn jetzt schon bezahlen.«

Johnny schüttelte lächelnd den Kopf. »Zahlung erst bei Ablieferung, erinnerst du dich?« Er wies auf seinen Schreibtisch. »Ich habe deine New Yorker Adresse, also ist alles geklärt. In ein paar Tagen sollte er fertig sein, und in spätestens zwei Wochen müsste er bei dir sein.«

Er griff in die Gesäßtasche seiner Jeans. »Hier hast du eine Geschäftskarte, dann kannst du dich melden, wenn irgendwas nicht in Ordnung sein sollte. Oder wenn du dich einfach so bei mir melden möchtest«, fügte er noch hinzu.

Sasha warf einen flüchtigen Blick auf die Karte und steckte sie ein. Plötzlich war eine geschäftsmäßige Atmosphäre zwischen ihnen entstanden. »Ich habe deine Telefonnummer nicht im Telefonbuch gefunden«, sagte sie.

Er grinste. »Ich stehe mit dem Betrieb in den Gelben Seiten, das ist mir wichtiger. Privat braucht nicht jeder meine Nummer zu kennen.«

Jetzt grinste auch Sasha. Er wollte sich offenbar die Frauen vom Leib halten, die für ihn schwärmten. Sie trat einen Schritt vor, um ihn zu umarmen. »Ich glaube, ich sollte jetzt gehen«, murmelte sie verlegen.

Er schlang seine Arme um sie, und er drückte Sasha fest an sich. »Pass gut auf dich auf, Mädchen«, flüsterte er in ihr Ohr. »Ich hoffe, dass du mal wieder kommst.«

Sasha löste sich von ihm. »Goodbye, Johnny Blakeley«, hauchte sie, Traurigkeit in der Stimme. »Ich werde dich nie vergessen.«

Als Sasha im Pub eintraf, war es fast Mittagszeit, und Rosie war immer noch nicht zu sehen. Es wäre ihr schrecklich, nach London fahren zu müssen, ohne sich von Rosie verabschieden zu können, auf der anderen Seite wollte Sasha vor Einbruch der Dunkelheit in London sein.

Sie setzte sich an den Tresen und nahm sich vor, noch eine Stunde zu warten. Aber nach einer Minute stürmte Rosie aus der Küche und lief auf Sasha zu, als hätte sie den ganzen Tag schon auf sie gewartet.

»Hallo, meine Liebe«, sagte Rosie fröhlich, und

Gesicht und Stimme war nicht anzumerken, dass sie verletzt, verärgert oder eifersüchtig war. »Ich hatte gehofft, dass du zum Mittagessen hier sein würdest.« Sie kam mit dem Kopf ganz dicht heran. »Ist alles in Ordnung mit Johnny?«

Sasha errötete und sah der Freundin ins Gesicht. »Hast du gewusst, dass ich eben erst bei ihm war?«

Rosie lächelte wieder. »Ich habe dein Auto im Vorbeifahren auf seinem Parkplatz gesehen«, sagte sie leise und streichelte Sashas Hand. »Keine Sorge«, sagte sie. »Ich habe dir gesagt, du sollst tun, was für dich richtig ist. Du brauchst gar nicht so schuldbewusst zu schauen.«

Trotzdem fühlte sich Sasha verlegen. »Eigentlich bin ich nur zu ihm gefahren, um ihm zu sagen, dass ich abreise. Ich wollte mich nur von ihm verabschieden.« Sie sah Rosie zerknirscht an. »Er ist mitten in der Nacht gegangen, und ich hatte keine Gelegenheit mehr, es ihm zu sagen.«

Rosie hob die Brauen. »Habe ich dir nicht gesagt, dass unser Johnny manchmal ein Bastard sein kann?«, sagte sie fröhlich. »Er ist gelegentlich ein verdammt ungehobelter Bursche. Noch nie ist er die ganze Nacht im Bett einer Frau geblieben – jedenfalls nicht, seit ich ihn kenne.«

Sasha konnte immer noch nicht begreifen, mit welcher Gelassenheit Rosie es hinnahm, dass ihr Geliebter mit zahllosen anderen Frauen schlief, aber sie wollte dazu nichts sagen, das war nicht ihr Problem.

»Nun, was willst du essen?«, fragte Rosie. »Ich kann dir unsere Kohlsuppe empfehlen.«

Sasha hatte eigentlich keinen Hunger, aber sie wollte nicht unhöflich sein und löffelte tapfer die würzige Suppe mit Rotkohlstreifen und ein paar Streifen Rote Beete. Rosie saß ihr gegenüber und schaute ihr zu.

»Und du willst uns wirklich heute verlassen?«, fragte sie, während sie Sasha einen Brotkorb hinstellte.

Sasha sah verlegen auf und wandte gleich den Blick wieder ab. »Du weißt, dass ich nicht bleiben kann«, murmelte sie.

Rosie legte eine Hand auf Sashas Arm und drückte ihn leicht. »Weißt du, Sasha, du bist zwar erst wenige Tage hier, aber ich habe das Gefühl, als würden wir uns schon ewig kennen. Ich werde dich vermissen.«

Sasha lehnte den Kopf auf die Schulter der jüngeren Frau. »Ich vermisse dich auch, Rosie«, sagte sie traurig und schob den Teller von sich. »Ich habe den Teller geleert wie ein braves Mädchen«, sagte sie abrupt. »Kann ich jetzt einen Whisky haben, mit dem ich mich für die Reise stärke?«

Rosie brachte den Whisky und setzte sich wieder zu ihr. Als Sasha nach der Rechnung fragte, schüttelte Rosie energisch den Kopf.

»Komm schon, Rosie, sei nicht albern. Ich muss für das Zimmer zahlen und fürs Essen und Trinken.«

»Also gut«, meinte Rosie schließlich, »das Geld für das Zimmer nehme ich, aber Essen und Trinken ist mit eingeschlossen.«

Auf diesen Kompromiss einigten sie sich. Rosie half Sasha beim Packen und Laden. Dann standen sie dicht nebeneinander auf dem Parkplatz, und niemand wollte mit dem Abschied beginnen. Es war Sasha, die ihre Arme um Rosie schlang und ihr zuflüsterte: »Jetzt gehört Johnny wieder dir, Rosie.«

Rosie hielt sie fest und wiederholte den Wunsch, den Sasha schon von Johnny gehört hatte: »Komm mich wieder besuchen, Sasha.«

Sasha wischte sich eine Träne aus dem Auge. »Ich komme wieder«, versprach sie.

Sasha traf sechs Stunden später im Asher Hotel ein; müde, hungrig und steif von der langen Fahrt. Sie hatte sich nicht angemeldet und vertraute auf ihr Glück, was ihr auch diesmal zur Seite stand. Doch sie erhielt nicht das Zimmer 323, in dem vor über zweihundert Jahren die junge Amelia gelebt hatte, sondern ein recht geräumiges Zimmer im ersten Stock.

Sasha duschte, bestellte sich ihr Abendessen aufs Zimmer und fiel gleich nach dem Essen in einen traumlosen, fast zwölfstündigen Schlaf.

Als Sasha aufwachte, strömte die Sonne durchs Fenster. Sie rief ihre Fluggesellschaft an und reservierte einen Platz in der Nachmittagsmaschine nach New York. Aber bevor sie zum Flughafen fahren konnte, hatte sie noch einige Dinge zu erledigen. Nach dem Frühstück holte sie einen Rosenstock aus dem Kofferraum ihres Mietwagens. Sie hatte diesen Einfall gehabt, nachdem sie sich von John verabschiedet hatte und auf der Rückfahrt zum Pub an einer Gärtnerei vorbeigekommen war. Eine Amelia Rose aus Yorkshire.

Sie betrat die Halle mit dem Rosenstock in den Armen, sah, dass niemand sie beachtete, und schlüpfte rasch in die Bibliothek. Sie griff in den leeren Umschlag von Walpoles *Das Schloss von Otranto*, hielt den Atem an und zog an dem metallenen Ring. Die Tür in der Wand schwang auf, Sasha zwängte sich hindurch und befand sich im kalten Mauergang, an dessen Ende die schwere Eichentür eingelassen war.

Sasha musste den Rosenstock auf den Boden stellen, um den Riegel mit beiden Händen kraftvoll zurückziehen zu können. Sie trat ins Freie, sah sich auf dem stillen Friedhof um und war irgendwie darauf vorbereitet, den Geist von Lady Amelia oder

Johnny Blakeley zu sehen. Sie sah niemanden, ging hinüber zu Amelias Grab, kniete sich auf den Boden und pflanzte den Rosenstock neben dem Grabstein.

»Ich habe ihn gefunden, Amelia«, flüsterte sie. »Du brauchst nicht mehr zu weinen. Johnny hat dich nicht vergessen. Ich hoffe, ihr könnt jetzt wieder zusammen sein ... wo immer ihr auch seid.«

Sie klopfte die Erde um die Wurzeln fest und richtete sich auf. Sie fühlte sich entspannt und beruhigt, gar nicht mehr traurig. Sie drückte die Finger auf ihre Lippen und dann auf den kalten Grabstein, auf dem Amelias Name stand.

Langsam ging sie den geheimen Weg zurück, und eine Minute später stand sie wieder in der Hotelhalle. Jetzt hatte sie nur noch eine Aufgabe zu erledigen.

Sasha trat an die Rezeption. »Entschuldigen Sie, können Sie mir sagen, ob Claire heute arbeitet?«

Die Frau am Empfang schüttelte den Kopf und hob die Augenbrauen. »Nein, Claire hat heute ihren freien Tag. Kann ich etwas für Sie tun?«

Sasha lächelte und legte ein Päckchen auf den Tresen. »Können Sie ihr das geben, bitte?« Sie legte auch noch einen Umschlag dazu. »Das auch, bitte.«

Sasha ging auf ihr Zimmer zurück und stellte sich Claires aufgeregtes Gesicht vor, wenn sie das Päckchen öffnete und Lady Amelias Manuskript fand. Sasha wusste, dass Claire das Vermächtnis bewahren und schützen würde. Ihr Brief an Claire war kurz; sie dankte ihr, sie vor ein paar Monaten zu Amelia gebracht zu haben, und sie hoffte, irgendwann zurückzukommen und sie wiederzusehen. Sasha hätte gern etwas über den geheimnisvollen Herbstball geschrieben, aber sie tat es dann doch nicht – einige Geheimnisse blieben besser unerklärt.

Sasha war früh genug am Flughafen, und so hatte

sie Zeit, in der Buchhandlung zu stöbern. Sie konzentrierte sich auf das Regal mit den Klassikern und wählte ein Exemplar von *Die Geheimnisse von Udolpho* aus, dann *The Wrongs of Woman* von Mary Wollstonecraft und *Rebecca* von Daphne du Maurier. Die Kassiererin warf einen skeptischen Blick auf das dicke Udolpho-Buch und sah Sasha fragend an.

»Sie sollten es mal lesen«, sagte Sasha der jungen Frau. »Es ist ein großartiges Buch.«

Als Sasha es sich in ihrem Sitz bequem gemacht hatte, wurde ihr bewusst, dass sie noch eine ganze Woche Urlaub hatte, was sie unbändig freute. Sie mochte ihren Kolleginnen und Kollegen noch nicht begegnen, besonders Valerie nicht. Ich habe eine Woche Zeit, über meine Zukunft nachzudenken, sagte sich Sasha, und je länger sie nachdachte, desto sicherer wurde sie, dass Werbung und Marketing nicht ihr Ding waren. Sie überlegte, welche Kurse sie an der Uni belegen könnte. Sie kramte ein Notizbuch hervor und schrieb auf, was ihr spontan einfiel.

Zehn Tage später. Sasha hatte sich gerade in die bekannteste New Yorker Universität eingeschrieben. Mit dem Beginn des neuen Semesters würde sie Genealogie studieren. Aufgeregt blätterte sie durch das Kursprogramm. Die Idee, sich der Ahnenforschung zu verschreiben, faszinierte sie – hatte sie nicht gerade einem jungen Mann aus Yorkshire geholfen, seinen Stammbaum bis ins siebzehnte Jahrhundert zurückzuverfolgen?

Es klingelte an ihrer Wohnungstür.

Stirnrunzelnd schaute sie auf die Uhr. Wer sollte um

diese Tageszeit etwas von ihr wollen? Zögernd sah sie durch den Spion, und als sie dann die Tür öffnete, schlug ihr Herz schneller: Da standen ein Mann und eine Frau, die zusammen eine schwere Kiste trugen.

Sasha ließ sie eintreten und unterschrieb mehrere Kopien des Lieferscheins und einige andere Formulare. Sie gab der Frau ihre Kreditkarte und trippelte ungeduldig von einem Fuß auf den anderen, während die Frau die Karte abrollte und Sasha die Rechnung zum Signieren hinhielt. Sie bat aber noch, dass man ihr die Kiste ins Schlafzimmer stellte.

Sobald sie allein war, schraubte sie den Deckel der Kiste auf, wobei einige Fingernägel abbrachen. Schließlich trat sie zurück, um den handgearbeiteten Rahmen und den Sockel des Drehspiegels zu bewundern. Der Sockel war mit kunstvoller Schnitzarbeit verziert, und sie erkannte kaum das Stück wieder, auf dem sie mehr gelegen als gesessen hatte, als Johnny und sie sich so stürmisch geliebt hatten.

Sasha betrachtete sich im Spiegel. Ihre Wangen glühten, die Augen strahlten, die Lippen waren feucht und leicht geöffnet. Sasha trat näher heran und drehte den Spiegel. Sie schluckte schwer und starrte entsetzt auf das Bild. Sie sah nicht nur sich selbst, sondern auch die anmutige junge blonde Frau mit ihren leuchtenden grünen Augen. Aber sie weinte nicht, oh, nein. Diese Frau strahlte übers ganze Gesicht, sie lachte vor Freude.

Sasha trat noch näher.

Oh, ja, sie lachte.

ENDE

Drei Freundinnen in San Francisco.
Lydia möchte einen unscheinbaren intellektuellen Buchhändler zu ihrem Traum-Lover verwandeln.
Molly kann dem bizarren Journalisten Trevane nicht widerstehen.
Cassie, Professorin der Literatur, bekennt sich endlich zu ihrer Liebe.
›Variationen‹ ist der ungewöhnlich erotische Roman über drei Frauen in der entscheidenden Phase ihres Lebens. Sie erforschen sich und entdecken dabei Dinge, die sie nicht für möglich gehalten haben.

ISBN 3-404-14373-6

BASTEI LÜBBE